카페 네버랜드

Cafe Neverland

카페 네버랜드

최난영 장편소설

고즈넉
이엔티

CONTENTS

1
찔피노여도 괜찮아

오후가 되면서 거리는 고요했다. 가로수 그림자만 바람이 이는 대로 인도 위를 거닐었다. 유리를 통해 밖을 내다보던 연주는 입고 있던 스웨터 소매를 한 번 접어 올렸다. 그리고 손목에 찬 시계를 확인했다. 3시 10분이었다. 한창 업무 시간이라 그동안은 이 시각에 밖을 내다볼 여유가 없었다. 그녀에게는 낯선 풍경이었다.

시간을 확인하니 공연히 허기가 밀려왔다. 새로 들여온 테이블과 의자들 비닐 포장을 뜯어내느라 점심 먹는 일도 잊었다. 그녀는 가게 안을 휙 둘러봤다. 당연히 요기할 만한 게 있을 리 없었지만 그렇게 했다. 온통 새것들이 즐비했고, 새것이 발하는 특유의 냄새만 풍겼다.

가게는 대략 60평 정도 됐다. 처음 예산을 세울 때보다 배나 넓은 평수였다. 예상을 한참 웃도는 규모였다. 하지만 이미 계약이 체결된 후에나 들어 어쩔 도리가 없었다. 다행인 건 전혀 예상 밖의 규모지만 월세는 예산 범위 안에 머물렀다는 것이다. 인근에 계속해 빈 점포가 느는 추세라 생각보다 더 저렴했다. 바로 옆 동네에 신도시가 들어선 탓이기도 했다.

원래 이곳은 프랜차이즈 만화방이 들어오려다가 무산됐다고 들었다. 내부 공사까지 일부분 진행했으나, 만화방 사장은 신도시로 가는 게 훨씬 이득이 되겠다고 판단한 것이다. 그런 연유로 이곳에는 수도를 비롯한 주방 기반 시설이 어느 정도 갖춰져 있었다. 덕분에 시간과 비용이 꽤 절감됐다. 또 주방과 홀 말고도 사무실로 쓸 만한 독립된 공간이 구석 자리에 숨어 있었다. 이 부분만큼은 연주의 마음에 쏙 들었다.

갓길에 주차된 차들 사이로 빈 택시 몇 대가 지나다니는 게 간간이 보였다. 정돈된 거리는 고즈넉한 분위기를 넘어 쓸쓸하게까지 느껴졌다. 그제야 광고사에서 간판 설치 작업을 왜 이 시각쯤으로 고집했는지 알 것 같았다. 연주는 다시 한 번 손목시계를 들여다봤다. 조금만 기다리면 도착할 것이다.

연주는 새 소파에 몸을 파묻고 테이블에 올려둔 책을 집어 들었다. 제임스 베리의 소설 '피터 팬'이었다. 연주는 아주 오래전 엄마한테 이 책을 선물 받았다. 언제였는지 정확한 기억은 없다. 한글을 떼지 못했을 적에는 엄마가 읽어줬다. 어느 날부터는 혼자 읽게 됐다. 그 후에는 줄곧 책장 어딘가에 다른 책들과 꽂혀 있었다. 그녀에게 이 책이 특별해진 건 엄마가 돌아가신 뒤의 일이었다.

정확히 세보지 않아 그렇지, 연주는 이 책을 수십 번은 더 읽었다. 하지만 요즘 들어 또다시 읽고 있다. 어쩌면 읽는다기보다 눈으로 엄마의 흔적을 찾아 쓰다듬는 기분이었다. 이따금 울적해지거나 고민이 있을 때면, 어김없이 이 책을 책장에서 꺼내 들곤 했다. 그 순간만큼은 엄마의 무릎 위에서 이야기를 보채던 어린 시절에 닿는 기분이 아련하게 들었다.

비록 표지는 해지고 종이도 누렇게 바랬으나 연주에겐 지금까지도 책 이상으로 귀한 물건이었다. 그녀는 이번 일을 기획할 때도 이 책에서 아이디어 대부분을 얻었다. 무엇보다 여기서 준비 중인 새로운 시작은, 연주의 인생을 내걸었다고 해도 과언이 아니었다. 그녀는 요즘 들어 시도 때도 없이 초조했고, 피터 팬은 이런 요동치는 감정의 풍랑에서 연주를 지켜내는 부적 같은 역할을 했다.

"간판 작업 시작해도 되겠습니까?"

출입문 앞에 선 이가 연주를 향해 소리쳤다.

연주는 비로소 책에서 눈을 뗐다. 어느새 카페 앞에 크레인 장비를 실은 트럭 한 대가 들어와 있었다. 주변 통행에 불편을 끼칠 만큼 규모 있는 장비였다. 그녀는 그에게 고개를 끄덕였고, 주변이 곧 소음으로 들썩거렸다.

연주는 몸을 돌려 도로 건너 맞은편 미류동 주민센터 건물을 무심히 바라봤다. 크레인에서 뿜어져 나오는 소음이 제 안의 불안을 길들이는 경험을 하면서 말이다. 이상하게도 그곳이 처음 보는 것처럼 낯설었다. 그녀는 저곳에서 이곳으로 오기까지 소란스러웠던 과정을 떠올렸다.

*　*　*

올해로 서른두 살인 한연주는 7급 공무원이다. 이원시 미류동 주민센터 총무과 소속이며, 더 정확히 대자면 '주민맞춤복지팀'에서 근무한다. 연주는 자신이 속한 소속의 명칭처럼 뭐든 착착 맞춰서 해나가는 게 가장 큰 강점이라고 자부했다. 그녀는 살아오면서 늘 모든 일에 철저한 계획을 세워 추진해 왔다.

연주는 고등학교 졸업 후 등록금이 가장 저렴한 국립대학교를 골라 입학했다. 적성과 특기는 무시한 선택이었다. 입학과 동시에 계획한 대로 공무원 시험 준비에만 매달렸다. 그리고 3학년이 되던 해, 9급 일반 행정직 시험에 합격했다.

합격 소식을 듣자마자, 연주는 가장 먼저 자퇴 신청서를 출력했다. 그리고 서식의 빈칸을 채워나가는 것으로 자축했다. 그녀는 합격과 동시에 한 치의 망설임도 없이 학교를 때려치웠다. 덕분에 그녀의 최종학력은 고졸로 남았다. 하지만 한 주무관은 그날의 선택을 후회해본 적이 없다. 그만큼 호봉 수가 채워졌기 때문이다.

그렇게 어느덧 10년 차. 연주는 요즘 들어 헷갈렸다. 이 직업에 본인이 적응하게 된 건지, 아니면 본래 적성이었는지.

그녀는 남들은 꼭 한두 건씩 치고 마는 대형 사무 실수를 한 번도 일으킨 적이 없었고, 동료들이 쩔쩔매는 악성민원인 문제로 골머리를 썩은 적도 없었다. 연주는 그런 일을 식은 죽 먹기로 해냈다.

하지만 처음부터 능수능란했던 건 아니었다. 그녀는 그동안 시청과 주민센터의 다양한 부서에 배치됐다. 별의별 일을 다 겪었으며, 별스러운 사람을 참 많이도 만났다. 그 대가로 한 닢씩 적립한 업무 경험이 그득해졌다.

주변 사람들은 연주를 부러워했다. 대학 동기나 친척들은 취업에 대해, 동료들은 업무 성과를 높이려 도움을 청하거나 조언을 구하기도 했다. 하지만 연주는 늘 무슨 말인지 듣기도 전에 단칼에 거절했다. 도울 생각도, 도울 여유도 없었으니 들을 필요가 없었다. 그리고 그 덕분에 그녀는 사람들에게 '찔피노'라는 별명을 얻었다.

찔피노! 연주는 아무리 생각해봐도 그 뜻을 알 수 없었다. 처음엔 그게 무슨 뜻인지 물어보기도 했다. 하지만 그들은 키득거릴 뿐 답을 알려주진 않았다. 화를 내기에도 어정쩡했다. 어쩌면 그녀의 폭발을 염원하며 쳐둔 덫일 수도 있었다. 걸려들면 장난도 받아들이지 못하는 속 좁은 인간으로 몰아세울 터다. 더는 궁금해하지 않는 것으로 연주는 그들에게 대응했다.

이원시와 같은 지방자치단체 소속 공무원은, 대다수가 지역 내에서만 옮겨 다녔다. 그렇다 보니 미리 타 부서의 구성원과 친목을 다지는 이들도 적지 않았다. 언젠가는 함께 일하게 될 잠재적 동료였으므로, 그랬다. 그들은 필요 이상의 치밀한 소통도 즐겼다. 업무 공유뿐 아니라 뒷담화도 함께였다. 그들 내부에서 연주가 찔피노로 통하는 건 순식간이었다.

"한 주무관님, 어떻게 하다 찔피노란 별명을 갖게 되셨어요?"

어느 날, 이루리가 연주에게 탄식하듯 물었다. 그녀는 주민생활지원팀의 계약직이었다. 루리는 연주가 왜 그런 기분 나쁜 별명을 갖게 됐는지 정말 궁금해하는 것 같았다. 그녀의 물음에는 악의는 없었으나 안타까움이 묻어났다. 연주는 되물었다.

"이루리 씨, 찔피노가 무슨 뜻이에요?"

루리는 별명의 주인이 여태 그 뜻도 모른다는 데 놀란 건지 제 입으로 민망한 이야기를 전해야 하는 부담 때문인지 꽤 당황한 듯 보였다.

"괜찮아요. 정말 궁금해서 그래요."

연주는 이번이 아니면 영영 들을 수 없을 것 같아 루리를 달래며 재촉했다.

"찔러도 피 한 방울, 안……."

"네?"

루리는 말끝을 흐렸고, 연주는 너털웃음을 터뜨렸다.

찔피노의 뜻은 그러니까, '찔러도 피 한 방울 안(NO) 나올 년'의 줄임말이었다. 연주는 그 뜻을 듣자마자 조금 실망했다. 좀 더 센 무언가를 종종 상상했었다. 뒤통수에 동료들의 따가운 시선이 붙을 적마다 자신을 지칭하는 그 단어를 상기하면서 말이다. 그때마다 양팔에 닭살이 돋아날 정도로 불쾌했다. 하지만 듣고 보니 생각보다 별것도 없었다. 반어적으로 보면, 그건 그동안 꺾이지 않고 자신의 노력을 증명해왔다는 증거이기도 했다.

연주는 누구와도 사적으로 엮이지 않으려 애쓰며 살았다. 호봉과 경험은 넘치게 쌓았으나 마음 터놓을 동료가 단 한 사람 없는 것도 어찌 보면 본인의 선택이었다. 그녀가 생각하는 관계라는 건 그랬다.

비로소 필요로 할 때 부질없는 것으로 변질해버리는!

그녀는 자신의 아버지로부터 그 이론을 조기교육 받았다. 원치 않았으나 그의 번잡한 삶 속에서 질리도록 봐왔으며, 그때마다 치를 떨곤 했다.

찔피노! 그 별명은 오히려 쓸데없는 관계들로부터 자신을 보호해줄 안전장치처럼 들렸다. 물론, 그렇다고 그런 생활 속에서 그녀가 상처받지 않는다는 뜻은 아니었다. 그녀는 상처를 외면하는 것에 도가 텄을 뿐이다.

매달 마지막 주 수요일이 되면 업무 시작 전에 총무과 전체 회의를 했다. 회의 준비는 연주가 도맡아 했는데 특별히 손이 많이 가는 일은 아니었다. 행정 구역별 인구수 통계자료를 출력해 송태규 총무과장에게 가져다주면 됐다.

원래는 통계를 막대그래프로 도식화하는 작업까지 했지만, 송 과장은 잘 정돈된 자료를 거절했다.

"한눈에 알아보기 쉽게 만들면 어떡해! 너 나 멕이려고 작정했냐?"

하루는 숫자만 보면 신물이 오른다며 송 과장은 책상에 있던 탁상 달력을 집어 던졌다. 계산기도 치워버린 지 오래라고 했다. 송 과장은 전체 회의 시간이 되면 행정 구역별 인구수 통계자료를 바탕으로 동별 인구 증감 현황을 동장에게 보고해야만 했다.

몇 년 전, 미류동 인근에 대규모 도시개발 사업이 완료됐다. 이어 고급 아파트 단지들이 차례로 솟아났다. 대조적으로 미류동은 몇 년 사이 폭삭 늙어버린 것처럼 퇴색했다. 신혼부부를 비롯한 젊은 세대들은 유행처럼 신도시로 이주했다. 그 바람에 미류동의 평균 연령은 점점 높아졌다. 주민 수는 눈에 띄게 줄어들고 노인 비중은 눈에 띄게 늘었다.

동장은 근래 인구 동향을 보고받을 때마다 머리를 쥐어뜯다시피 했다. 몇 가닥 남지 않아 애처롭기 그지없는 그 머리털을 말이다. 동장은 내후년이 되면 퇴임한다. 미류동 주민센터는 그의 공무원 생활의 마지막 종착역이 되는 셈이다. 그는 퇴임 전 무슨 수를 쓰더라도 소위 '불후의 공적'을 남기고 싶어 했다.

"우리 미류동의 강령이 뭐지?"

회의 시간에 직원들을 훑어보며 동장이 물었다.

"'살기 좋은 미류동'입니다."

낭랑한 목소리로 송 과장이 대답했다. 그 때문에 동장의 심기는 더욱 불편해졌다.

"내가 정했는데 몰라서 물을까? 살기 좋은데 왜 다들 안 살고 떠나느냐고 물으면 뭐라고 답할래?"

자신이 주민들을 내쫓은 것도 아닌데 송 과장은 괜히 염치없어 죄송하다는 표정을 지었다. 다른 직원들이 보는 앞에서 동장에게 사죄라도 하듯 머리를 조아렸다.

그깟 주민의 머릿수가 뭐라고 그렇게 예민하게 구는가 싶을 테다. 그러나 정부가 지자체에 교부세를 배분할 때 핵심 산정 기준이 바로 인구수다. 이원시가 동별 주민센터를 지원할 때도 비슷한 맥락이다. 체육대회의 반별 대항처럼 주민센터마다 주민 확보에 총력을 기울이는 이유였다.

하지만 미류동의 사정은 갈수록 좋지 않았다. 근방의 신도시가 드리운 그림자에 서서히 파묻히는 중이었다. 마치 구멍 난 자루처럼 사람이 계속 줄줄 새 나갔다. 동장은 혼잣말처럼 중얼거렸다.

"그래, 사람이 많아야만 살기 좋은 곳은 아니잖아! 그게 안되면 다른 걸로라도 미류동만의 특색 있는 이슈를 만들어, 이슈를!"

동장은 그 말만 남겨두고 이 층의 동장실로 사라졌다. 송 과장은 자신의 자리에 풀썩 주저앉으며 말했다.

"어디서 도깨비방망이라도 구해 와야 하나. 그런데 내 달력! 내 달력 본 사람?"

연주는 일전에 송 과장이 던진 탁상 달력을 주워 서랍에 보관해뒀다. 분명히 찾을 줄 알았다. 그는 본인 물건이 없으면 다른 직원들 책상이나 서랍에서 마음대로 꺼내 가져가는 버릇이 있었다. 그 피해는 대부분 연주가 입었다. 책상이 가장 가까운 위치였기 때문이다.

"여기요."

연주는 탁상 달력을 송 과장의 책상 위에 반듯하게 세워 줬다.

"야, 한 주무관! 너 왜 남의 물건에 함부로 손대고 그러냐!"

참으로 기가 막힐 일이 아닐 수 없었다. 하지만 연주는 그에게 달력도 찾아주고 얼마 뒤에는 뜻밖의 도깨비방망이까지 구해왔다.

해고 염려가 없는 안전한 '철밥통'. 누군가는 공무원이라는 직업에 대해 이렇게 단적으로 표현한다. 하나 이건 어디까지나 이 세계의 섭리를 모르고 지껄이는 소리다. 철밥통에는 업무 성과라는 기름칠을 주기적으로 해야 했다. 그렇지 않으면 금세 녹이 슬어 못쓰게 됐다. 하지만 성과라는 게 열심히 한다고 무조건 얻어지던가. 우물쭈물하다 보면 철밥통은 어느덧 개 밥통으로 전락하고 만다.

길게는 몇 년, 짧게는 몇 달 만에도 전보 발령이 나곤 했다. 그렇게 정해진 곳으로 옮겨가는 것이다. 시청 내에서 부서만 옮기기도 하지만 주민센터나 시설로 가기도 했다. 본인의 의사나 선택은 거의 반영되지 않았다. 연말쯤, 정기 인사·전보 발표가 나면, 정해진 대로 따를 뿐이었다.

잦은 전보가 발생하는 이유는 이랬다. 장기간 같은 직무를 맡다 보면 창의적 수행이 힘들고 침체한다는 것이다. 하지만 매번 새로운 업무를 파악하면서 얻는 스트레스는? 이제 좀 적응할라치면 책상을 내주는 일이 허다했다. 경쟁 대상인 동료는 물론이요, 모셔야 하는 상사도 바뀌었다. 업무야 그렇다 치자. 인간이 인간에게 적응하는 일은 아무리 한다고 해도 늘 어려우며 끝도 없다. 거기에 민원인 대면 업무가 필수인 부서에 배치되면 의욕 상실까지 뒤따랐다.

매번 적응할 틈도 주지 않고 일과 사람이 스쳐 갔다. 그 안에서 성과를 빚어내기란 그야말로 하늘의 별 따기였다. 그러다 보니 속 편히 무사안일주의라는 비난을 감내하며 개 밥통을 택하는 이들도 있었다. 하지만 연주는 달랐다.

그녀는 올해 있을 승급 심사에 초점을 맞추고 틈틈이 성과를 축적해왔다. 그렇게 그녀에게 또 한 번의 성과가 적절한 시기에 주어졌다. 중앙부처에 제출한 노인복지 관련 사업계획서가 채택된 것이다.

그녀는 얼마 전, 사업계획서를 하나 작성했다. 본인의 업무와 관련된 사업계획서를 제출하면 업무 역량평가에서 일정한 점수를 획득할 수 있었다. 오로지 가산점을 위한 일이었는데 꿈에도 생각한 적 없는 예산까지 받게 됐다.

미류동 주민센터 외벽에 '경축' 플래카드가 나붙은 건 그로부터 며칠 뒤였다. 바람에 나부끼는 플래카드를 바라보며 연주는 한참이나 그 앞에 서 있었다. 송 과장이 옆에 다가온 것도 모른 채 말이다.

두 사람은 그렇게 한곳을 오래 바라봤다. 연주는 이 일을 승급의 열쇠로 해석했다. 과장은 몇 가닥 남지 않은 동장의 머리털을 떠올리며 안도했다.

사업계획서에는 기존 시행 중인 공공형 노인 일자리의 단점을 타개하겠다는 의의를 담았다. 파견형이 아니라 주도적으로 수익을 창출하는 창업형으로 추진해보겠다는 의지도 밝혔다. 더 나아가 노인들의 소통 플랫폼 역할까지 수행하겠노라는 혁신적인 의미까지 더했다. 금상첨화가 아닐 수 없었다.

단 1원도 삭감되지 않고 꽤 규모 있는 예산이 미류동 주민센터에 집행됐다. 주민센터에서 이런 일은 드물었다. 동장은 오랜만에 송 과장의 등을 두드리며 격려했다. 진행은 일사천리였다. 사업비 지급 통보가 내려오기 무섭게 두 사람은 빈 점포를 임대했다. 미류동 주민센터의 맞은편에 있는 상가였다. 가장 중요한 실무책임자도 정하지 못한 상태에서 그들은 무작정 서두르고 봤다.

거창하고 보기 좋다는 건 그만큼 거추장스러운 일이 많을 거란 뜻이기도 했다. 그 누구도 실무책임자를 맡겠다고 나서질 않았다. 잠시 팀장의 이름이 거론되기도 했지만 무산됐다.

본인은 노인 울렁증이 있다며 단박에 거절했다.

그러는 동안 연주는 무수히 갈등했다. 본인이 쓴 사업계획
서였다. 하지만 계획은 어디까지나 계획일 뿐이었다. 성공을
확신할 수 없었다. 실패한다면, 망상에 사로잡혀 국고를 낭비
했다는 비난을 피하지 못할 것이다. 하지만 한편으로는, 이거
야말로 6급으로 향하는 지름길이 아닐까도 생각했다. 승급하
면 바라던 대로 본청으로 가게 될 확률도 높았다. 쉴 틈 없이
밀려드는 민원 업무에서 해방될 절호의 기회인 것이다.

동료들이 뒷걸음칠 때 그녀는 앞으로 나섰다. 본인이 사업
을 맡겠다고. 인생이란 도로 위에서 가속페달을 밟는 상상을
하면서 말이다. 물론 두렵기도 했다. 그렇게 연주는, 본인이
본인의 거처를 정하는 새로운 방식의 전보를 택했다.

실무책임자로 나선 후, 연주는 골머리를 앓았다. 그녀는 본
래 모든 일에 철저히 계획을 세우고 그대로 밀어붙여야 직성
이 풀렸다. 그러나 어찌 보면 이번 결정은 욕망에 눈이 멀어
우발적으로 내린 거나 다름없었다. 이 일을 맡은 다음의 일은
하나도 계획되지 않았으니까. 미류동 주민센터는 공석이 생
겨도 인원 충원이 더뎠다. 줄어드는 주민 수는 이럴 때 불리
하게 작용했다. 충원이 없어도 그녀가 그동안 맡아 해온 일은
누군가 하긴 해야만 했다.

총무과는 '주민생활지원팀'과 '주민맞춤복지팀'으로 나뉜

다. 그녀가 소속된 복지팀의 팀장은 인근 신도시에 주민센터가 건립되자 그곳으로 전보 발령받았다. 팀장의 자리는 반년이 지났으나 여태 공석이다. 생활지원팀의 김 팀장이 복지팀의 팀장까지 겸임하는 형편이었다.

연주의 기존 업무를 분담하는 일은 김 팀장이 나서면 수월했을 것이다. 하지만 팀장은 옆집 사정에 배 놔라 감 놔라 할 스타일이 아니었다. 그동안도 주민맞춤복지팀의 일은 중간 결재 정도만 형식적으로 참여했다.

주민맞춤복지팀은 그 명칭대로 대상에 맞춰 다양한 복지 서비스를 제공했다. 연주는 노인을 대상으로 하는 업무를 맡았다. 미류동 내 노인주거시설이나 센터를 시찰했다. 노인회 업무나 행사를 지원하며 각종 노인 관련 수당업무도 처리했다. 노인돌봄서비스에 해당하는 대상자 선정을 위해 조사하고 상담도 겸했다. 이 밖에도 분명 존재하지만, 과자부스러기만큼 자잘해 티 나지 않는 일들까지 상당했다. 아동이나 청소년, 여성을 대상으로 하는 일에 비해 노인 업무는 일이 많기도 많았다.

일이란 건 맡기는 쉬워도 덜기는 힘든 법이다. 그들 모두 이 섭리를 잘 알고 있었다. 총무과 내부에서는 예상대로 치열한 눈치 게임이 시작됐다. 연주의 업무표는 여기저기를 공처럼 튕겨 다닐 뿐이었다. 곧, 그들 사이에서 크고 작은 말다툼이 오갔으며 부서 안에 칼바람이 불었다.

결국 민원 업무 중에 누군가 울음을 터뜨리고 말았다. 임용된 지 이제 막 1년쯤 지난 새내기 후배였다. 업무 평퐁을 견디지 못한 것이다. 한번 터진 눈물은 쉬이 마르지 않았고, 민원실 내부가 잠시 숙연해질 정도였다.

밖으로 나간 후배가 한참이나 지나도 돌아오질 않자, 모두의 시선이 연주를 향했다.

연주가 마지못해 민원실을 나와 화장실로 들어섰을 때, 후배는 세면대 앞에서 번진 화장을 정리하고 있었다. 그 옆에 다가서 무심한 척 손을 씻었다. 그러면서 거울을 통해 말을 걸었다.

"이게 울 일인가요?"

부당한 일에는 스스로 당당하게 맞서라는 뜻이었다. 하지만 후배는 다른 뜻으로 받아들였고, 서운한 감정을 토로했다.

"아직 업무도 파악 못 해서 실수해요. 그런데 일을 더 주시면 안 되는 거잖아요. 저 퇴근하고도 집에 가서 일한단 말이에요."

또다시 울먹였다. 연주도 신입일 때 겪었던 바라 누구보다 그 심정을 잘 알았다. 제시간에 퇴근하기가 힘들었다. 자신이 부진한 탓이라 여겼다. 묵묵히 일했지만, 자존감은 바닥을 쳤다. 하지만 어느 정도 짬밥이 생겼을 때 알게 됐다. 선배들이

까다롭고 손 많이 가는 업무만 골라 본인에게 떠넘겼다는 사실을 말이다.

동기들은 또 어땠는가. 적게는 네다섯 살, 많게는 열 살 차이 나는 그들은 연주를 대놓고 시기했다. 어린 나이에 임용됐다는 게 이유였다. 처지를 비관할 여력도 없을 정도로 혹독한 신입 시절을 보냈다.

"울어봐야 아무것도 달라지지 않아요."

그 시절이 연주의 시야에 잠시 겹쳤다. 선배라는 것들의 여전한 그 행태가 가소롭게 느껴져 한 말이었다. 그런데 반응이 대찼다.

"제가 하면 될 거 아니에요! 한다고요! 화장실까지 쫓아오셔서 저한테 이러시는 저의가 대체 뭐예요?"

후배는 핏발까지 선 눈으로 연주를 노려보며 쏘아붙였다. 저의? 그 단어에 정신이 번쩍 들었다. 연주는 제 일을 무리하게 떠넘기고 그 때문에 우는 이를 다그치는, 그런 파렴치한 선배 꼴이 돼버렸다는 걸 알았다.

선택에는 그만한 대가가 늘 기다리고 있는 법이었다. 그 뒤 한동안 입이 썼다. 그녀는 병원을 찾아야만 했다. 의사는 그녀에게 '구고증' 같다고 진단했다. 스트레스를 받아 몸에 열이 오르면 입이 마르면서 이런 증상을 보인다고 말했다. 약 없이도 시간이 지나면 자연 치유된다고 했으나, 그녀는 고집

해 처방전을 받았다. 처음부터 죽을병이 어디 있던가.

연주가 이렇게 심란하거나 말거나 프로젝트는 착착 진행됐다. 건물의 외벽에 설치할 간판은 아크릴 재질의 LED 모듈로 정했다. 그거면 다 된 줄 알았는데 광고사는 아직 결정해야 할 게 더 남았다고 했다.

할 일은 태산인데 간판 하나도 쉽지 않았다. 재질, 설치 위치, 크기, 모양, 색상 따위를 쉴 새 없이 고심해야만 했다. 무심히 지나친 거리의 수많은 간판이 누군가의 선택과 포기가 응축된 산물이라니.

휴, 한숨을 터트리곤 연주는 가방에서 약봉지가 담긴 파우치를 꺼냈다. 알약 몇 알을 입 안에 털어 넣었다. 어찌나 혓바닥이 쓴지 알약이 사탕이라도 되듯 달았다.

디자이너는 자신의 포트폴리오와 같은 간판 표본을 보내 결정을 도왔다. 아니, 재촉했다는 편이 맞겠다. 글자 색깔은 청록으로 정했다. 그만한 색이 없다고 여겼기 때문이다.

30분도 지나지 않아 디자이너는 연주의 메일로 첫 시안 파일을 보내왔다. 세 번까지는 디자인 수정이 가능하지만, 그 이상은 추가 금액이 붙는다는 내용도 함께였다. 요술램프의 지니에게 비는 소원만큼이나 신중해야만 할 것 같았다.

연주가 며칠간 간판에 매달리는 동안, 민원실에는 다시 평화의 기운이 감돌았다. 그들은 적당한 합의점을 논의하는 듯 보였다. 사람들을 결속시키는 힘은 사랑보다 미움이 아닐까, 그런 생각이 드는 순간이었다. 연주를 미워하며 그들은 새로이 하나가 됐다.

그들은 이런 사달을 만든 게 모두 연주 탓이라고 의견을 조율했다. 그리고 비난에만 열을 올릴 뿐, 중요한 결정은 여전히 미루며 평화만 유지했다. 그 틈에는 김 팀장도 속해 있었다.

연주는 가슴 한가운데가 콱 막힌 것 같았다. 자신에 대한 비난은 노래를 지어 불러도 상관없었다. 그래, 그렇다 치자. 그런데 대체 누가 인수인계를 받을 건가! 답답했다. 제대로 해두지 않고 자리를 비우면, 결국 그 책임은 본인의 몫으로 남을 것이다.

"업무 평가에 그대로 반영할 거야. 내가 말 안 해 그렇지 다 보고 있다고!"

송 과장이 직원들을 향해 소리를 버럭 내질렀다. 다들 무슨 영문인가 싶을 정도로 갑작스러웠다. 연주는 답답한 심정에 주먹으로 명치를 두어 차례 내리쳤고, 그 순간 우연히 송 과장과 눈이 마주쳤을 뿐이다.

그는 자리를 박차고 일어나기까지 했다.

"지금 우리 과 아니, 미류동 주민센터의 사활이 한 주무관에게 달려 있는데 말이야. 다들 정신 똑바로 안 차려?"

송 과장은 슬쩍 연주를 바라봤다. 지금껏 이 사태를 모르쇠로 일관하던 그였다. 이 어색하기 짝이 없는 타이밍은 또 뭐란 말인가.

"안 되면 김 팀장이 나서서 가르마를 타 줘야지. 뭣들 하는 거야! 일하는 게 억울해? 억울하면 너희도 사업계획서 써서 예산 따오면 되겠네."

모두의 심기를 긁기 딱 좋은 쥐약 같은 한마디를 덧붙이고 송 과장은 유유히 사라졌다. 그는 밖으로 나서면서 연주를 향해 엄지를 치켜세우는 제스처도 잊지 않았다.

그 뒤 불만으로 퉁퉁 부은 김 팀장의 집도 아래, 연주는 그동안 맡아온 업무를 배분했다. 최대한 심사숙고해 공평을 기했다. 그러면 뭣하겠는가. 그들은 입을 삐죽이며 눈빛을 교환했다. 서랍을 쓸데없이 쾅쾅 여닫으며 찔피노의 노고에 답례했다.

그날 오후, 연주는 간신히 총무과 전체 채팅창에 최종 간판 시안을 올릴 수 있었다. 다들 관심조차 없을 테지만 말이다. 송 과장이 서로 의견 나누고 협력하라고 다그치는 바람에 형식적으로 그리했다. 송 과장의 눈치를 살피느라 다들 영혼 없는 답변을 짜냈다. 그때 루리가 제법 성의 있는 의견을 냈다.

이루리: 영문보다는 한글이 좋겠어요. 가독성도 높고, 영문은

어쩐지 포털사이트 네이바에서 운영하는 카페처럼 보이기도 하고.

　루리는 모두가 꺼리는 '민원 불만 접수창구'에서 일했다. 대체인력 계약직으로, 연주와는 동갑이었다. 적어도 내년까지는 연장계약이 가능했다. 그녀도 그걸 원하는 눈치였으나, 쉽지는 않을 듯했다.

　그녀는 민원인들의 불만 사항을 듣는 데 주력했다. 원체 말수가 적은 탓인지 차분하게 청취하는 일에 뛰어났다. 성난 황소처럼 창구로 들이닥치는 민원인도, 평온한 얼굴로 돌아가게 했다. 연주는 그녀의 그런 점이 신기했다.

　말수는 적으나 할 말은 정확히 하는 스타일이었다. 민원인의 불만 사항을 각 업무 담당자에게 전해야 했는데, 똑 부러졌다. 문제는 때때로 민원인을 대변하느라 업무 담당자와 얼굴을 붉힌다는 점이었다.

　누구보다 맡은 직무를 제대로 수행했기에 계약 연장이 힘들 수도 있다. 그녀는 그 법칙을 모르는 듯했다. 일을 제대로 하는 것과 잘하는 건 엄연히 달랐다. 이 세계, 이 공간에서는, 이상하게도 그랬다.

　연주는 영어로 표기한 상호를 한글로 고쳤다. 세 번의 금쪽같은 기회를 이미 다 쓴 바람에 디자이너는 추가 비용으로

5만 원을 요구했다. 예산을 짤 때 고려하지 못한 비용이었다.

"잘 좀 하지 그랬어? 쓸데없는 지출 나지 않게 잘하라고."

송 과장은 만 원짜리 다섯 장을 꺼내 세고 또 세었다. 그는 돈을 내밀기까지 조금도 쉬지 않고 잔소리를 이어나갔다. 어차피 비용으로 처리해서 돌려받을 거면서, 5만 원어치 생색을 아낌없이 냈다.

그래도 이제 얼마 안 있으면 이 지긋지긋한 미류동 주민센터의 총무과를 벗어나 지낼 생각을 하니 연주는 새삼 머리가 맑아졌다. 구고증도 말끔히 사라지는 듯했다.

***

크레인의 작업용 발판에 탑승한 인부 두 사람이 공중으로 천천히 들어 올려졌다. 힘을 쓰는 것처럼 소음도 더 거세졌다. 인부뿐 아니라 낱자로 된 간판 '카'와 '페'도 함께 실려 있었다.

그 바로 아래서 기사 한 분이 조이스틱을 움직였다. 마치 3인용 오락처럼 보였다. 행인들이 그 광경에 잠시 시선을 두기도 했다. 기계 끝에 매달린 곡예와도 같은 작업을 지켜보다 이내 발길을 재촉해 달아나듯 사라졌다.

간판 작업을 멍하니 바라보던 연주는 숨을 깊이 들이쉬었다. 그러고는 책의 어디쯤을 다시 읽기 시작했다. 평일 이 시간대는, 민원 업무로 화장실 갈 틈도 없이 바빴다. 몇 년 만에 누려보는 달콤한 시간이었다. 책 속의 피터 팬과 웬디도 달달한 시간을 보냈다. 피터 팬의 찢어진 그림자 옷을 웬디가 수선해 주는 장면이었다. 한참이나 책 안으로 빨려든 듯 집중했다.

곧이어 피터 팬은 웬디에게 동행을 제안했다. 피터 팬은 하늘을 날았으며, 겁에 질린 웬디와 그의 동생에게도 하늘 나는 법을 알려줬다. 마침내 그들의 비행이 시작됐다. 하늘에 떠서 바람을 타고 비행이 비교적 자유로워졌을 즈음 섬 하나가 눈앞에 모습을 드러냈다. 그곳은 영원히 나이 먹지 않는 그런 곳이라고 했다.

때마침 유리창 밖에서는 크레인에 또 다른 간판 글자와 인부가 실려 다시금 공중으로 오르는 중이었다. 연주는 잠시 눈을 감고 날아오르는 상상을 했다. 코끝에 따스한 바람이 닿는 듯했다.

"저기요, 잠깐 나와보세요!"

인부 한 사람이 유리창을 두드렸다. 연주는 눈을 떴다. 그가 밖으로 나오라고 손짓했다.

어느새 크레인은 기다란 팔을 접은 채 갓길에 주차돼 있었다. 그녀가 건물 밖으로 나서자, 간판에 불이 들어왔다. 낮인데도 LED라 그런지 환하게 빛을 발했다. 어닝에는 이원시의 심볼과 미류동 주민센터라는 문구도 새겨져 있었다.

연주는 이제 막 글자를 깨치기 시작한 아이처럼 소리 내 간판의 글자를 하나씩 읽어갔다.

"카. 페. 네. 버. 랜. 드."

창세기에 이런 구절이 있다.

'하느님께서 보시니 손수 만드신 모든 것이 참 좋았다'

연주는 그 엿샛날의 조물주 심정으로, 카페 네버랜드의 외관을 시작으로 내부를 찬찬히 훑었다. 자신이 일궈낸 거였다.

그때까지만 해도, 모든 게 계획대로 될 줄만 알았다.

2
일 번이 온다

"할아버지! 계산하시고 드셔야죠!"

편의점 아르바이트생은 만영을 향해 다시 한번 목청을 높였다.

오만영, 그는 올해 만 나이 65세로 노년기에 갓 진입했다. 그러나 그가 자신의 나이를 말할 때 앞에 6을 붙여본 적은 없었다. 59세 생일을 맞이한 이후부터 그는 매년 59세였으니까. 아니, 그렇게 믿고 행세했으니까.

나이는 숫자에 불과하다고 말하면서도 그는 6이 붙는 숫자를 받아들이지 못했다. 그가 만나는 사람 대부분은 그를 오 사장, 혹은 오 소장이라고 불렀다. 사장이나 소장이라는 직책에는 나이가 묻어나지 않았다. 그러므로 그는 여전히 자신이

50대라고 믿었으며 최면 걸듯 그렇게 지냈다.

그런데 할아버지? 할아버지라니.

만영은 갑자기 치부를 들켜버린 것처럼 얼굴이 화끈거렸다. 그는 반박하고 싶었으나 그럴 겨를이 없었다. 누가 이 나이 먹고 편의점에서 먹기 전에 계산부터 해야 한다는 걸 모르겠는가. 아르바이트생은 매섭게 그를 노려봤다. 하지만 만영은 입 안의 초코바를 우물거리는 일에만 몰두했다. 우선 살고 볼 일이었다.

초코바 절반을 삼켰는데도 나아질 기미가 없었다. 계산대까지는 불과 몇 발짝 되지 않았으나 거기까지 갈 엄두도 나질 않았다. 그는 그대로 옆에 보이는 의자에 주저앉아버렸다. 그러고 싶어 그런 게 아니라 그럴 수밖에 없는 상태였다. 이어 바지 버클을 풀고 크게 숨을 들이쉬었다. 아르바이트생은 손님이 들어오는 바람에 그를 다그치는 일을 잠시 멈췄다.

만영은 조금 전, 그러니까 집에 거의 도착해서야 담배가 떨어진 사실을 알아챘다. 투덜대며 서성이다 결국 길을 되돌아 내려갔다. 이놈의 담배를 끊든지 해야지 하면서도 발길은 계속 사거리를 향했다. 편의점까지는 그의 걸음걸이로 10분은 족히 걸렸다. 바지를 갈아입고 갈까도 생각했으나 번거로웠다. 청바지는 끊임없이 그의 다리를 옥죄며 걷는 속도를 떨어트렸다.

새로 산 청바지였다. 그걸 판매했던 점원은 할인 기간이라 50%나 싸게 판다고 광고했다. 바지를 흔들어 보이면서 말이다. 유행에 뒤처지지 않게 젊은 스타일로 잘 빠졌다고 떠벌리는 것도 잊지 않았다. 점원의 손목 스냅에 따라 공중에서 흐느적거리며 춤추는 바지에 만영은 사로잡혔다. 하지만 정작 착용해보니 아쉽게도 밑위가 짧게 나와 불편했다.

점원은 탈의실에서 나오는 그를 보고 50대도 안 돼 보인다고 부추겼다. 그 꿈결 같은 평가를 들으니 설레어 구매하지 않을 도리가 없었다. 그는 그 자리에서 가격표만 뜯고 청바지를 입은 채 매장을 나왔다. 청바지는 길들이기 나름이라고 했다. 입다 보면 나아지겠지, 그는 편하게 생각했다. 하지만 입을수록 꽉 끼는 게 점점 더 남의 옷을 입은 것처럼 불편하기만 했다.

편의점에 다다를 즈음엔 온몸에 힘이 빠지며 식은땀이 났다. 바지 탓을 한들 소용없는, 고질적인 저혈당 증세였다. 그는 초코바가 놓인 진열대를 찾아 하나를 겨우 집어 들었다. 온 힘을 끌어모아 초코바 포장지를 벗겨내는 데 성공했다. 아르바이트생이 그걸 보고 계산대에서 펄쩍 뛰며 소리쳤으나 뭐라 대꾸할 기운도 없었다.

어느새 맹렬한 기세로 다가온 아르바이트생은 만영의 손에 든 초코바를 냉큼 빼앗았다. 그러고는 일부러 위협적인 목소리로 말했다.

"할아버지! 돈 내고 먹어요!"

주머니에서 천 원짜리 몇 장 꺼내 주면 그만이었다. 하지만 그냥 넘길 수 없었다. 꼬박꼬박 할아버지라고 부르면서, '드세요'도 아니고 '먹어요'는 또 뭐란 말인가. 잘못된 걸 바로잡아야 직성이 풀리는 게 만영의 성정이었다.

"나! 할아버지 아니여."

분명 포효하듯 소리쳤다. 하지만 아르바이트생 귓전에 닿지도 못할 작은 목소리가 입가를 맴돌 뿐이었다. 그는 현기증이 곱절로 심해지는 걸 느꼈다.

만영은 당뇨를 앓았다. 당뇨는 관리가 중요했다. 매일 약을 먹고, 식단을 신경 쓰며, 꾸준히 운동도 해야 했다. 하지만 만영은 가장 기본적인 약도 자주 잊었으며, 음주와 가무는 그의 생활 자체였다. 얼마 전부터는 혈당 조절이 되질 않아 인슐린 주사까지 맞아야 하는 형편에 놓였다.

"할아버지!"

아르바이트생은 미간을 찌푸리며 다시 한번 소리쳤다. 만영은 분하고도 분했지만 속으로 다음을 기약하자며 자리에서 일어섰다. 주머니에서 지갑을 꺼내려는데, 이놈의 바지가 손이 들어갈 틈도 남질 않았다. 그는 포기하고 재킷 주머니를 뒤졌다. 지폐 같은 게 손끝에 잡혔다. 꺼내 보니 로또 용지였다. 잠시 망설이기도 했으나 별수가 없었다.

"5천 원 당첨된 거여. 받아!"

아르바이트생은 미동 없이 코웃음만 쳤다.

"이거 받으라니까! 내가 사정이 있어서 그란께."

만영은 로또 용지를 흔들며 힘주어 말했다.

"돈이 없으면 먹질 말든지……. 제가 이번만 노인 공경 차원에서 그냥 드릴게요."

아르바이트생은 반쯤 남은 초코바를 다시 만영의 손에 쥐여주며 말했다.

"이놈이!"

만영은 초코바와 로또 용지를 바닥에 팽개치듯 던져버렸다. 아르바이트생은 어느새 만영의 뒤로 자리를 옮겼다. 그리고 있는 힘껏 그의 등을 밀어 편의점 밖으로 내보냈다. 만영은 발끝에 힘을 실어 밀리지 않으려 버텼다. 하지만 무슨 발바닥에 기름칠이라도 된 사람처럼 순식간에 밀려났다.

이날의 굴욕은 꽤 오랫동안 만영의 뇌리에 머물며 그를 괴롭혔다. 그 아르바이트생은 만영의 꿈속까지 침범했고, 그때마다 그를 이렇게 불렀다.

"할아버지!"

그날 저녁, 후배로부터 전화가 걸려 왔다. 오랜만이라 만영은 반갑기도 했으나, 바로 받지 못하고 잠시 머뭇거렸다. 혹시 어디서 제 소식을 전해 듣고 전화한 건 아닐까 싶었다. 초라하게 변해버린 처지를 아끼는 후배에게까지 들키기는 싫었다. 그는 목청을 가다듬고 통화 버튼을 눌렀다. 그 특유의 전라도 사투리가 날갯짓하듯 파닥거렸다.

"아따 바빠 죽겠는디. 우리 대만이가 뭔 일이다냐."

"형님, 무탈하시지요? 그동안 안부 전하지 못해 죄송스럽습니다."

"무소식이 희소식이란디. 뭔 개소식을 전하겠다고 이 시간에 전화질이여?"

후배는 얼마 전 자신이 운영하던 흥신소를 폐업했다는 말부터 꺼냈다. 후배에게 흥신소 일을 가르친 건 다름 아닌 자신이었다. 자리 잡을 때까지 물심양면으로 도왔고, 고객도 꽤 많이 인계해줬다. 그 모든 일이 아득하기만 했지만, 그랬다.

"불황은 불황이지. 니뿐만 아니여. 실은 나도 작년에 문 닫고 나왔어야. 밀린 월세로 보증금 다 까먹고 말이여."

만영의 고백에 추임새처럼 수화기 너머로 한숨이 새어 나왔다. 이제는 새파란 동네 아르바이트생한테까지 무시당한다, 차마 이 말은 못 하고 속으로 삭였다. 하지만 생각할수록 분해서 숨이 가빠졌다.

"형님, 숨소리가 많이 거치신 것 같은데 어디 편찮으신 건 아니시죠?"

"나 아직 싱싱혀."

만영은 작년까지 흥신소를 운영했다. 외도 증거 수집을 전
문으로 했는데, 한때는 이원시뿐 아니라 서울에서까지 의뢰
가 빗발쳤다. 연초마다 선금을 받고 1년 치 예약을 잡아야 할
정도였으니 말해 무엇하랴. 자신이 이혼시킨 커플만 수천 쌍
은 더 된다며 이력처럼 떠벌렸다. 그의 밑에서 일을 배워 나
가 흥신소를 차린 후배들도 전국에 꽤 됐다.

아이러니한 건, 만영의 이혼 경력 역시 화려했다는 것이다.
다섯 번 결혼했으며, 다섯 번 모두 이혼했다. 사유는 전부 본
인의 외도 때문이었는데, 이것 또한 전혀 부끄럽게 여기지 않
았다. 의뢰인들에게 자랑삼아 털어놓기도 했다. 자신의 외도
경험과 기법 덕분에 빈틈없는 증거 수집이 가능했노라고 덧
붙이는 것도 잊지 않았다.

하지만 몇 년 전부터 급속도로 의뢰가 줄어들었다. 세상의
과학자들이 앞다투어 최첨단 장비를 쏟아냈다. 어느 순간 장
비의 가격이 본인들의 활동비보다 저렴해졌다. 무엇보다 젊
은 남녀들이 애당초 결혼할 생각조차 하질 않았다. 자연스레
외도하는 이들의 씨가 말랐다. 그는 결국 파리만 날리는 사무
실을 정리해야만 했다.

"그래도 형님한테 일 배워 여태 먹고 살았지요. 항상 감사

하게 생각합니다."

"아따, 니는 쓸데없이 나를 비행기 태와브냐. 어지럽게 말이여. 내가 니한테 뭐 해준 게 있다고 그래 쌌냐."

이제 자신에게 남은 거라고는 지병뿐이라 생각했다. 하지만 후배의 말을 듣고 보니, 그동안 자신이 헛산 건 아닌 듯싶었다. 처음에 당뇨는 그저 귀찮은 것일 뿐이었다. 하지만 이렇다 할 수입이 사라지자, 무서운 채권자처럼 돌변했다. 완치가 없는 병이니 죽기 전까지 매주 일정한 금액의 약값이 지출될 예정이었다. 이제는 인슐린 주사 비용도 추가됐다. 이런 이유 때문에라도 그는 마냥 놀 수만은 없었다. 여기저기 일자리를 구해보지만, 나이 때문에 마땅치 않았다. 그러다가 시청에서 수행하는 노인 공공일자리를 알게 돼 참여했다. 공원 정비사업이라고 했는데, 쉽게 말해 풀 매는 일이었다.

폼 하나에 죽고 사는 오만영 아니던가. 평소라면 하지 않을 이런 이야기까지 후배에게 구구절절 들려줬다. 동병상련이라고 했다. 폐업한 후배를 위로할 의도, 아니 작정이었다.

"근디 하루 만에 관뒀어야. 땡볕에서 풀 매다가 저혈당 증세로 쓰러져 블어가꼬. 요새 내가 요로고 산다. 그래도 니 소주 한 잔 사줄 돈은 있은께. 근처에 오믄 꼭 연락허고. 그만 들어가."

전화를 끊으려는데 후배가 다급히 그를 불렀다.

"형님, 다름이 아니라 제가 조그만 가게 하나 인수해 운영합니다. 한번 오시라 연락드렸습니다."

"가게?"

"나이트클럽인데요."

폐업이 아니라 때아닌 창업 소식이었다. 나이트클럽이라면 만영도 할 말이 많았다. 젊은 시절부터 즐겨 출입했으며, 몇 년 전까지도 거기 갖다 바친 돈이 꽤 됐다. 그 안의 섭리도 꿰고 있었다. 또 술이야말로 정말이지 남는 장사 아니던가. 약간의 투자금만 얻는다면 자신도 승산이 있을 것 같다는 생각이 스멀스멀 기어 나왔다. 민망하기도 했으나 만영은 후배에게 넌지시 물었다.

"초기 자금은 얼마나 들까? 나도 한번 해보고 잡은디. 적당한 데 어디 없었냐?"

"에이, 형님. 이제 나이를 생각하셔야죠. 이게 생각보다 힘들어요. 저도 힘에 부칩니다. 이제 은퇴하실 나이도 됐고. 편히 쉬셔야죠. 언제 한번 들러주시면 부킹 확실히 책임져버리겠습니다."

만영은 너스레 떨며 웃는 후배의 말이 꼭 자신을 비웃는 것처럼 들렸다. 다 늙어빠져서 일은 무슨 일요! 이제 이런 일 하기엔 다 글렀는데.

그는 환청처럼 귀를 간질거리는 소리에 화가 치받쳤다. 예전이라면 돌려서라도 대꾸했을 테지만 버럭 소리부터 지르고 말았다.

"부킹 같은 소리하고 자빠졌네. 이 새끼 가만히 보니까 쳐자랑할라고 전화했구먼. 야, 이 호로 새끼야! 끊어!"

전화를 끊자마자 만영은 오른손으로 목덜미를 주물렀다. 갑자기 뒷골이 당겼다. 당뇨에 이제 고혈압까지 추가되는 건 아닌지 심히 염려됐다. 목을 주무르던 손으로 자기 입술을 두 차례 내리쳤다. 풀 뽑으러 다닌 일이라도, 아니, 그러다 저혈당으로 쓰러진 일이라도 말하지 말걸. 후회해도 이미 늦었으나, 밤새워 후회했다.

***

동장실 안으로 들어선 송 과장과 연주는 공손히 허리 숙여 인사했다.

그동안에도 동장은 멈추지 않고 일련의 하던 행위를 계속했다. 그때마다 수분 없이 바짝 마른 게 바스러지는 소리가 났다. 동장은 어금니에 해바라기씨 하나를 가져갔다. 그걸 찔끔 깨물고, 그래서 생긴 틈을 비틀어 씨앗을 끄집어냈다. 그는 소파에 앉아 꽤 긴 시간 그 동작을 이어온 모양이었다. 테이블에는 껍질이 수북했다. 두 사람이 소파 어디쯤 나란히 앉을 때까지도 동장은 오로지 해바라기씨 까먹기에만 집중했다.

콰지직. 어느 작은 한 세계가 이빨 사이에서 무참하게 붕괴되는 모습을 연주는 물끄러미 바라봤다. 유인원들이 이를 잡아 입 안으로 가져가던 그 동물적인 장면이 떠오르는 바람에 자신도 모르게 눈살을 찌푸렸다.

동장은 손날을 세워 너저분하게 흩어져 있던 껍질을 쓸어 모았다. 마침내 그 행위를 멈춘 것이다. 테이블 밑에 놓여 있던 휴지통을 꺼냈고 껍질을 정리했다. 그러고는 손바닥을 마주치며 박수라도 치듯 부스러기를 툭툭 털어냈다.

운을 띄울 적당한 때를 살피느라 송 과장은 자꾸만 몸을 들썩였다. 그때마다 소파 가죽에서 뿌드득, 거슬리는 소리가 나곤 했다. 먼저 입을 뗀 건 동장이었다.

"자네는 뭐, 나도 기억 못 하는 결혼기념일을 알고는 집에 그런 걸 보냈는가. 우리 마누라는 꼬빡 속아서 내가 산 줄 알더라고. 덕분에 점수 따서 요새 좀 편히 지내네. 그런데 다음부터는 그러지 말아. 부담돼."

분명 '부담'이라고는 했으나, '자네'라는 호칭은 동장이 기분이 좋을 때나 송 과장 앞에서 쓰는 호칭이었다. 아부하는 일도 아무나 할 수 있는 게 아니므로 갈고닦은 능력이라면 능력이고, 타고난 재능이라면 재능일 것이다. 송 과장은 그 분야에서만큼은 단연 으뜸이라 할 수 있었다.

"그저 미류동 주민들의 행복을 위해 제가 할 일을 한 거니, 부담 갖지 마십시오."

송 과장이 말했다. 연주는 그 말을 듣고 뜨악했다. 동장은 고개를 갸우뚱하며 물었다.

"미류동 주민의 행복? 나 대신 우리 마누라 결혼기념일 선물 챙겨준 거랑 주민이랑은 무슨 관계일까?"

미리 질문지를 받아 대답을 준비한 사람처럼 송 과장은 숙연하게 대답했다.

"사모님께서 행복해지시면 동장님이 행복해지시고, 저희를 이끌어주시는 동장님이 행복해지시면 덩달아 저희들도 행복해지죠. 저희는 또 그 행복을 주민분들께 나눠드리고, 그렇게 미류동 주민 모두가 행복으로 이어지는 거 아니겠습니까, 하하하."

송 과장은 아부로 저 자리까지 꿰찼으며, 그다음을 다지는 중이었다. 그가 말 한마디마다 설탕을 바르며 취해 있는 동안 연주는 잠시 생각에 빠졌다. 송 과장이 저렇게 아부에 생을 바치는 이유도, 자신이 이토록 성과에 매진하는 이유도, 어찌 보면 같을 것이다. 직장 내 햇볕이 적당히 내리쬐는 이런 단독 공간! 민원인들로 한창 바쁜 이 시각에 해바라기씨나 까먹는 여유! 말하지 않아도 자신이 할 수고까지 알아서 처리해주는 부하 직원! 여태 이런 걸 단 한 번도 가져보지 못했기 때문이다.

"여기 카페 네버랜드 실무 책임을 맡은 한연주 주무관입니다. 인사드리려고 데려왔습니다."

옆에 앉은 송 과장이 연주의 무릎 근처를 툭툭 치며 신호했다. 하지만 그녀는 그때까지도 제 생각에 취해 있었다. 또다시 송 과장이 입을 열어야 했다.

"동장님 딸과 동갑일 겁니다. 나이는 어리지만, 올해로 임용된 지 10년 차고 실력도 출중합니다. 본인이 기획한 만큼 수행도 누구보다 잘 해낼 겁니다."

한번 열린 생각의 문은 쉽게 닫히지 않았다. 그 안으로 연주를 계속 끌어당겼다. 그녀는 동장을 물끄러미 바라보며 또 생각했다. 저런 사람을 아버지로 둔다는 건 어떤 의미일까. 그 딸은 자신과는 전혀 다른 삶을 살았으며, 살아가겠지. 그들은 지금 어디서 무엇을 하며 어떤 걸 갈망할까.

동장은 송 과장에게 대뜸 물었다.

"프랑스에 있는 우리 주희? 아니면 일본 나가 있는 우리 서희?"

역시 그들의 삶은 자신과는 달라도 너무나 달랐다. 그들은 부모에게 학비를 지원받아 외국으로 나가 필요 이상의 공부를 할 것이다. 자신처럼 대학을 자퇴할 생각조차 하지 않겠지. 그들은 낭만으로 가득 찬 삶을 누릴 테니 본인처럼 무언가로 채우려 부단히 노력하지 않아도 될 것이다. 연주는 괜히 코끝이 시큰해졌다. 앞니로 혀끝을 씹어대며 생각을 그만 멈추려 노력했다. 안 그래도 미운 아버지가 더 미워지는 순간이었다.

"차녀 서희요."

송 과장의 대답에 동장은 연주를 바라보며 미소 지었다. 마치 자기 딸이라도 되는 양 말이다. 그러더니 대뜸 해바라기씨를 한 움큼 집어 연주에게 내밀었다. 송 과장은 또다시 그녀의 무릎을 쳤다. 그녀도 이번만큼은 그 뜻을 알아차렸다. 두 손을 가지런히 펼쳐 그걸 받아들었다. 동장이 말했다.

"잘했어. 앞으로도 잘하라고 주는 거야."

연주는 손바닥 위에 놓인 그 어이없는 하사품을 바라봤다. 새끼손톱만 한 크기의 중국산 해바라기씨. 우글거리는 벌레처럼 보여 얼른 손을 오므려버렸다.

"주민센터에서 맡았던 일은 인수인계 마쳤습니다. 앞으로는 카페로 출근해 그곳에서 전반적인 운영을 맡고 어르신들을 관리하는 일을 하게 됩니다."

송 과장이 설명했다.

"아참, 개소식! 언제더라?"

동장은 테이블 위 탁상 달력으로 시선을 돌리며 물었다.

송 과장은 반사적으로 연주를 보며 턱짓했다. 그는 카페 네버랜드에 대해 실제로 아는 바가 없었다. 연주가 사업계획서를 제출한 사실도 몰랐으니까. 실은 알고 싶지도 않았으리라. 그저 연주에게 모든 걸 일임해버리고 뒷짐을 진 상태였다. 그는 그녀를 믿었다. 한연주라면 누구보다 저 자신을 위해 열정을 다할 인물이 아닌가. 찔피노 아니던가 말이다. 송 과장도 그녀를 단적으로 표현하는 그 단어를 알고 있었으며, 그게 아니더라도 그동안 겪어봐서 잘 알았다.

대답을 재촉하는 듯 송 과장이 연주를 굽어봤다. 그녀는 침착하게 입을 열었다.

"간판과 인테리어 작업은 마쳤습니다. 현재 내부 가구와 비품 정리 중입니다."

"네, 거의 다 됐답니다."

알지도 못하면 가만히 있기라도 하든가. 송 과장이 그녀의 대답을 가로채 마음대로 해석하려 들었다. 그게 못마땅해 연주는 목소리를 한 톤 더 높였다.

"아뇨! 이제 시작입니다. 참여 어르신 모집공고도 아직 내지 않았어요. 그 때문에 개소식 일정은 미정입니다."

"개소식은 금요일로 해."

동장은 그녀의 말이 채 끝나기도 전에 결론지었다.

"네? 오늘이 벌써 화요일인걸요."

이 무슨 해바라기씨, 아니, 씻나락 까먹는 소리인가. 어안이 벙벙해진 연주는 도움을 요청하는 눈길로 송 과장을 바라봤다. 그는 천장만 올려다보며 딴청을 부렸다. 이번에는 연주가 그의 무릎을 툭툭 쳐댔다. 감정이 실려서인지 둔탁한 소리가 났다.

"동장님, 급할 필요 있나요? 아직 오픈 준비도 덜 됐고, 참여자도 선발해야 한다고 하니⋯⋯."

"송 과장아!"

"네?"

"넌 이게 문제다. 왜 줘도 못 주워 먹니? 다 이유가 있으니까 그렇게 하라는 거야. '일 번'이 친히 개소식에 오겠다고 비서실에서 연락이 왔어. 그 많고 많은 공모사업 중에서도 특히나 우리 미류동 주민센터에서 수행하는 이번 사업에 절대적인 지지를 보낸다는 소리 아니겠니! 그런데 일 번이 요번 주 금요일밖에 시간이 없다네? 앞으로 몇 달간 일정이 다 짜여 있대."

일 번! 그건 이원시 공무원 사이에서 '시장'을 뜻하는 단어였다. 송 과장의 얼굴에 함박꽃이 피었다.

"총무과 직원들 모두가 한뜻으로 움직이면 금요일까지 무조건 가능할 것 같습니다. 부족한 듯 시작해서 점차 발전해가는 모습이 훨씬 그림이 좋지 않겠습니까."

날벼락 같은 일정에 그나마 다행인 건 동장실로 들어오기 전 이미 시청 노인복지과의 자발적 협조를 받아두었다는 것이다. 그들은 긴급 모집공고를 내주기로 했다. 기존 노인 일자리에 참여했던 어르신 중 적당한 조건을 갖춘 이들에게는 따로 연락을 취하고 면접 안내까지 협조해주기로 한 것이다.

덕분에 한시름 덜긴 했으나, 일 번이 온다는 건 행사 준비에도 특별히 신경 쓰고 격식을 갖춰야 한다는 뜻이기도 했다. 그 사실을 아는지 모르는지, 송 과장은 한껏 들떠 보였다. 동장실을 빠져나와 계단을 내려가면서 내내 콧노래를 흥얼거렸다.

***

그날부터 총무과 직원들은 몇 개 조로 나뉘어 카페 네버랜드의 개소식 준비를 도왔다. 동료들이 제출한 영수증과 사진 파일은 연주에게 또 다른 일거리가 되어 쌓여만 갔다. 개소식이 끝나고 한꺼번에 정리할까도 생각했다. 하지만 사업비 정산에 쓸 자료는 미루면 정말 큰일 나기 십상이었다. 비목과 세목별로 요구하는 첨부파일도 제각각이었다. 특히 물건을 구매했을 때는 그 수량이 찍힌 영수증과 물품 사진이 필수적으로 첨부돼야 했다. 여러 사람이 분담해 일을 처리하는 만큼 누락을 막기 위해 바로 점검하는 게 옳았다.

아니나 다를까 역시나 그랬다. 올라온 자료 중 머그잔의 구매 영수증은 있지만, 사진이 없는 건이 있었다. 연주는 전체 채팅방을 통해 그 행방을 묻는 글을 올렸다. 누구도 답변이 없었다. 다들 맡은 업무도 바쁜데 잡일이 추가된 꼴이니 신경쓰고 싶지 않았을 것이다.

혼자만 한가한 송 과장은 눈치 없이 굴었다. 쪼르르 연주의 근방까지 와서는 목청껏 소리쳤다.

"머그잔 삼십 개! 누가 샀냐? 누구야! 사진 나올 때까지 다들 점심 먹으러 갈 생각 말아."

얼마 지나지 않아 채팅창에 메시지가 하나 올라왔다.

고진희 : 찔피노 이년, 인제 보니 완전 여우잖아. 남의 손 빌어서 제가 할 일 다 시키고.

주민생활지원팀에서 일하는 직원 하나가 실수했다. 개인 채팅방인 줄 알고 전체 채팅방에 연주를 비난하는 목소리를 낸 것이다. 그녀는 자신의 실수를 확인하자마자 급하게 메시지를 삭제했다. 이어 슬그머니 일어나 연주의 동태까지 살폈다. 안타깝게도 연주는 토시 하나 빠뜨리지 않고 그 내용을 다 읽었다. 하지만 책상에 쌓여 있는 서류 더미를 정리하느라 못 본 척 연기했다.

머그잔은 결재만 했을 뿐 아직 배달되지 않은 것으로 확인됐다. 사진은 이후에 찍어 제출할 예정이라고 채팅방에 누군가 대답했다.

이 무렵, 주민생활지원팀 김 팀장의 불만은 극에 달했다. 이게 대체 뭐라고 이렇게 수선 떨 일이냐며 투덜댔다.

그의 눈엔 미류동 주민센터의 모든 일과가 연주를 중심으로 돌아가는 것처럼 보였다. 일 번은 갑자기 왜 오겠다는 걸까. 김 팀장은 사실 깊이 후회하는 중이었다. 자기가 그 일을 맡지 않은 걸 말이다.

연주는 시도 때도 없이 자신의 자리를 침범하는 송 과장이 심히 거슬렸다. 쓸데없이 자신을 두둔하는 것도 불편했다. 그 때문에 동료들의 시선도 곱지 않았다. 그렇다고 상사인 그를 멀찌감치 쫓아낼 수도 없는 노릇이었다. 또다시 그가 모니터에 어른거렸고, 돌아보는 순간, 송 과장이 먼저 입을 열었다. 이번만큼은 명백한 용건이 있었다.

"그거 안 먹을 거면 나 줄 수 있나?"

무슨 뜻인지 몰라 연주는 눈만 끔벅였다. 그때 송 과장이 그녀의 책상 한쪽에 놓인 종이컵을 가리켰다. 컵 안엔 해바라기씨가 듬뿍 담겨 있었다. 먹기에도 버리기에도 마땅치 않아 종이컵에 담아 구석으로 밀어놓은 거였다.

미련 없이 송 과장에게 건넸다. 그제야 모니터에 아른거리던 피사체가 사라졌다. 그런데 또 다른 게 눈에 들어왔다. 루리였다.

"제발 거기 앉아 있지 말라고요."

갑자기 두통이 밀려오는 통에 연주는 의도와 달리 그녀에게 짜증스럽게 말해버렸다. 그게 꼭 옛날에 엄마에게 하던 고약한 말투와 닮아 있었다.

왜 루리가 거기 앉아 있을 수밖에 없는지 연주도 모르지 않았다. 루리가 맡은 민원 불만 접수창구는 상시 개방이 아니었다. '민원 이용의 불편, 작은 목소리라도 항상 귀 기울이겠습니다!'라고 써 붙이긴 했으나, '항상'은 곤란했다. 불만을 해소하려 만들었는데 나날이 불만은 늘고 내용은 사소해져만 갔다. 해당 공무원의 머리 스타일이 기분 나쁘다, 말투가 신경질 난다, 향수 냄새가 싫다 등등 얼토당토않은 불만까지 빗발쳤다.

접수된 민원인들의 불만은 고스란히 목록화한 뒤 동장에게 보고하는 게 절차였다. 목록에는 담당 공무원의 이름, 민원인의 불만 내용, 해결 방안 등이 상세하게 적혀 있었다. 직원들로서는 자신의 잘잘못을 루리가 동장에게 상세하게 일러바치는 꼴로 비쳤다. 왜 쓸데없이 이런 걸 시도했는지, 가만히 두면 사그라들 불만에 기름을 붓는 건지, 직원들의 스트레스는 터지기 일보 직전이었다.

"민원 대처를 도대체 어떻게들 하는 거야? 불만이 왜 이렇게 많아?"

목록을 받아 든 동장은 그 내용보다는 거기 매겨진 순번에만 집중하는 사람이었다. 회의 시간마다 그의 잔소리도 나날이 늘어만 갔다. 그 잔소리 세례는 대부분 과장이 대표로 맞았다.

송 과장은 엉뚱하긴 했으나 방편을 모색해냈고, 당장 민원인들의 불만을 절반으로 줄이는 데 성공했다. 민원 불만 접수 창구를 홀수 시간만 운영하도록 변경한 것이다. 직원들은 송 과장을 추켜세우며 환영했다. 직원 한 사람은 서둘러 A4용지에 '9시, 11시, 13시, 15시, 17시. 홀수 시간 운영'이라고 써서 불만 창구에 붙였다.

그날부터 루리는 짝수 시간에는 쓸모없는 사람이 됐다. 그때마다 접수창구에 멀뚱히 앉아 시간이 가기를 기다렸다. 하루는 직원 몇이 작정한 듯 그녀에게 다가와 화를 냈다.

"짝수 시간에는 제발 그 책상이랑 의자를 접어서 치워버리라고요. 안쪽에 자리 하나 비어 있으니 들어와 있으면 되잖아요!"

그들의 의견은 이랬다. 그녀가 창구에 고대로 앉아 있으면 민원인들이 오게 되고, 이 방편은 무의미해진다는 것이다.

루리는 그들이 시키는 대로 했다. 그들이 정해주는 규칙을 철칙처럼 따를 수밖에 없는 처지였으니까. 그녀는 번거로웠으나 1시간에 한 번씩, 책상을 펼쳤다가 또 접었다가 했다. 자신의 자리가 사라지면 자신도 총무과 안으로 숨어들었다. 그리고 안쪽 줄곧 비어 있던 책상에 얌전히 앉아 시계만 바라봤다.

"이제 임시 계약직까지 나랑 동급 뛰려 그러네? 우리 과는 위계질서도 없고 체계도 없고. 아주 개판이구나!"

하지만 루리를 발견한 김 팀장은 노발대발했다. 그 비어 있던 책상이 현재까지도 공석인 주민맞춤복지팀장의 책상이었던 것이다.

그녀는 그 후로 복사기 옆으로 자리를 옮겼다. 아무렇게나 쌓아놓은 A4용지 상자를 의자 삼아 앉아 있었다. 물론 탕비실도 괜찮은 곳이긴 했다. 하지만 또 다른 직원들이 비아냥거리며 잔심부름까지 시키는 통에 마음 편할 날이 없었다.

"루리 씨는 근무 시간에 꿀 빠네요. 할 일 없으면 나 커피 한 잔만 타다 줘요."

그래도, 어쩔 수 없이, 짝수 시간만 되면 루리는 복사기 옆에 둥지를 틀었다.

그동안 괜한 짓을 하지 말자고 연주는 수없이 속으로 다짐했다. 하지만 끝내 루리에게 손짓하고 있는 자신을 발견했다. 그녀가 미처 제 옆에 다가오기도 전에, 연주는 총무과 직원 모두가 들을 수 있도록 큰 소리로 말했다.

"이루리 씨! 나 당분간 외부에서 근무하는 거 알죠? 쉬는 타임에는 내 책상 써요. 거기 복사기 옆에 앉아 있지 말고."

당황한 루리는 자리에 선 채 손사래 쳤다. 동작 중에도 그녀의 시선은 김 팀장 쪽으로 자꾸만 넘어갔다.

"전 괜찮습니다!"

괜찮다며 허둥대는 걸 보자 연주는 다시 한번 확고하게 제 뜻을 밝혀야만 했다. 그 말을 입에 달고 살던 한 사람이 떠올랐기 때문이다. 엄마, 엄마도 그랬다.

"아뇨, 하나도 안 괜찮아요!"

연주의 엄마는 병상에 눕기 전까지 대학교 안의 인쇄소에서 일했다. 엄마는 창문도 없는 좁은 인쇄소에서 온종일을 보냈다. 그녀가 학교 다녀오는 길에 어쩌다 들르면 엄마는 용지 상자에 아무렇게나 걸터앉아 있었다. 루리처럼 말이다. 텁텁한 열기와 탁한 공기 속에 묻혀 있는 엄마를 보면 건강을 걱정하지 않을 수 없었다. 그때마다 엄마는 괜찮다고만 했다.

엄마가 벌지 않으면 먹고 살길이 막막하던 시절이었다. 물론 인쇄소의 불량한 환경이 엄마를 드러눕게 한 원인의 전부라 할 수는 없었다. 생각이 이어지면, 결국에는 엄마를 그런 환경에 내몬 아버지 탓으로 결론지어졌다. 그 좁디좁은 곳에서 괜찮다는 손짓을 하며 어쩔 수 없이 보내야 했던 엄마의 시간에, 연주는 오랫동안 갇혀 지냈다.

"전 정말 괜찮아요."

루리가 더 주눅 들어 말했다. 연주는 목이 메는 바람에 겨우 대답했다.

"이루리 씨 때문이 아니라 내가 보기 불편해서 그래요."

***

"신기복, 이석재, 백준섭, 오만영 선생님."

연주는 먼저 명단에 있는 대로 노인을 호명했다. 예정대로 네 명의 노인이 면접에 참석했다. 시청 노인복지과에서 보낸 명단에는 고작 네 명만 적혀 있었다. 연주는 명단이 잘못된 게 아닌지 전화로 재차 확인했다. 네 명을 뽑겠다고 했는데 딱 네 명의 명단만 주다니. 이럴 줄 알았다면 따로 모집공고라도 내봤을 것 아닌가.

이래 놓고 담당 주무관은 생색을 냈다. 그녀는 통화 끝자락에 파이팅을 외치면서 실실 웃음까지 흘렸다.

연주는 수화기 너머 흘러나오는 그 웃음소리가 꺼림칙했다. 하지만 더운밥 찬밥 가릴 형편이 아니었다. 당장 개소식을 앞두고 이러쿵저러쿵 따지는 것도 어찌 보면 사치였다. 그나저나 이렇게 되면 면접은 의미 없는 쇼에 불가했다. 하지만 공무원의 세계에서는 일련의 절차를 거치는 게 필수며, 그래야 뒤탈이 적었다. 그렇게 쇼가 시작됐다.

두서없었지만 그래도 10분 넘어가도록 사업의 취지를 찬찬히 설명하려고 애썼다. 그러다 문득 자료 너머로 노인들의 반응을 살폈다. 그들은 사업 취지 같은 덴 통 관심이 없어 보였다. 가게 안을 구경하느라 두리번거리거나 연신 몸을 흔들어댔다. 저들끼리 통성명을 나눈 다음에는 웃고 떠들기 바빴다. 태어난 해와 띠를 꼽으며 나이까지 따지는 중이었다.

"이따가 설명을 끝내면 시간 드릴게요. 집중 좀 부탁드립니다."

그들은 착 내려 깐 연주의 한마디에 눈치를 보더니 자세를 바로잡았다. 하지만 한번 흩어진 집중력은 회복될 기미가 안 보였다. 따로 테이블을 잡고 앉아 있던 송 과장은 핸드폰을 보며 키득거리고만 있었다. 그의 핸드폰에서 익숙한 예능인들의 목소리가 흘러나오는 중이었다. 연주는 본인이 면접 온 것도 아닌데 진땀이 났다.

오전 중에 이원시 비서실에서 개소식에 관한 확인 전화가 걸려 왔다. 송 과장은 전화기에 대고 능청스럽게 거짓말만 늘어놓았다. 모든 게 완벽하게 준비됐다고 보고했다. 사업계획서에 명시된 인건비 예산대로 네 명의 어르신을 채용했고, 기본 교육 중이라고까지 덧붙였다.

공무원 채용 면접을 보던 날에도 이렇게까지 마음 졸이지는 않았다. 이게 대체 뭐라고. 연주는 두 손을 얼굴에 가져다 대고 마른세수를 했다. 그리고 다시 자료의 어디쯤을 소리 내 읽기 시작했다. 계약 조건에 관한 사항이었다.

"잘 안 들려요."

네 명의 노인 중에서 가장 나이 많아 보이는 이가 슬그머니 손을 들고 말했다. 연주는 그가 누구인지 바로 알아차렸다. 명단에 78세의 노인이 있었던 걸 상기했다. 그는 신기복이었다. 키가 작고 말라 넷 중에 가장 왜소한 편이었다. 그는 직업란에 '안수집사'라고 적어놓았다. 연주는 그게 교회에서 쓰이는 직책이라는 걸 송 과장이 말해줘서 알았다.

연주는 목소리를 한층 높여 설명을 이어갔다.

"제가 잘 안 들리는데요."

기복은 곤란한 표정을 하곤 다시 한번 손을 들었다. 연주는 조금 짜증이 나서 본인이 낼 수 있는 가장 큰 목소리를 냈다.

"미류 2길 6-7, 1층에 위치한 카페 네버랜드는 만 65세 이상의 노년층 인원으로 구성해 창업형으로 운영한다. 3개월 동안은 미류동 주민센터와 협의를 통해 소정 근무 시간을 정하며 국가가 정하는 최저시급 이상의 인건비를 월급 형태로 지급한다. 운영을 통해 수익이 발생하면 3개월이 지난 시점부터는 수익을 배분해 인건비 외 추가 지급한다. 계약기간은

1년으로 하되, 향후 자립의…….”

“아따, 기차 화통을 삶아 자셨나.”

이번에는 만영이 인상을 쓰며 말했다.

“아, 그냥 자료를 한 장씩 나눠줘블믄 될 일이재……. 어지간히도 답답허네.”

저도 모르게 입술을 깨문 연주는 이쯤에서 송 과장이 나서주길 바랐다. 두 눈동자에 그런 바람을 가득 담아 쳐다봤지만 소용없는 짓이었다. 그는 다른 공간에 있는 것처럼, 이 상황과는 무관한 사람처럼 소파 위에 덩그러니 놓여 있을 뿐이었다.

그 순간 만영도 송 과장을 유심히 바라봤다. 눈을 가늘게 뜨고 그는 오래전 기억의 어디쯤을 허우적거렸다. 분명 낯이 익었다. 아는 사이가 틀림없었다. 윗니와 아랫니를 붙이고 스으, 하고 바람 소리를 냈다. 그가 무엇인가 떠올리려 애쓸 때 하는 저만의 습관이었다. 그러고는 내부를 찬찬히 두리번거렸다. 뭘 살피기 위해서라기보다는 불신을 표출하는 행위였다. 태도만큼이나 불량스러운 말투로 연주에게 말했다.

“뭔 다단계 총수여 뭐여. 이거 면접이여요, 교육이여요?”

여기 다른 노인네들과 일렬로 앉을 때부터 만영은 만사가 거슬렸다. 면접관은 계속 다단계 사업장 총수처럼 알아들을 수 없는 이야기를 교육조로 지껄여댔다. 카페 네버랜드? 가게 이름도 도통 입에 붙지 않고 어색했다. 소파는 딱딱하기만

하고 벽면에는 제주도도 아닌, 그렇다고 울릉도도 아닌 처음 보는 섬과 이상한 그림이 그려져 있었다.

가장 질색인 건, 옆에 앉은 노인들과 자신이 같은 부류에 속했다는 사실을 받아들여야 한다는 점이었다.

그런 만영을 주시하던 연주는 불만 가득한 그 노인의 정체를 확인하고자 이력서 파일을 뒤적였다. 이력서는 세 사람의 것뿐이었다.

"선생님, 성함이?"

"오만영! 나 이력서 안 냈는디. 오늘 연락 받아가꼬 그냥 왔어요. 뭐, 필요하믄 이따 써주고 갈게요."

그때 옆에 앉아 있던 석재가 나섰다. 그는 대기업 입사 면접이라도 온 사람처럼 양복에 넥타이 차림이었다. 그는 기복 다음으로 나이가 많았다. 교직에 종사했던 이였다.

"이분 말입니다. 큰 소리로 말해달라는 게 아니라 본인 청력이 좋지 않다는 말 같네요."

석재는 제가 한 번역에 동의를 구하는 눈길로 기복을 바라봤다. 연주는 그제야 그의 불편한 사항을 눈치챘다. 기복은 이때다 싶어 노인성 난청이 있다고 정확하게 고백했다.

사춘기 중학생처럼 껄렁한 노인, 잘 못 듣는 사오정 노인, 어디 왔는지 상황 파악 안 되는 노인……. 이쯤 되자 연주에게 피곤이 급속도로 밀어닥쳤다. 그녀는 이력서 파일을 덮어버렸다. 자신도 모르게 한숨을 내쉬었다. 그러다 가운데 앉은 준섭과 눈이 마주쳤다. 그의 앞머리 사이로 보기 흉한 흉터가 드러났다. 섬뜩하게까지 느껴졌다.

"그냥 한 분씩 자기 이름과 나이, 그리고 이전에 무슨 일을 하셨는지 소개해주시겠어요?"

연주가 후다닥 말했다. 노인들은 앉은 차례대로 그렇게 했다.

맨 끝에 자리 잡은 만영은 한참이나 지루해했다. 한편으로 이 상황이 의심스럽기만 했다. 또 노인복지과 공무원에게 속은 건 아닌지 싶었던 것이다. 그냥 집에 있을 걸 아픈 몸을 이끌고 나온 게 후회됐다. 제 오른팔을 주무르며 그는 며칠 전에 벌어진 일을 상기했다.

여전히 패기가 차고 넘치는데 어느 날부터 호칭이 아저씨에서 할아버지로 전환됐다. 만영은 참을 수 없었다. 어딜 봐서 할아버지란 말인가! 염색도 하고 청바지도 입어봤다. 미용 팩으로 주름 관리에도 더 신경 썼다. 하지만 이런 일련의 노력에 찬물을 들이붓는 사람이 있었다. 그는 바로 동네 편의점 아르바이트생이었다.

분명하게 싫은 내색도 했다. 할아버지라고 부르지 말라는 당부까지 확실하게 했다. 하지만 어김없이 그렇게 불렸다. 일부러 더 그러는 것 같았다.

만영은 더는 절망하지 않았다. 일전부터 쌓인 것도 있겠다, 분노로 무장해 그놈의 멱살을 잡았다. 하지만 어디 요즘 것들이 호락호락하던가. 이내 만영은 바닥으로 패대기쳐졌다. 아팠으나 그놈 앞에서만큼은 잘 참았다. 아무렇지 않은 척 연기했으나 결국 오른팔에 금이 갔다는 진단을 받고 말았다.

아까 노인복지과에서 전화가 걸려 왔을 때, 그는 깁스한 사실을 잊고 습관적으로 오른팔을 뻗었다. 엄청난 통증이 밀려왔다. 팔을 부여잡고 방바닥을 몇 바퀴 굴러다녔다. 핸드폰 액정에는 '풀 뽑기'라고 저장해둔 이름이 떴다. 시청의 노인 공공일자리 담당 공무원이었다.

만영은 통화 버튼을 누르는 동시에 '나 풀 안 뽑아!' 하고 소리부터 내질렀다. 풀 뽑기 공무원은 절대 그런 일이 아니라며 아이 어르듯 달랬다. 실내에서 하는 일이며, 어르신들이 자발적으로 사업체를 운영하는 형태라고 설명했다. 만영은 '어르신'이라는 단어가 심히 거슬리긴 했으나, '사업'이란 단어에는 구미가 당겼다. 그러나 여전히 거슬리는 게 하나 남아 있었다. 당장 몇 시간 뒤에 면접이 잡혀 있다는 안내였다.

만영은 풀 뽑기가 불러주는 대로 왼손을 이용해 삐뚤빼뚤 상호와 주소를 받아 적었다.

면접을 보러 나오기 전, 만영은 나이 탓에 뼈가 잘 붙지 않을 거라는 의사의 소견도 무시하고 깁스를 풀었다. 왠지 쪽팔려 그랬다. 하지만 면접이 길어지면 길어질수록 팔은 더 욱신거렸다. 그는 끄으, 하고 자신도 모르게 신음을 내뱉었다.

"오만영 선생님, 어디 불편하신가요?"

그의 기색을 놓치지 않고 연주가 물었다. 다른 노인들도 일제히 만영을 바라봤다. 만영은 고개를 휘휘 저으며 투덜거렸다.

"아니, 이거 언제 끝납니까!"

연주는 자신이야말로 그들에게 되묻고 싶었다. 이런 형식적인 면접에서 가장 중요한 건, 면접 보는 이들이 그 사실을 눈치채지 못하게 해야 한다는 것이다. 면접관으로서 면접의 기본 코스를 밟아가며 제대로 연기하고 싶었다. 하지만 그러기 위해서는 무엇보다 앞에 앉아 있는 노인들의 협조가 필수 아니겠는가. 연주는 한층 더 냉정하게 만영을 대했다.

"이제 선생님 차례세요. 말씀하시면 되겠습니다."

분위기가 급속도로 냉랭해지자, 송 과장은 그제야 자리에서 일어났다. 뭐라도 할 게 없나 미적대다가 미류동 주민센터에서 제작한 '복지혜택 한눈에 보기'라는 팸플릿과 준비해온 두유를 노인들에게 나눠줬다. 그때였다.

"프로방스 무인텔!"

무슨 스피드 퀴즈 정답이라도 맞추듯 만영이 빽 소리쳤다. 그는 드디어 송 과장을 기억 속 어디쯤에서 떠올린 것이다.

"오만영 선생님은 무인텔에서 근무하셨다는 말씀이신가요?"

연주는 메모지에 낙서하듯 끼적이며 물었다. 그러느라 송 과장의 동공이 확장되고 콧구멍이 벌름거리는 광경을 보지 못했다. 만영은 말짱한 왼손을 쓱, 송 과장을 향해 내밀었다. 악수를 청한 것이다. 하지만 상대는 맞잡지 않았다. 거절로 비칠 수 있었으나 꼭 그런 의미만은 아니었다.

송 과장은 그 손을 마주 잡을 엄두조차 내지 못할 만큼 얼어 있었다. 그도 만영을 알아본 것이다.

"나여, 나! 모르겠소? 아따 그때는 송 팀장이었는디. 인제는 과장이여? 금세 출세해 불었네. 혹시 생각이 안 날 것 같아서 정리해주게. 나로 말할 것 같으믄 저그서 흥신소를 운영했는디. 이혼 전문으로다가 불륜 사진 수집이 주특기……."

송 과장은 손에 든 팸플릿으로 테이블을 소리 나게 내리치며 주의를 끌었다. 이어 연주를 향해 다급하게 말했다.

"모두 합격! 길게 물을 것도 없잖나. 어르신들 힘드시게. 그냥 이력서 봐, 이력서!"

"네?"

"계약서, 계약서 가져와!"

"내가 잘 안 들려서 그러는데, 나도 면접에 붙었다는 겁니까?"

기복이 송 과장의 얼굴 앞에 귀를 바짝 대고 물었다.

"물론입니다. 이처럼 훌륭하신 분들이 또 어디에 있겠습니까, 하하. 특히 오만영 선생님, 앞으로 잘 부탁드리겠습니다."

그렇게 신기복, 이석재, 백준섭, 오만영의 출근이 확정되는 순간이었다. 정작 중요한 것들은 하나도 묻지 못한 채 말이다.

3
해골바위 위에서

"선생님!"

연주가 소리쳤다. 목소리에 날이 서 있었다.

계산대에 있던 석재는 '선생님'이라는 익숙한 호칭에 흠칫 놀랐다. 자신을 부르는 줄 알고 하마터면 대답할 뻔했다.

연주의 칼날 같은 목소리는 만영을 향한 거였다. 정작 당사자는 끝까지 못 들은 척했지만. 느긋하게 걸어 들어오더니 인사말을 건네는 것도 잊지 않았다.

"굿모닝 에브리원! 에브리원이 아닌가……. 아직 다들 안 나왔단가요?"

씩씩거리며 다가섰지만 연주는 입을 꾹 다물고 간신히 참고 있었다. 연주는 하루를 시작하는 아침부터 화를 내긴 싫었다. 숨을 고르고 차분하게 말했다.

"선생님! 지각하시지 말라고 제가 몇 번을 말씀드려요?"

카페 네버랜드의 개점 시간은 10시로 정했다. 하지만 당분간은 한 시간 미리들 와서 청소도 하고 손님 맞을 준비도 하기로 했다. 손에 익지 않은 일이다 보니 연습할 시간도 필요했다. 개소식이 있던 날, 계약서를 쓰며 모두 그러기로 합의했던 바다.

그 후부터 일주일 동안은 시범 영업을 했다. 인근 학원에서 음료 조리사 자격증반 강사를 초빙했는데, 그는 카페 창업 강의도 병행하는 이였다. 네 명의 어르신은 그에게 기본 음료 레시피, 손님 응대 서비스, 포스기 사용법 같은 걸 배웠다. 그 기간 가물에 콩 나듯 손님들이 카페를 찾았고, 어르신들은 맡은 바를 제법 무리 없이 해냈다. 물론 하나에서 열까지 강사가 도와주었지만 말이다.

유독 만영만 그동안 줄곧 지각을 했다. 하지만 오늘은 개소식 이후 정식 오픈 날이 아니던가. 강사의 도움 없이 스스로 헤쳐 나가야 하는 대망의 첫날이었다. 이런 중요한 날까지 늦다니. 연주의 시선이 고울 리 없었다.

그는 개점 전에 재료 몇 가지를 사 오고 잔돈 바꾸는 일도 하기로 예정돼 있었다. 개점 시간이 다 돼도 오질 않아 준섭과 기복이 그 일을 대신 처리하러 나갔다. 그 바람에 석재와 연주만 가게에 남았다.

"선생님!"

연주는 결국 화를 참지 못했다.

"아따! 아따! 저짝 행님이 선생님! 그것도 교장 선생님이셨고. 나는 선생이 아니라니까요! 자꾸 그랬쌌네."

"뭐라고요?"

"내가 선생이믄 한 주무관은 학생인가?"

"선생님!"

연주는 말문이 턱 막혔다. 결국에는 또 선생님, 그 소리만 내지를 뿐이었다. 그러니까 선생님은, 공무원 사회에서 민원인을 응대할 때 보통 쓰는 호칭이다. 대부분의 성인은 그냥 선생님 하나로 통일해 불렀다. 이름을 몰라도 나이를 몰라도 성별을 몰라도 누구에게나 사용해도 별 탈 없는 그런 거였다.

그녀는 10년째, 수도 없이 많은 이들을 선생님이라 불러왔다. 그러다 보니 생활 곳곳에서 그 말이 습관적으로 나오곤 했다. 마트에서도, 심지어 중고 물건 거래를 하다가도.

'선생님, 비닐봉지 하나 주실 수 있나요?'

'네고 안 될까요, 선생님?'

직업병이라면, 직업병이었다. 연주는 부글부글 화가 끓어오르는 걸 간신히 꾹꾹 눌러 담고 있었다.

그러거나 말거나 만영은 제가 한 농담에 혼자 히죽댔다. 그때 진짜 선생님이 나섰다. 석재는 연주를 대신해 만영에게 일침을 가했다.

"웃을 일 아닙니다. 지각한 건 잘못이에요. 모두에게 피해를 주지 않았습니까. 제가 하기로 한 일도 못 해서 남이 하게 나 만들고."

그 말이 어떻게 들렸는지 만영은 입가의 미소를 스윽 닦아냈다. 이어 괜히 머리를 양옆으로 꺾어대며 위협적으로 말했다.

"아따! 누가 선생 아니었다고 할까 봐 그래요? 행님! 잘 들으시오. 여기는 학교가 아니어요. 훈계질은 넣어둡시다."

만영의 말에도 석재는 물러서지 않았다. 그를 매섭게 노려보기까지 했다.

연주는 그제야 분위기가 심상치 않게 흘러간다는 걸 느꼈다. 정작 화를 내야 하는 건 자신인데 일단 둘을 말리고 봐야 했다. 속으로 탄식이 절로 터져나왔다. 나는 화가 나도 제대로 화낼 수도 없는 팔자구나 싶었다. 서둘러 옆에 있던 만영의 팔을 붙잡아 한쪽으로 슬쩍 밀어냈다.

그때였다.

"악!"

비명을 지르며 만영이 바닥으로 주저앉았다. 하필 금 간 오른팔을 연주가 잡아챈 것이다. 그는 깁스하지 않은 상태로 줄곧 출근했다. 그의 오른팔이 겪은 사정은 아무도 모르고 있었다.

"아이고, 내 팔! 나 죽네, 나 죽어."

만영은 목젖이 다 보이도록 비명을 내질렀다. 고통스럽다는 티를 온몸으로 내느라 바닥을 나뒹굴기라도 할 태세였다. 하지만 그 와중에도 할 말은 해야 하는 만영이었다.

"처음에 계약서 쓸 때 그랬잖여. 이거 우리가 운영하는 거라며! 그럼, 사장이나 다름없는디. 사장은 말이여요, 일하러 나오고 싶을 때 알아서 나오는 거여. 안 그럼 뭘라고 사장을 하겄어? 글고 내가 뭐 얼마나 늦었다고. 야박하게시리…… 왜 다들 나만 갖고 그래싸요!"

막 숨넘어갈 것처럼 고통스러워하는 순간에도 만영의 그 입만은 버젓이 살아 움직였다. 연주는 그가 흥신소를 운영했다고 한 말을 떠올렸다. 공갈 자해단의 경력도 있는 건 아닐까 미심쩍었다.

황당한 소란 속에서 석재는 스스로를 의심했다. 자신에게 신비한 능력이 생긴 건 아닐까! 째려보는 것만으로 상대에게 저런 고통을 선사하다니. 염력일까? 한편으로는 부작용도 의심했다. 어디선가 읽은 '우울증 약의 장기 복용과 부작용'이라는 기사를 떠올리면서. 분명 부작용에 염력은 없었는데 말이다.

***

오후가 다 되도록 가게에는 파리 한 마리 날아들지 않았다. 연주는 눈에 힘껏 힘을 줬다. 소파의 가죽을 손톱으로 두드리며 허밍으로 카페에 흐르는 음악을 흥얼거렸다. 쏟아지는 잠을 쫓으려고 안간힘을 쓰는 중이었다.

노래가 막 클라이맥스에 올랐을 때, 출입문에 설치한 도어벨이 드디어 경쾌하게 울렸다. 연주와 네 명의 노인은 누가 먼저랄 것도 없이 자리에서 벌떡 일어났다. 연습한 대로 한목소리로 외쳤다.

"어서 오세요! 꿈과 사랑의 카페 네버랜드입니다."

분명 민망한 인사말이 틀림없었다. 하지만 그들은 이렇게 외치는 것에 대해 거북해하지 않았다. 서비스 교육을 받을 때 함께 의견 내며 정한 것이라 그랬다. 정말 꿈과 사랑을 불러일으키기라도 할 작정인 것처럼 들렸다. 아쉬운 건 손님이 아니었다는 것이다. 택배기사였다.

그는 어르신들의 열렬한 환영에 어쩔 줄 몰라 했다. 입구에 택배 상자만 얼른 놓고 꽁무니를 뺐다. 눈치 없이 도어벨이 또 소리를 냈다.

배송된 건 그러니까, 연주가 주문 제작한 앞치마였다. 제작 기간이 생각보다 꽤 걸렸다. 그동안은 주류회사의 판촉물 앞치마를 사용했다. 만영이 가져왔는데, 전 여자 친구의 가게에서 얻어온 거라고 생색을 냈다. 연주는 그 앞치마만 봐도 취기가 도는 듯했다.

택배 상자를 열자, 고급 바리스타용 앞치마가 자태를 뽐냈다. 문구까지 새겨 놓으니 생각보다 더 그럴싸하게 보였다. '카페 네버랜드'라는 가게 상호와 함께 큼직하게 피터 팬 소설 속 등장인물의 이름을 하나씩 수놓았다. '피터 팬', '후크 선장', '똑딱 악어', '팅커벨', '웬디'.

앞치마를 주문한 건 면접 보기 전의 일이었다. 만 65세 이상이라는 나이 제한은 있었으나, 성별 제한은 두지 않았다. 연주는 할아버지들만 면접에 지원할 줄은 전혀 몰랐다. 말한 적은 없으나 할아버지와 할머니 2:2 비율이면 좋겠다고 생각한 적은 있다. 하지만 팅커벨과 웬디 앞치마를 입어줄 할머니 지원자는 없었다.

예상치 못한 일은 이뿐만이 아니었다. 새로 온 앞치마를 놓고 쟁탈전이 벌어진 것이다. 피터 팬 앞치마 끄트머리를 잡고 노인들 사이에 한바탕 실랑이가 생겼다. 네 사람 중 가장 연장자이자, 올해 78세인 기복이 먼저 제안했다.

"저 말입니다, 제가 가장 나이가 많지 않습니까. 그렇다 보니 제가 이곳의 주인공을 맡는 게 어떨까 합니다만."

그의 말이 끝나기 무섭게 만영의 반론이 터져 나왔다.

"아따, 나이가 뭔 벼슬이요?"

고개를 갸우뚱하며 기복이 다시 입을 열었다.

"……볏짚?"

"오메, 답답한그! 글고 행님! 여그가 네버랜드여. 피터 팬은 나이를 안 먹어요. 네버! 네버! 나이가 많아블믄 안 된다니까! 알았소?"

기복은 아무 말 없이 잠시 뜸을 들였다. 만영은 그가 알아들은 건지 확실치 않아 한참을 바라봤다. 기복이 말했다.

"고마워요. 양보해줘서."

"아이고, 속 터져! 이래가꼬 어찌 같이 일을 하나."

만영은 목덜미를 과장되게 잡으며 탄식해야만 했다.

면접 당일 연주도 기복의 이력서를 살피며 걱정했다. 그는 나이가 생각보다 많았다. 노인을 대상으로 하는 일자리긴 했으나, 카페 일을 하기에는 부적합해 보였다. 그보다 더 큰 문제는 노인성 난청이 있어 의사소통이 좀 버거웠다는 점이다.

하지만 기복은 자신의 단점을 한순간에 상쇄시킬 히든카드를 내보였다. 그는 카페 창업을 목표로 바리스타 학원에 다녔다고 했다. 그러던 중 학원장의 추천으로 이곳 면접에 참여하게 된 거라고 당당히 밝혔다. 그는 이를 증명하듯 원두의 종류부터 커피 레시피를 줄줄 외우며 갈고 닦은 실력을 자랑했다. 모든 우려를 떨치고 본 사업의 취지에 가장 적합한 노인으로 등극하는 순간이었다.

대략 열 살 차이가 나는 기복과 만영은 언쟁을 계속 이어
나갔다. 연주는 중간중간 한숨을 내쉬었다. 주민센터를 벗어
난 뒤로, 그녀는 해방감 같은 걸 맛봤다. 시도 때도 없이 찾아
와 나이를 빌미로 무례하게 구는 이들로부터 말이다. 하지만
두 사람의 언쟁 속에서 잠시 그들이 떠올랐고, 명치가 답답해
졌다.

'서류는 무슨. 내가 이제 늙어서 눈이 잘 안 보여. 서류를
못 본다고! 그냥 빨리빨리 처리해줘. 지금 빨리.'

'나 남편 죽고 자식들도 등지고 혼자야. 내 친구들은 다달
이 나라에서 돈 나온다는데 왜 나는 안 돼? 왜 매번 안 된다
고만 하냐고. 너 나 늙었다고 무시하는 거니, 지금?'

필요한 서류도 갖추지 않고 무턱대고 찾아와 처리만 보채
는 이들이 수두룩했고, 40평대 고급 아파트에 살면서 자기는
왜 수급자가 될 수 없느냐고 따지는 이도 있었다. 지극히 개
인적인 일에 동행해 달라는 어이없는 부탁을 하거나, 돈을 꿔
달라며 마구잡이로 떼쓰는 노인까지. 그때마다 연주는 온 정
신을 끌어모아 침착하려고 노력했다. 무조건 거절이 아니라
적절한 근거를 들어 설명하려 했다.

하지만 세월만큼이나 단단해진 아집으로 귀를 막고 좀처
럼 들으려 하질 않는 이들이었다. 본인들의 의사가 무시되면

욕설을 퍼붓거나 국민신문고에 소극 행정으로 신고하겠다고 으름장을 놓기도 했다.

장소만 바뀌었지, 그들의 존재가 여전히 자신의 숨통을 조이는 듯했다. 연주는 두 사람을 향해 앙칼지게 소리쳤다.

"제발 나잇값 좀 하세요. 여기가 무슨 피터 팬 오디션장인 줄 알아요!"

그리하여 그들은 한국인이 가장 신뢰하는 제비뽑기를 통해 정하기로 했다.

대망의 '피터 팬'은 준섭이 뽑았다. 그는 만영과 나이는 같았으나 성격은 정반대였다. 묵언수행이라도 하는 것처럼 거의 말이 없었다.

그렇다고 별문제가 있는 건 아니었다. 그는 묵묵하게 자신이 할 일을 다부지게 해나갔다. 멤버들 중 가장 부지런히 움직였다. 준섭은 기복과 함께 주방에서 음료 제조 담당을 맡았다. 손님을 대면하는 일은 어쩐지 힘들어 보여 연주가 제안했고, 그는 역시나 별다른 말 없이 하라는 대로 따랐다.

그때부터는 음료 만드는 일을 반복해 연습했다. 일전에 강사가 알려준 레시피를 주방 선반에 붙여두고 자신만의 방식을 연구하기까지 했다. 다른 이들이 모여앉아 잡담을 나눌 때도 준섭은 주방에 머물렀다. 연주와도 그동안 별다른 대화가 없었다. 이력서를 통해 그가 시인이며 화가라는 정도만 파악했을 뿐이다.

성별 논란에 휩싸인 '팅커벨'의 앞치마는 주문과 계산업무를 맡은 석재의 차지가 됐다. 사실 원래 팅커벨을 뽑은 건 만영이었다.

"팅커벨? 피터 팬 옆에 붙어 다니는 모기 아니여? 여자 모기."

연주가 몇 번이고 모기가 아니라 요정이라고 고쳐 말해줘도 소용없었다. 만영은 뿔난 유치원생처럼 투덜대기만 했다. 계산대를 맡은 석재가 자기 제비를 그의 손에 쥐여줄 때까지 그랬다. 그렇게 만영은 후크 선장이 됐다.

앞치마 구분용으로 새겨진 캐릭터 이름에 이토록 진지해질 필요는 없었지만, 석재도 자기 제비가 썩 마음에 들진 않았다. 후크는 네버랜드의 지독한 악인 아니던가. 책의 시작부터 끝까지 못된 짓만 일삼는 존재라 싫었다. 차라리 요정이든 모기든 그게 낫지 싶었다.

'후크 선장'의 앞치마를 왼팔에 걸쳐 들고 만영은 만족스러운 미소를 지었다. 다시 팔에 깁스를 한 덕분인지 그럴싸하게 보이기까지 했다. 깁스를 갈고리에 비할 바 아니지만, 어쩐지 잘 어울렸다. 그는 카페 업무 중에서 제일 편해 보이는 홀 관리를 골라 맡았다.

음료 제조 중에서도 커피를 담당하는 기복은 '똑딱 악어'

를 뽑았다. 그는 종이에 적힌 글귀를 확인하자마자 소리 내웃었다. 좋아요, 난 무엇이든 다 좋다니까, 아무렴요, 하고 말하는 것도 잊지 않았다.

그때 도어벨이 또 울렸고 정말 첫 손님이 찾아왔다. 연주는 하나 남은 '웬디' 앞치마를 도로 접어 선반 한쪽으로 치워뒀다.

"어서 오세요! 꿈과 사랑의 카페 네버랜드입니다."

꿈과 사랑이 가득한 이곳은, 향후 3개월간은 인건비와 월세를 걱정하지 않아도 됐다. 사업 예산을 짤 때 이 기간을 '정착기'로 정하고 인건비와 임차료를 포함했기 때문이다. 하지만 그 후부터는 순수하게 카페 네버랜드의 매출로 만들어 나가야 했다. 네 명의 인건비는 물론이며 월세, 기타 소요되는 모든 운영비를 말이다.

이 사업은 어디까지나 기존의 공공형 노인 일자리와는 다른, 창업형이라는 이유로 선정된 것이다. 노인 일자리의 선진 모델을 제시해야만 했다. 미류동 주민센터가 그 초석을 다지겠노라고, 동장은 개소식에서 선포했다. 그 포부를 듣고 시장은 격하게 고개를 끄덕였으며, 아낌없이 박수를 보냈다.

그날은 뜨겁게 가슴속에 남아 동장은 물론이고 송 과장, 한 주무관의 의지를 불태웠다. 승급에 대한 희망이 아른거렸다.

하지만 이들은 공무원이었다. 장사라는 건 단 한 번도 해본 적 없는 위인들이다. 은행처럼 가게 문을 열면 손님이 알아서 찾아들고, 금고에 돈이 쌓이는 줄로만 알았다. 이틀째 접어들어 손님이 손에 꼽을 정도가 되자, 연주는 손톱을 물어뜯기 시작했다.

미류동 주민센터 인근에는 식당은 많았으나 커피숍은 없었다. 도보로 10분 이상 걸어가야지만 하나 있었다. 그것도 비싸기로 유명한 외국계 프랜차이즈 커피숍이었다. 연주는 사업계획서를 쓸 때 이런 주변 상황을 반영해 아이디어를 도출했고, 아이템을 빚어냈다.

이런 주변 상황을 고려했을 때 장사가 안될 이유는 어디에도 없다고 여겼다.

송 과장은 퇴근 후 일과처럼 연주에게 전화를 걸었다. 어제 저녁에도 그랬다. 어김없이 기대에 부푼 목소리로 물어왔다.

"오늘은 얼마 벌었어?"

"2만 7천 원요."

실은 만 7천 원인데 연주는 만 원을 더 붙여 말했다.

"2만 7천 원? 하……. 쪽팔려서 동장님한테 어디 보고하겠냐. 그냥 12만 7천 원으로 하자."

송 과장은 자꾸만 언 발에 오줌만 눴다. 매출이 고스란히 그들의 실적이 되는 셈이니 민감할 문제이긴 했다. 하지만 이

대로 가다가는 3개월 후 폐업하고 말 것이다. 매출을 거짓으로 부풀린다고 달라질 게 무엇인가.

"아직 홍보가 미흡해 그럴 거예요. 나아질 겁니다."

연주의 말에 송 과장도 맞장구쳤다.

"그래, 시청 홍보팀에 부탁해서 SNS랑 홈페이지에 홍보해 달라고 하자. 이벤트 같은 것도 준비하고. '이곳을 방문하는 것, 그건 곧 노인들의 내일을 격려하는 일이며, 지역 사회의 발전에 이바지하는 일입니다' 뭐 이런 캠페인을 하든지. 안 되면 후원이라도 받든지. 한 주무관, 뭐든 해야 해! 뭐든 하란 말이야!"

연주도 그러고 싶었다. 정말 뭐든 하려고 다짐했다. 그들의 실체를 알기 전까지는, 그랬다.

*　*　*

문고리가 몇 번 헛돌았다. 문이 잠긴 걸 알고는 한층 더 요란하게 문을 두드렸다.

연주는 깜짝 놀랐다. 그 바람에 손에 들고 있던 핸드폰을 떨어뜨렸다.

바닥에서는 알아들을 수 없는 중국어 몇 마디가 계속해 위로 솟구쳤다. 바깥으로 새 나가기라도 할까 봐 서둘러 통화종료 버튼을 눌렀다. 어찌나 놀랐는지 딸꾹질까지 나왔다.

카페 내부에 따로 마련된 작은 공간을 사무실로 삼았다. 컴퓨터를 가져다 놓고 연주는 거기서 일했다. 송 과장의 아이디어대로 후원해줄 업체를 모색했다. 보도자료를 작성해 다양한 매체에 메일을 보내기도 했다. 창업에 관한 책도 몇 권 사 읽었다. 연 매출 10억 넘는다는 장사의 신도 초반에 자리 잡기까지 우여곡절과 어려움이 많았다고 했다. 그랬다, 이제 시작이지 않은가. 하지만 하루에 하루가 더해질수록 걱정하는 시간이 느는 건 도리가 없었다.

연주는 출근해서 간단히 점검을 마치고 나면 사무실에서 내내 머물렀다. 테이블에 앉아 있다고 없는 손님이 느는 것도 아니었다. 홀로 나오면 본의 아니게 자신은 감시자의 역할로 전락했고, 노인들이 눈치를 살피며 어색하게 굴었다. 그런 것도 싫어서 그랬다.

무엇보다 연주는 동장을 흉내 내고 싶었다. 자신만의 공간에서 해바라기씨를 까먹던 그 여유를. 근무 시간의 15분은 아무도 모르게 자신을 위해 투자했다. 중국어 공부를 시작한 것이다. 이게 그녀에게는 해바라기씨나 마찬가지였다. 매일 오전 11시가 되면 '리저밍'이라는 중국인으로부터 전화가 걸려온다. 15분간 그와 몰래 통화하면서 즐기는 회화 공부는 짜릿했다. 카페 네버랜드에서 얻는 스트레스와 불안이 차이

나로 날아가는 기분이랄까.

"문은 왜 걸어 잠갔단가? 한 주무관! 한 주무관! 여기 좀 나와봐야겠소."

만영의 목소리가 문틈을 비집고 안으로 성큼 들어왔다. 이제는 문을 부술 기세로 두드려댔다. 가게에 무슨 일이 생긴 건가 싶어 연주는 서둘렀다.

가게 안은 여전히 썰렁했다. 손님보다 일하는 인원이 더 많았다. 테이블에 남자 손님 하나, 계산대 앞에 여자 손님 하나가 전부였다. 그나마 남자 손님이 테이블 하나를 우뚝 지키고 있어 다행이었다. 그는 노트북으로 무언가 열심히 작성하고 있는 듯했다.

문제는 계산대 앞에서 벌어지는 중이었다. 중년의 여자 손님이었는데, 잔뜩 화가 나 보였다. 어르신들 전부가 주위로 모여 쩔쩔매고 있었다.

석재는 풀기 어려운 수학 문제를 만난 학생처럼 절망으로 물든 얼굴이었다. 그의 펼쳐진 검지는 포스기기 화면 위에서 갈피를 잡지 못하고 방황했다. 의미 없는 원만 계속 그려냈다. 그럴수록 중년 여자 손님의 표정은 한층 더 구겨졌다.

팅커벨, 그러니까 석재가 계산대를 맡게 된 건 단 하나의 이유 때문이었다. 과거 교직에 몸담았으며, 그의 전공이 수학이었다는 것! 그러나 포스기기 사용법을 익히는 일은 생각보다 쉽지 않았다. 그 기기는 연주를 포함해 모두가 처음 사용하는 문물이었다.

주문받고 결제하는 방법은 크게 복잡하지 않았다. 키오스크 사용과 비슷하다고나 할까. 모니터에서 메뉴를 찾아 누른 뒤, 카드로 할 건지 현금으로 할 건지만 골라 누르면 됐다. 하지만 복합결제를 원한다거나, 지금처럼 카드 매출 취소를 해야 할 때는 헷갈리고 어려웠다. 더욱이 손님이 앞에 서서 보채노라면, 눈앞이 빙빙 돌고 손끝이 떨렸다.

여자는 연주를 보자마자 강아지에게나 할 법한 손동작을 곁들이며 불렀다.

"아가씨! 이거 빨리 처리해줘요! 복숭아 아이스티를 시켰는데 레모네이드를 줬네? 노인네들이 하는 게 그렇지 뭐."

연주는 대답 없이 계산대로 들어갔다. 포스 기기에서 매출 취소 버튼을 찾아 누르고 다시 한번 카드를 긁었다. 기계가 요란한 소리를 내며 영수증을 뱉어냈다. 석재는 그 동작을 하나라도 놓칠세라 집중해 지켜봤다.

여자에게 영수증을 건네면서 연주는 옆에 놓인 음료 잔을 힐끔거렸다. 음료는 절반도 채 남아 있지 않았다. 하지만 아무 말도 하지 않았다. 그동안 저보다 더 특이하고 다채로운 민원인들을 겪어봤다. 긁어봐야 부스럼이고 말해봐야 다툼뿐이라는 걸 그녀는 잘 알았다. 진실도 진심도 필요 없었다.

"불편하게 해 죄송합니다. 오픈 한 지 얼마 되질 않아서 미숙해 그렇습니다."

연주는 고개 숙여 인사까지 했다. 원하는 대로 다 해줬는데도 여자의 표정은 불만이 가시지 않았다. 어르신들을 한 사람씩 위아래로 훑어보기까지 했다.

"민폐다, 민폐야."

여자는 혼잣말을 가장해 비아냥거리고는 출입문 쪽으로 향했다. 그때였다. 참다못한 석재가 계산대 밖으로 걸어 나오며 말했다.

"지금 뭐라고 했습니까? 그리고 당신! 분명히 레몬이라고 그랬습니다."

물론 연주도 백번 그 여자를 진상이라고 생각했다. 하지만 진상이 제 발로 막 나가려던 참 아닌가. 이 사태를 빨리 정리하고 싶은 마음에 석재를 나무라듯 소리쳤다.

"잘못한 부분은 그냥 인정하세요!"

테이블에 앉아 있던 남자 손님까지 자리에서 일어나 상황을 주시하고 있었다.

"선생님, 어서 사과드리세요."

연주는 다급한 마음에 상황을 서둘러 무마하려고 다시 한 번 말했다. 안 그래도 어수선해지는 판에 남자 손님까지 테이블을 벗어나는 게 보였다. 어, 하는데 어느새 그가 계산대 근처까지 다가왔다. 그러고는 석재를 보며 이렇게 소리쳤다.

"선생님, 사과하지 마세요."

무슨 영문인지 몰랐다. 손님이 왜 이 소란에 이렇게 적극적으로 동참하려는 건지.

반면에 석재는 그를 알아차렸다. 처음 봤을 때부터 낯이 익다고 생각했다. 방금 그가 선생님, 하고 불렀을 때 비로소 알았다. 오래전이라, 너무 오래전이라 그의 이름은 잊었으나 분명했다. 그는 자기 제자 중 한 사람이었다. 칠판 앞이 아니라 계산대 앞에서 제자와 이런 꼴로 만나다니. 석재는 어쩐지 씁쓸했다.

남자는 자기 스승을 대신해 여자 진상을 향해 목소리를 높였다.

"거의 다 마셔놓고 환불을 요구하는 게 정상이에요? 그리고 당신, 레모네이드라고 하는 거 내가 저기 앉아서 다 들었어요!"

삿대질까지 섞어가며 분노하는 남자를 보고 연주도 알아차렸다. 그러니까 그는 이곳, 카페 네버랜드의 첫 손님으로 온 이였다. 그 후로도 몇 번 더 가게에 왔었다.

"그리고 뭐? 노인네들이 하는 게 다 그렇다고? 사과는 당신이 해야겠는데!"

남자와 진상은 그 뒤로 한참이나 서로를 노려보며 대치했다. 그러다 남자의 시선이 무심하게 서 있는 연주를 향했다. 화가 아주 많이 나 보이는 눈빛이었다.

"죄…… 죄송합니다."

석재가 허공에다 시선을 둔 채 입을 열었다. 진상의 입꼬리에 슬쩍 미소가 걸렸다. 진상은 그의 사과를 받으면서 이 다툼의 승자로 인정받았다고 여기는 것 같았다. 얼마 지나지 않아 석재의 베이지색 면바지에 얼룩이 드리워졌다. 그리고 그 얼룩을 중심으로 바지가 서서히 젖어 들었다. 이윽고 그의 갈색 구두를 타고 바닥으로 무언가 흘러내렸다.

진상은 질린 표정으로 한걸음 물러나며 기겁을 했다.

"어멋! 진짜 별꼴이야!"

그 한마디를 남기고 진상은 증발하듯 사라져버렸다.

"선…… 선생님."

남자는 서둘러 자기 외투를 벗어 석재의 허리춤에 감았다. 그제야 다른 이들도 얼룩의 정체를 눈치챘다. 연주는 믿을 수 없어 머릿속이 하얘지는 기분이었다.

석재는 여전히 허공에서 눈을 떼지 못한 채 동상처럼 서 있었다. 그는 또다시 드리워진 그날의 그림자 속으로 서서히 침몰하는 중이었다.

***

    팅커벨, 그러니까 석재가 카페 네버랜드의 면접을 보게 된 건 의사의 처방 때문이었다.

    그는 얼마 전만 해도 매일 아침이면 집을 나와 강변이 보이는 벤치로 향했다. 어떤 날은 점심시간이 훌쩍 지날 때까지, 또 어떤 날은 해가 저물 때까지, 그렇게 거기에 동상처럼 앉아만 있었다. 그를 두고 '벤치 맨'이라고 별명까지 지어 부르는 이들도 있었다. 그런 사실도 그는 몰랐다. 그저 10년째 하루도 빠짐없이 거기 앉아, 흐르는 강물만 바라볼 뿐이었다. 실은 강을 보기만 한 건 아니었다.

    목숨을 끊으려 물에 뛰어든 일도 두어 번 있었다. 사람들의 왕래가 비교적 잦은 강변 산책로였으므로, 소기의 목적을 이뤄내지 못하고 번번이 살아났다. 살아날 때마다 이전보다 더 못난 사람으로 평가받을 뿐이었다. 석재는 그렇게 죽고자 하는 용기마저 잃었다. 어쩌면 처방받아 먹는 우울증 약의 효과 때문일지도 몰랐다.

    그는 평생을 교직에 몸담았고, 모범적으로 살았다. 쓰레기 하나도 바닥에 그냥 버리는 법 없고, 사는 동안 욕설 한번 입에 담질 않았다. 그런 그의 인품을 두고 모두들 존경했다. 그런데 왜 이렇게 되고 말았을까, 석재는 매일 강변에 나와 그 생각을 했다. 뭐든 쌓아 올리는 데는 많은 시간과 노력이 필요하지만, 그게 무너지는 건 한순간이었다. 이제 그에게 남은 거라고는 지독한 우울과 모멸감뿐이었다.

하루는 벤치에 앉아 어린이 야구단 유니폼을 입은 아이들 몇이 야구공을 주거니 받거니 하는 걸 바라봤다. 석재는 야구를 좋아했다. 어쩌면 자신의 스포츠 취향이 문제의 시작은 아니었을까 자책했다. 아니다, 자신의 잘못이 아니었다. 그는 생각했고, 또 생각했다.

그때였다.

"야, 벤치 맨 할아버지 바지에 오줌 쌌나 봐."

사내아이 하나가 손가락으로 석재를 가리키며 떠들었다. 아이들이 깔깔대며 웃어댔다. 그제야 그는 자기도 모르게 바지에 실수한 사실을 알게 됐다.

10년 전, 그는 교장으로 있던 학교에 야구부를 신설해 육성했다. 전직 2군 프로 야구선수 출신을 감독으로 영입했다. 후에 알고 보니 그는 석재가 가르친 학생 중 하나였다. 반가운 마음이 컸다. 평범해 보이던 제자. 그가 자신을 바닥으로 끌어내릴 거라고는 생각지도 못했다.

감독은 야구부 학부모들로부터 수년간 불법 찬조금을 받아왔고 결국 그 사실이 적발됐다. 이 때문에 석재는 교육청으로부터 경고 처분을 받아야만 했다. 그때 눈 딱 감고 그를 학교 밖으로 내보냈어야 했다. 하지만 그의 눈물을 믿었다.

야구부 감독은 석재 앞에 무릎을 꿇고 눈물로 사죄했다. 제자의 변명은 구차했다. 그러나 석재는 그의 변명을 믿어줬으며, 등을 토닥여주기까지 했다. 돈이란 게 원래 사람을 구차하게 만들기도 하니까. 그는 스승이었으므로 제자를 용서하고 바른 곳으로 이끌리라 다짐했다. 하지만 감독은 그걸 응원으로 받아들였던 모양이다. 얼마 지나지 않아 또 그 짓을 했다.

다시 한번 문제가 불거졌다. 전과 다른 점은, 그 책임의 화살이 전부 석재를 향해 있었다는 것이다. 감독은 옛 스승인 석재에게 청탁했고, 불법 채용됐다고 밝혔다. 그동안 계속해서 찬조금 일부를 바쳐왔다고 거짓 진술까지 덧붙였다. 그렇게 제자는 자신의 죄를 스승에게 떠넘겼다. 사실이 아니었으므로 증거가 있을 리 만무했다. 진실은 결국 밝혀질 거라 믿었다.

하지만 사람들은 정황이라는 것에 기대어 판단 내리길 좋아했다. 아무렇게나 진실을 만들어버렸다. 결국에는 그의 가족들마저 그러했다. 그는 그 사건으로 말미암아 교장 중임 심사에서 탈락했다. 두 단계나 강등당해 하루 만에 교장에서 원로교사로 추락했다. 더 이상 학교에 남아 있을 수 없었다. 그렇게 석재는 불명예 퇴직을 했다.

어느 날부터인가 억울한 감정이 찾아들면 자신도 모르게

바지에 오줌을 쌌다. 이는 약을 먹어도 나아질 기미가 없었다. 병원에서는 감정의 환기가 중요하다고 말했다. 새로운 일이나 취미를 갖고 새로운 사람을 만나는 게 괜찮은 치료 방법이라고 알려줬다.

석재는 자신의 상황과 증세를 연주와 동료들에게 솔직히 털어놨다. 그는 가족들의 권유로 면접에 지원했다는 사정도 말했다. 담당 의사가 시 홈페이지의 모집공고를 보고 그의 가족들에게 추천했는데, 어찌 보면 처방이나 마찬가지였다.

그는 심리적 요인으로 벌어지는 현상이므로 혹시 모르니 팬티형 기저귀를 착용하겠다고까지 했다. 이곳에서 근무하는 것 자체가 본인에게는 치료의 과정이 될 수 있다며 거듭 부탁했다. 어차피 석재의 도전을 그 누구도 반대하거나 막을 수는 없었다. 해고는 불가한 사항이었다.

***

인근에 맛집으로 소문난 식당과 업무협약을 체결하기로 했다. 식당에서 식사 후 영수증을 지참해 카페 네버랜드를 찾으면 10% 할인 혜택을 주기로 한 것이다.

손님이 줄을 서는 그 식당은 중년의 부부가 운영하는데, 부부는 송 과장과 대학교 선후배 사이였다. 그들은 가게에 카페 네버랜드 홍보물을 부착하도록 배려까지 해줬다. 그동안 강 건너 불구경하듯 했으나 생각보다 부진한 실적에 송 과장도 똥줄이 타기 시작한 것이다.

오후쯤 돼서야 송 과장에게 전화가 걸려 왔다. 그곳에 함께 방문하기로 약속돼 있었다. 송 과장은 가게 밖에서 기다릴 테니 짐을 챙겨 나오라고 했다. 그러면서 빈손으로 가기 뭣하다며 커피 포장을 주문했다.

생각해보니 그는 면접과 개소식 이후에는 단 한 번도 가게에 들른 적이 없었다. 주민센터의 다른 직원들은 그렇다 쳐도 송 과장만큼은 같은 배를 탄 거나 마찬가지였다. 연주는 이때다 싶어 작정하고 섭섭한 감정을 드러냈다.

"과장님. 너무하신 거 아니에요? 어떻게 가게에 한번을 안 오세요."

"그…… 그, 그게 아니라. 내가 가면 더 불편하기만 하잖아. 한 주무관을 절대적으로 믿으니까 그렇지. 그런데 혹시 오만영 씨가 나에 대해 무슨 말 하진 않았어?"

"두 분 서로 아는 사이세요?"

"어휴, 큰일 날 소리를 하네. 몰라, 전혀 몰라! 빨리 준비하고 나오기나 해."

송 과장은 말까지 더듬으며 변명만 늘어놓기 바빴다.

연주는 전화를 끊자마자 기복에게 커피부터 부탁했다. 그러나 잠깐만 기다리라던 그의 말과 달리 20분이 지나도록 커피가 나오질 않았다. 밖에서 기다리던 송 과장도 전화를 걸어 슬슬 짜증을 냈다.

연주가 홀에 나가보니, 커피 추출기 앞에 어르신 네 명이 다 모여 머리를 맞대고 있었다. 아니, 끙끙대며 작당 모의를 하는 것 같았다. 준섭이 연주의 등장을 알아차리고 헛기침을 했다. 하지만 기복은 신호를 알아차리지 못했다.

기복은 오직 자신에게 집중하고 있었다. 포터 필터를 커피 추출기 그룹 헤드에 가져다 대고는 지긋이 눈을 감았다. 짧고 굵게 하나님께 기도 올리는 듯 보였다. 그는 이력서 경력란에도 안수집사라고 써놓았다.

"아멘!"

기도발이 듣질 않는지 포터필터를 끼워 넣으려 애를 쓸수록 원두 가루가 사방으로 흩뿌려지기만 했다. 그와 동시에 만영이 어색한 연기를 선보였다.

"니미! 기계가 불량이었네. 기계가."

그들은 이미 공범이었다. 이번에는 준섭이 포터필터를 넘겨받았고, 신중하게 시도해봤지만 겉돌기만 했다. 이 괴상망측한 상황을 관찰만 하던 연주가 입을 열었다.

"지금 뭣들 하시는 거예요?"

기복은 목청을 가다듬고 설명을 시작했다.

"이 원두는 브라질 세하두이며 바디감이 묵직해요. 분쇄도는 엑스트라 파인으로 하는데 이렇게 하면 에스프레소가……."

연주가 그의 말을 딱 잘랐다.

"선생님! 주문한 커피는요?"

"아직……."

연주는 드디어 알았다. 믿었던 신기복, 카페 네버랜드의 히든카드라 믿었던 똑딱 악어! 그는 커피 추출기를 전혀 다루지 못했다. 어떻게 그럴 수가 있지? 연주는 자신이 알아차린 걸 믿고 싶지 않았다.

"그때 면접 볼 때 분명 바리스타 학원 다니셨다고 했죠?"

"나…… 이것만 안 배웠지, 다른 건 얼마든지 알아요."

연주의 심장이 요동치기 시작했다. 혈압이 오르는지 두통도 뒤따랐다. 크게 심호흡을 몇 번 했다. 이어 기복의 눈을 쳐다보며 또박또박 물었다.

"학원 원장님이, 추천해서, 면접, 보신 거잖아요?"

기복은 두 손을 가지런히 앞으로 모으고는 고개만 숙일 뿐이었다. 연주에게 돌아올 대답은 없었다. 그녀는 이 상황을 끔찍하다고 생각했다. 하지만 그럴수록 이상하게 웃음이 났다. 자신만 이 사실을 까마득히 몰랐다니.

"흐, 흐흐. 그럼 그동안 커피 손님들은 어떻게 하셨어요?

호호호."

　기복은 괴이한 웃음소리에 놀라 슬며시 고개를 들고 연주를 올려다봤다.

　"아멘."

　그 말만 남기고 기복은 얼른 다시 눈을 감았다. 고개를 전보다 더 숙였다. 만영이 대신 대답했다.

　"손님이고 나발이고, 못하는 걸 못 한다고 솔직허니 말해야재. 안 그요? 내가 커피 말고 다른 걸 마시라 그랬네. 뭐, 싫으면 그냥 나가라고도 하고."

　"호호호. 뭐라고요? 선생님!"

　"오메! 몇 번을 말해야 한단가. 나는 선생님이 아니란께."

　단 하루도 정상적으로 흘러가는 날이 없었다. 웃음이 잦아들자, 눈물이 쏟아지려 했다. 연주는 서둘러 벽 쪽으로 돌아섰다. 그들로부터 영영 이렇게 등을 돌리고 사라지고 싶은 심정뿐이었다.

　벽면은 소설 속 네버랜드의 주요 장소를 벽화 형태로 제작해뒀다. 내부 실내장식 중 그녀가 가장 신경 쓴 부분이기도 했다. 해적선이 정박해 있는 식인 만, 인어와 똑딱 악어가 사는 인어 석호……. 그중 해골바위가 그녀의 눈에 들어왔다. 아니, 해골바위의 움푹 팬 두 개의 구멍이 눈이 돼 자신을 빤히 구경하는 것 같았다.

이번만큼은 연주도 참을 수 없었다. 해고하기로 결심했다. 계약서대로라면 해고는 불가했다. 하지만 '불법이나 허위로 채용됐거나, 운영상에 큰 피해를 준 경우'라는 예외 조항이 있었다. 연주는 도로 사무실로 들어갔다. 정신을 가다듬고 서랍에 모아둔 이력서 파일을 꺼내 들었다. 허위로 경력을 기재한 사실을 입증해 계약을 취소하면 됐다. 그리고 정말 커피추출기를 다룰 수 있는 어르신을 모셔 오면 될 일이 아닌가.

연주는 그 어느 때보다 차분하고 꼼꼼하게 기복의 경력란을 확인했다.

바닐라 빈 바리스타 학원 : 바리스타 과정 수강

그 옆에 표기된 날짜를 살폈다. 연주는 자기 눈을 몇 번이나 세게 비벼댔다. 학원에는 닷새 다닌 것으로, 그러니까 정말 솔직하고도 정확하게 표기돼 있었다. 못 보고 놓친 건 그날의 면접관이었던 본인이었다.

연주는 마른침을 삼켰다. 바로 학원에다 전화를 걸었다. 뭐라도 하나 건져야 했으니까.

"저도 참. 강사는 잘라봤어도, 수강생을 자른 건 이번이 처음이었어요. 도무지 수업 진행이 안 됐거든요. 그리고 수업 시작과 끝에 꼭 기도를 권하세요. 여긴 교회가 아니라 학원이잖아요. 그리고 전 불교 신자라고요."

바리스타 학원 원장이 푸념을 늘어놓았다.

"신기복 어르신이 면접 때 분명 그러셨거든요. 원장님께서 본인 실력이 훌륭하다며 추천했다고. 여기에 면접 보라고 추천하셨다고 들었어요. 이거 거짓말 맞죠?"

"하, 해석에 따라 추천으로 받아들일 수도 있겠네요. 또 워낙 귀가 잘 안 들리시니까. 암기 능력은 정말 탁월하세요. 교재를 달달 외우셔요. 이틀 만에 전 세계 원두 종류를 섭렵하셨으니까요. 전 더 이상 드릴 말씀 없네요."

상대는 추천한 게 아니라, 기복을 이쪽으로 떠넘긴 거였다.

새삼 연주는 자신이 해골바위에 서서 오도 가도 못하는 꼴이란 걸 느꼈다. 해골바위는 수장을 위한 최적의 장소였다. 밀물이 되면 해골바위 섬은 곧 잠기고 말았다. 그곳에 올라선 이는 그 누구라도 살아남지 못했다. 그런 곳이었다.

카페 네버랜드의 시간은 가고 있었다. 자신도 모르는 사이에 물은 밀려들었고 어느새 발밑까지, 아니 무릎까지 차오르는 중이었다.

4
문제 많은 노인들

물기를 머금은 아스팔트 위로 네온사인이 흩뿌려졌다. 준섭은 검정색 옥스포드 원단을 두른 캠핑용 왜건을 끌고 축축한 길을 따라 걷고 있었다. 바닥에 닿은 빛은 더 이상 빛나지 않았다. 흐리멍덩하게 색을 잃어 발길에 그저 밟히고 있었다. 그 버려진 빛으로 왜건을 가득 채울 듯이, 어둠 속을 헤치는 그의 걸음이 바빠졌다.

준섭은 퇴근 후 집에서 간단히 식사를 해결하자마자 세차 도구를 챙겨 밖으로 나왔다. 하루쯤 쉴까도 했으나 화방에 갈 일이 있었다. 나간 김에 근처 몇 곳에 들러 일을 하기로 마음먹었다.

생소하고 낯선 일은 신경을 곤두서게 했다. 낮 동안 하는 일이 딱 그랬다. 준섭은 평소에 커피를 마시지 않으니 커피숍 갈 일도 거의 없었다. 그런데 그 장소에서 일을 하게 될 줄 누가 알았겠는가. 어쨌든 잘하고 싶었다. 남들이 정년퇴임 하는 시기에, 자신은 도리어 팔자에 없던 직장생활을 하게 된 것 아닌가.

그는 요양원에서 봉사활동을 하다가 노인복지과 공무원을 만났고, 면접을 추천받았다. 처음에는 일전에 해본 적 없는 낯선 직종이라 그저 듣고 흘렸다. 이후 한 번 더 권해왔을 때는 마음이 흔들렸다. 일은 배우면서 하면 될 거라고 했다. 급하게 사람이 필요하니 합격 여부없이 무조건 채용될 거라고 언질까지 줬다.

면접 지원자 중 본인이 가장 젊을 거라는 말을 들었을 때, 자신감마저 생겼다. 비슷한 또래가 모여 일한다니 심적 부담도 적었다. 무엇보다 밤마다 하는 이 일을 계속할 수 있을지 막막하던 참이었다.

그렇게 카페 네버랜드에서 일한 지도 어느덧 한 달이 다 됐다. 그동안 단 하루도 바람 잘 날이 없었다. 손님도 많지 않았는데, 늘 불편한 긴장감이 감돌았다. 물에 뜬 기름처럼 다들 겉돌았고, 어색했다.

겉으로는 그저 한적해 보였으나 실로 지루했다. 체질적으로 그런 공기를 견디지 못하는 이도 있었다. 바로 만영이었다. 그는 나이가 같다는 이유로 자꾸만 자신에게 치근댔다. 이를테면 생일을 물어 누가 더 형인지 가리려 한다든가. 성치도 않은 팔을 들이밀며 팔씨름으로 내기를 하자든가. 준섭은 12월생이었으나 만영에게만큼은 1월생인 척 둘러댔다. 그의 눈에 만영은 '적당히'를 모르는 인간으로 비쳤다.

만영은 그 정도에서 멈추지 않고 공통된 무언가를 계속 찾아보려고 애를 썼다. 그의 관점에서는 친교의 표현일 수도 있으나, 당하는 처지에서는 거북하기만 했다. 틈만 나면 이것도 캐묻고 저것도 캐물었다. 준섭이, 나 이 동네 토박이 아니라 아는 사람도 별로 없고 아는 것도 없어요, 하고 말해도 소용없었다. 이제는 예술가 선생, 해대면서 비아냥거리기까지 하는 지경이었다.

왜건에 실린 세차용품과 화방에서 산 물건이 서로 부딪히며 덜그럭거렸다. 준섭은 그 소리를 정겨워하며 계속 걸었다. 그에게 이 일은, 몸을 쓰긴 해도 낮에 하는 일보다 피곤은 덜했다. 오랫동안 해온 만큼 숙달돼 있어 그럴 것이다.

집을 나온 뒤 벌써 몇 시간째 모텔촌 주변을 헤맸으나 별 성과가 없었다. 지금까지 겨우 승용차 세 대를 손 세차했다. 그렇게 해서 손에 쥔 돈 만 2천 원. 미술 재료를 구입하느라 화방에서만 이미 7만 2천 원을 썼다. 못해도 지출의 절반은 채우고 집으로 돌아갈 생각이었다.

그는 서둘러 다른 모텔 주차장으로 향했다. 주차장 가림막은 바닥까지 내려와 있었고, 간판은 불이 꺼진 상태였다. 그걸 발견하고 그는 속으로 쾌재를 불렀다. 그건 만실을 뜻하는 사인이었다. 반가운 마음에 왜건을 끌고 주차장 안으로 돌진하다시피 했다. 미처 밀쳐내지 못한 가림막에 따귀를 맞다시피 했으나 상관없었다. 하이파이브 하는 심정이었다.

그러나 부푼 마음은 금세 쪼그라들었다. 프런트에 들어가자마자 모텔 주인은 손으로 엑스를 그려 보였다. 이미 한발 늦은 듯했다. 준섭은 그대로 왔던 길을 되돌아 나와야만 했다.

50미터도 채 되지 않은 거리에 또 다른 거래처 모텔이 보였다. 그는 힘없이 발걸음을 옮겼다. 그러다 멈춰서 시간을 살폈다. 어느덧 자정이 지나 있었다. 과거에는 새벽 2시는 넘어야 집으로 향했다. 하지만 카페 네버랜드에 출근한 후로는 곤란했다. 아침에 일어나는 일이 버거워졌기 때문이다.

준섭은 사실 시집 몇 권을 출간한 시인이다. 잘 팔리지는 않았으나 그건 그의 이력이 됐고, 문화센터에서 시 쓰기 강의를 맡기도 했다. 물론 인기가 없어 주로 폐강의 쓴맛을 봐야만 했다. 이제는 강의가 개설조차 되질 않고, 준비하던 시화집의 출판도 보류된 상태였다.

뭐, 그렇다고 강사료가 두둑했던 것도 아니었다. 그저 용돈벌이 수준에 불과했다. 이처럼 밤마다 모텔촌을 돌며 손 세차

하는 일이 거의 주업이나 마찬가지였다. 우연히 모텔 주차장에서 수강생을 만나기도 했으나, 이 일을 부끄럽게 여긴 적은 단 한 번도 없었다.

그는 나이 마흔이 다 돼 지금의 아내를 만났다. 결혼할 형편도 아니었고, 가정을 꾸릴 생각은 해본 적도 없었다. 자신을 겨우 건사하며 시를 썼고, 틈틈이 그림 그리는 것으로 삶을 지탱했다.

그런 준섭을 아내가 쫓아다니며 구애했다. 그녀는 「비밀을 간직한 새」라는 그의 시 한 편에 반했다. 시 한 편이 빚어낸 결과치고는 꽤 컸다. 그렇게 그는, 아내는 물론이고 당시 다섯 살 된 딸까지 덤으로 얻었다.

아내는 단 한 번도 그의 수입에 관여하지도, 묻지도 않았다. 그의 과거에 대해서도 궁금해하지 않았다. 덕분에 그는 감추고 싶은 어느 시간을 억지로 숨기지 않아도 됐다. 아내는 그에게 있어 참 고마운 사람이었다. 다툼 한번 없을 정도로 평온한 부부생활을 이어갔다.

그러나 단 하나 문제가 있었다. 아내는 그가 밤마다 세차하러 나가는 걸 싫어했다. 노인이 캄캄한 골목을 홀로 돌아다니면 위험하다는 게 그 이유였다. 아내는 늘 준섭이 나갈 때마다 염려 섞인 잔소리를 해댔다.

그러나 그 잔소리도 요즘은 슬슬 그리워지고 있었다. 아내는 1년이 넘도록 딸네 집에서 지내고 있다. 여기서 3시간쯤 떨어진 곳이었다.

아내는 딸이 첫 아이를 낳을 때 산후조리를 해주러 갔다. 석 달쯤 수발해주고 올 거라고 했다. 그러던 중 딸이 덜컥 둘째를 임신했고, 그 바람에 아내는 집으로 돌아오지 못하고 눌러앉아 버렸다. 이제 아내는 준섭이 딸의 집을 방문해야만 만날 수 있는 사람이 됐다.

그렇다고 아내와 사이가 멀어지거나 한 건 아니었다. 아내는 빠트리지 않고 매일 전화로 안부를 물었다. 밥은 먹었는지, 아픈 곳은 없는지. 애틋하게 이것저것 챙겼다. 하지만 언제쯤 돌아오냐는 질문에는 답을 내놓지 못했다. 준섭은 생각했다. 이러다 딸이 셋째라도 가지면 아내와 영영 생이별하게 되는 건 아닐까. 그렇다고 하나뿐인 딸의 가족 계획에 끼어들 수도 없는 노릇이었다.

준섭은 아내가 그리울 때마다 시를 지어 보냈다. 말수가 없어 평소 대화는 적었으나, 그는 진심으로 아내를 사랑했다. 아내가 집으로 돌아올 즈음에는 손 세차 일도 미련 없이 관둘 작정이었다. 이제 낮 동안의 벌이가 있어 미술 재료비 걱정도 한시름 놓을 수 있었으므로.

준섭은 한 달에 두 번 정도 지역 내 요양시설을 찾아가고 있었다. 그곳에서 캔버스에 아크릴로 노인들의 초상화를 그려 선물했다. 수십 년째 이어온 봉사며, 그리다 보니 어느덧 자신이 노인이라 불리는 나이가 됐다. 그는 손가락에 힘이 남아 있는 한 그 작업을 계속할 생각이었다. 가능하다면 더 많은 어르신을 그리는 게 그의 바람이기도 했다.

그는 노인들의 주름진 얼굴을 그리면서, 더는 떠오르지 않아 괴로운 부모의 얼굴을 끄집어냈다. 그러다 보면 어느 날인가 사진 한 장 없는 부모의 초상화도 완성할 수 있지 않을까, 그는 기대했다. 오로지 이 일을 계속하기 위해 손 세차 일도 시작한 거나 다름없었다. 차마 봉사할 때 드는 비용까지 아내에게 손 벌릴 수 없어 그랬다.

처음 시작했을 무렵에는 손 세차 일도 쉽지만은 않았다. 이 일은 남의 사업장에 들어가 하는 일이라, 사전에 모텔 사장과 협의가 이루어져야 가능했다. 무턱대고 아무 곳이나 들어가서 할 수 있는 게 아니었다. 허락을 구하기 위해서는 먼저 서비스를 베풀어야만 했다. 사장의 차를 세차해 준다거나, 출입문이나 외벽 유리의 얼룩을 닦아주는 따위의 꾸준한 수고가 뒤따랐다.

어려운 점은 이뿐만이 아니다. 고급 승용차를 잘못 건드렸다가 낭패를 겪은 적도 있었다. 어디서 이미 긁힌 걸 가지고 세차를 하다 흠집을 냈다며 몰아세우기도 했다. 초극세사 타올만 사용하는데 스월마크는 뭐고 스크래치는 웬 말인가. 물

없이 약품만 써서 세차하는데, 그 약품이 눈에 튀어 안과에 간 적도 있었다.

세차비는 대당 5천 원을 받았으나 요즘은 경쟁이 치열해졌다. 그는 1시간씩 더 일하기로 마음먹고 금액을 4천 원으로 낮춰 받았다. 경쟁력을 확보하기 위한 전략이었다. 그러나 이게 화근이 돼 모텔 주차장에서 한바탕 소란이 벌어지기도 했다.

상대는 자식뻘 되는 건장한 사내였다. 그 사내는 한 치의 망설임 없이 준섭의 왜건을 박살 냈다. 주먹을 눈앞에서 흔들며 위협까지 했다. 손 세차 업계의 물을 흐린다는 게 이유였다. 그런 횡포 속에서도 준섭은 단 한마디도 대구하지 않았다. 그저 바닥에 흩어진 제 물건을 주워 밖으로 나서는 게 고작이었다. 두려워서가 아니었다. 이전에 벌어졌던 실수를 다신 반복하지 않겠다는, 자신과의 약속 때문이었다. 더는 그 무엇도 잃고 싶지 않았다.

왜건 한쪽에는 아까 화방에서 산 아크릴 물감과 캔버스가 실려 있었다. 준섭의 눈에 자꾸 그것들이 밟혔다. 그는 집으로 돌아가기 전, 딱 한 곳만 더 들렀다 가기로 했다. 요양원의 어르신들 생각에 발걸음이 무거웠다. 아니, 자신의 부모가 그리워 그랬다.

모텔 간판을 이정표 삼아 다시 왜건을 끌었다. 객실 호텔급

리모델링, 넷플릭스 완비라는 전광판이 번쩍이는 곳이었다.

＊＊＊

　가게 앞에 주차하자마자 연주는 룸 미러로 제 얼굴부터 들여다보았다. 누가 봐도 방금까지 집에 누워 있다 그대로 나온 꼴이었다. 급한 대로 손가락을 갈고리처럼 세워 머리를 빗었다. 양치질은 고사하고 눈곱도 못 떼고 바로 튀어나왔다. 그러다 차 열쇠를 두고 나와 다시 집에 올라가야만 했고, 그 바람에 10분은 더 까먹었다.

　눈을 떴을 때는 11시였다. 시계를 봐놓고도 연주는 벽 쪽으로 돌아누워 한참 있었다. 잠이 덜 깬 탓에 사태 파악이 안 된 것이다. 이윽고 뇌가 제 기능을 시작했을 때 그녀는 소리부터 질렀다. 양말을 짝짝이로 신고 옷장을 열어 잡히는 대로 옷을 꺼내 몸을 끼워 넣었다.

　운전석에 오르자마자, 발사된 로켓처럼 카페 네버랜드로 차를 몰았다. 하필이면 신호란 신호에는 죄다 걸렸다. 그때 주유등까지 켜졌다. 출근길 내내 지독한 꿈이길 기도했다.

　집에서 가게까지는 30분 거리였다. 분명 다른 날보다 더 바삐 서둘렀으며 액셀러레이터도 있는 힘껏 밟았건만, 가게 앞에 도착하니 정오를 넘긴 시각이었다.

맥주 네 캔이 화근이었다. 평소라면 한 캔쯤에서 끝냈다. 많이 마셔봐야 두 캔도 다 마시지 못했다. 그러나 스트레스라는 놈은 주량을 무시했고, 알싸한 탄산을 그녀의 목구멍 안으로 계속 들이부었다. 그녀는 전날 밤, 평소 주량의 두 배 이상을 더 마셨다.

연주의 스트레스 해소법은 그랬다. 공무원 호봉표를 정독하며 마시는 맥주 한 캔, 그거면 충분했다. 인사혁신처 홈페이지에서 공무원 호봉표를 내려받아 가장 아래부터 위까지 차례로 읽어보는 것이다.

그녀는 자신의 공무원 생활을 월급으로 기억했다. 자신이 165만 9천 500원이었을 때는 교통과에서 차량 과태료 부과 업무지원을 했다. 주정차 위반 과태료 고지서를 등기로 보내고 이와 관련된 민원을 맡아 처리했다. 평생 살며 들을 온갖 욕설을 그때 모두 들었다 해도 과언이 아니었다. 과태료에 대한 의견진술서가 날라 오면 이에 대한 답변도 상세히 적어 회신해야 했다. 그래봤자 결말은 또 욕설이다. 교통과가 아니라 '고통과'였다.

192만 8천 200원이었을 때는 절대 잊을 수가 없다. 그녀가 도로관리과에서 노점상 단속을 수행했던 때다. 거의 매일이 현장 출장이라 힘들었다. 그보다 더 힘든 건 생계를 여기에 몽땅 건 이들의 좌판에 계고장을 붙이는 일이었다. 채소 좌판에 단속 나갔다가 대파가 두 동강이 나도록 맞은 일도 있었다.

그 시절 매일 아침을 해결했던 토스트 포장마차도 그녀는 제 손으로 없앴다. 그곳은 노부부가 운영하던 곳이었다. 그들은 그녀가 오면 빵 사이에 달걀부침을 한 장씩 더 넣어주곤 했다. 노부부는 울면서 사정했으나, 일은 일이었다. 그 후로 연주는 아침을 굶어야만 했다.

그녀는 지난 시간을 굳세게 버텨 온 자신이 문득 자랑스러웠다. 곧 호봉표의 좀 더 위 칸으로 시선을 옮겼다. 사뭇 진지했다. 앞으로의 승급 여부에 따라 현재 분양받아 살고 있는 이 17평짜리 아파트의 대출금 상환 기간도 달라졌다. 그 생각에 미치니 가슴이 답답했다. 아니, 카페 네버랜드를 오픈한 이후로 줄곧 체증에 걸린 것처럼 답답했다.

그녀는 냉장고에서 맥주 한 캔을 더 꺼냈다. 곧이어 한 캔을 또 꺼냈다. 위험 수위를 가뿐히 넘어서고 있었다. 그 캔마저 비웠을 때 연주는 아버지에게 전화를 걸었다. 근 반년만의 통화였다. 세상이 괜히 아름다워 보이고 그랬다.

무슨 말을 참 많이도 한 것 같은데, 결국 아버지의 마지막한마디만 떠올랐다. 김빠진 맥주 같은 목소리로 아버지는 이렇게 말했다.

"자라, 제발 그만 좀 자."

연주는 원래 아버지의 말은 듣질 않았다. 될 수 있는 한 청

개구리처럼 굴고 싶었다. 그리하여 냉장고의 맥주를 모두 비우고서야 침대에 대자로 뻗었다.

모처럼 아버지의 말을 곧이 들었더라면 좋았을 텐데, 숙취처럼 후회가 밀려들었다. 후회도 이미 늦었으며 출근은 한참 늦어버렸다. 마침 만영이 가게 유리문으로 다가와 밖을 내다봤다. 연주는 그와 눈이 마주쳤고, 더 이상 차 안에서 지체할 시간이 없었다.

"한 주무관 안색이 안 좋은 거 같은데, 어디 아픈가요?"

그녀가 가게 안으로 들어서자마자 계산대에 있던 석재가 걱정스러운 얼굴을 하고 물었다. 연주는 생각했다. 이렇게 된 이상 아픈 척하기로 말이다. 하지만 그녀가 미처 대답을 하기도 전에 만영이 피식 웃으며 말했다.

"딱 보니 꼴았네, 완전. 술에 진탕 꼬라박은 사람인데 뭘."

연주는 순간 당황했다. 술 마신 걸 들켜서가 아니라 손님 한 사람과 눈이 마주쳤기 때문이다. 그는 그날처럼 또 빤히 저를 주시했다. 그는 그러니까, 이 가게의 첫 손님이자 석재에게 외투를 벗어줬던 이였다.

그는 그 일이 있고도 여전히 가게에 자주 들렀으며, 어떤 날에는 오픈 준비 시각부터 들이닥쳤다. 매일 노트북 하나를 끼고 다니면서 커피숍에서 허송세월하는 것으로 보아 백수가 확실했다. 하지만 그 행색이나 차림은 꽤 멋스러웠다. 저 나이 먹도록 벌이도 없으면서 저토록 멋을 부린다? 그건 부모의 등골이 꽤 쓸 만한 팔자 좋은 놈이란 증거였다. 연주는 그를 그렇게 결론 내렸다.

놈팡이는 어느새 자신보다 이곳 노인들과 더 친해져 있었다. 모두 그를 '조 군'이라고 불렀다. 조 군은 자신에게 수학을 가르쳐준 석재뿐 아니라, 노인 모두를 자신의 스승처럼 공손히 대했다. 어쨌든 그는 카페 네버랜드의 유일한 단골이 됐다.

"조 군! 자네가 봐도 그러재?"

조 군은 한쪽 입꼬리를 올리고 한심하다는 듯 연주를 쳐다봤다. 순간 그녀는 자신도 모르게 변명을 늘어놓을 뻔했다. 10년간의 공직 생활 중 단 한 차례의 지각도, 결근도 없었노라고! 아니다, 단골이면 단골이지 그렇다고 자신을 비난할 만한 위치는 아니지 않은가. 그에게 부끄러워할 이유가 전혀 없다고 연주는 자신을 다독였다.

그때, 조 군이 손가락으로 바깥을 가리키며 말했다.

"저기 동장님 오시네요!"

연주는 그가 여전히 자신을 조롱하는 것으로 생각했다. 그래서 큰 소리로 이렇게 말했다.

"흥, 오면 오는 거지. 뭐 어쩌라고요?"

그 말이 떨어지기 무섭게 거짓말처럼 도어벨이 울렸다. 가게로 들어선 동장은 연주를 보자마자 눈살부터 찌푸렸다.

"꼴이⋯⋯."

뒤따라 들어온 송 과장은 만영의 시선을 애써 피했다. 사무실 쪽으로 달아나듯 자리를 옮기며 말했다.

"동장님, 보는 눈이 많습니다. 이쪽으로, 이쪽으로. 들어가셔서 말씀 나누시지요. 조 선생님도 들어오시죠."

조 선생님? 그 호칭에 놈팡이가 자리에서 슬그머니 일어났다. 연주는 갑작스러운 동장의 방문 이유와 그들의 관계가 파악되질 않아 어지러웠다. 거기에 숙취까지 더해지니 머리가 깨질 듯 아팠다. 그 순간, 그때까지 시무룩해 있던 기복이 자리에서 일어나 때아닌 고해성사를 시작했다.

"한 주무관이 지각한 건 다 저 때문입니다. 저 때문이에요."

"행님, 어제 같이 한잔해블었어요?"

만영이 펄쩍 뛰는 동작을 하며 입을 놀렸다. 이제는 습관처럼 기복에게 뭔가 물을 때는 제스처를 곁들였다. 그 후로 대화는 이전보다 훨씬 매끄러워졌다.

기복은 좌우로 고개를 흔들었다. 표정이 심상치 않았다.

***

그러니까, 어제저녁 퇴근 후의 일이다.

도로는 혼잡했다. 퇴근 시간에 맞물려 차들이 동시에 쏟아져 나와 그랬다. 기복은 연주의 차 보조석에 몸을 실었다. 가게는 마감했으나, 두 사람의 일과는 여태 끝나지 않았다. 그들에게는 해야 할 일이 남아 있었다.

운전대를 잡은 연주는 입이 찢어지라 하품했다. 기복은 못 본 척 창문으로 시선을 돌렸다. 두 사람은 어느 건물 주차장에 도착할 때까지 아니, 건물 안으로 들어설 때까지 단 한마디도 나누질 않았다. 그저 학원의 강의실로 들어가 정해진 자리에 나란히 앉을 뿐이었다.

바닐라 빈 바리스타 학원 원장은 말할 때 심하게 침을 튀기는 스타일이었다. 야간반 수강생은 연주와 기복을 포함해 열 명 남짓이었다. 그중 몇몇은 중간 쉬는 시간에 나가서는 들어오질 않았다. 그나마 남은 이들도 조느라 바빴다.

그러든지 말든지 원장은 '바바 부단(Baba Budan)' 이야기에 심취해 있었다. 바바 부단이라는 사람은 이슬람 승려였는데, 커피 씨앗을 훔쳐 인도 마이소어 지역에 심어 재배를 시작했다나 뭐라나. 그 순간에도 씨앗을 뿌리듯 원장은 침을 뿌렸다. 하필이면 연주와 기복은 맨 앞자리에 앉았다.

"바바 부단이 일곱 개의 씨앗을 훔쳤어요."

기복은 연주에게만 들리도록 슬쩍 말했다. 수업 시간에 잡담을 일삼는 학생처럼 원장의 눈을 피해 말이다. 원장이 눈치채기 전에 연주는 검지를 얼른 자신의 입술에 대며 그에게 경고 신호를 했다. 기복은 고개를 끄덕였다.

두 시간짜리 수업이었다. 더욱이 퇴근 후에 받는 수업이라 졸릴 만도 했다. 하지만 두 사람 모두 얼굴에 튄 침을 닦느라 바빠 졸릴 새도 없었다.

기복은 나이만큼이나 책임감도 투철했다. 커피추출기 사건이 일어나고 며칠 뒤 먼저 연주에게 면담을 요청했다. 그렇게 두 사람은 사무실 안 테이블에 마주 앉았다.

기복은 슬그머니 안주머니에서 꼬깃꼬깃 접힌 종이를 꺼냈다. 얼마나 여러 번 접었는지 펴는 데도 한참이나 걸렸다. 다 펴놓고는 쭈뼛거리며 종이에 적힌 내용을 소리 내 읽었다. 진심 어린 사과 그리고 몇 날 며칠을 고심해 얻은 해결책이 담겨 있었다.

그 내용을 간추리자면 이랬다.

'다시 바리스타 학원에 수강 신청을 할 것이며 이번에는 커피추출기 작동법을 제대로 익혀오겠으니, 시간을 달라.'

하지만 연주는 그 누구보다 잘 알고 있었다. 원장이 그를 다시 수강생으로 받아줄 리 만무했다. 생각 끝에 그녀는 바닐라 빈 바리스타 학원을 직접 찾아갔다. 현재 카페 네버랜드의 사정을 정확하게 전달하고, 기복의 재수강 신청을 부탁하기 위해서였다.

커피숍에서 커피를 팔 수 없다는 건 역사책에 기록될 만큼

특이한 일이었다. 바바 부단이 커피콩 몇 알 훔친 일보다 더 큰 이슈였다. 밖으로 새 나가면 우스운 꼴이 될 게 분명했고, 사업수행 평가에도 부정적일 수밖에 없었다.

가게에는 현재 '할아버지 바리스타가 커피 실습 중입니다' 라고 써 붙이고 커피 관련 음료는 잠정 중단했다. 하지만 언제까지 이렇게 넘어갈 순 없는 노릇이었다. 하루라도 빨리 개시해야만 했다.

원장은 예상대로 재수강에 부정적인 반응을 보였다. 하지만 연주가 끈질기게 조르자, 몇 가지 조건을 내붙였다.

'첫째, 강의 시작과 끝에 기도는 절대 강요하지 말 것.'

'둘째, 수업 도중 질문은 직접 말고 한 주무관을 통해서만 할 것.'

연주는 원장의 손을 꼭 쥐며 기뻐했다. 그러다 그 조건이란 걸 다시 곱씹어보니 조금 이상한 것 같기도 했다.

"원장님, 그런데 수업할 때 질문을 어떻게 저를 통해서 하나요?"

"이번 달에 친구를 데려오면, 두 사람 모두 수강료 20%를 할인해줘요. 이런 좋은 이벤트 기간에 신청해서 두 분 같이 수강해보면 어떨까요?"

연주의 질문에 원장이 환하게 웃으며 대답했다. 원장은 수강생을 늘리려는 방편을 필수 조건인 양 내건 것이다.

그렇게 일주일에 두 번, 월요일과 수요일이 오면 연주와 기복은 학원에 가야만 했다. 학원 수업이 끝나면, 밤 10시였다. 수강료는 원장의 말대로 할인받긴 했다. 하지만 그녀 입장에서는 시간은 시간대로 날리고 사비로 수강료까지 부담하자니 아까워 미칠 지경이었다. 그런 내색을 한 적 없는데도 기복은 그 마음을 먼저 알아차렸다. 연주의 수강료를 대신 내주려 했다.

'공무원 뇌물수수죄 5년 이하의 징역 또는 10년 이하의 자격 정지.'

연주는 고개를 세차게 흔들었다. 그냥 몇십만 원을 날리고, 그저 몇 달 참기로 결심했다. 평생 쓸 일 없는, 이 쓸모없는 기술을 익히면서 말이다. 내년 승급 심사에서 6급으로 진급한다! 가슴 속에 오로지 그 하나만 새기고 전진, 또 전진하기로 했다.

하지만 궁금했다. 이 지긋지긋한 이론 강의는 언제쯤 끝을 맺는 건지. 기기 사용법은 대체 언제쯤 가르쳐주는 건지 막막했다. 참다못한 연주는 수업 도중 손을 번쩍 들고 다짜고짜 물었다.

"본격적인 실습은 언제부터…… 하나요?"

그 결과, 원하는 답은 듣지 못했고 되레 원장의 불같은 성격만 경험했다.

"되는대로 막 내리는 건 커피가 아닙니다! 그건 구정물입니다!"

* * *

"한 달 이상 운영해보니 어떻던가요? 본인의 생각처럼, 말처럼 공공형 일자리의 문제점이 타개되던가요?"

노인복지과 직원 하나가 질문했다. 질문이라기보다 따지는 수준에 가까웠다. 단상에 선 연주는 지금 모두의 시선을 한 몸에 받고 있었다. 그런데 준비해온 내용의 절반도 채 발표하질 못해 그녀는 초조한 심정이었다.

발표 중간에 질문 하나가 불쑥 끼어들었다. 거기에 대한 답변도 채 내지 못했는데, 몇 사람이 돌아가며 질문 세례를 퍼부었다. 그들은 무례했으며 고의적이었다. 연주는 침착하려 애썼다. 그럴수록 한쪽 눈까풀이 떨려왔다.

"질문할 시간은 사례 발표를 모두 끝마친 뒤 드리도록 하겠습니다."

준비해온 프레젠테이션 자료를 넘기며 약간은 신경질적으로 말했다. 그때였다. 또다시 날 선 목소리가 날아들었다. 이번에도 본청의 노인복지과 소속이었다. 찝찝한 우연이 계속되자 섬뜩했다.

"한 주무관님! 답변 회피하지 마시고 정확하게 답해주세요!"

이쯤 되자 연주도 헷갈렸다. 자신이 사례 발표를 하러 온 건지, 청문회에 참석한 건지 말이다.

카페 네버랜드는 국비를 지원받아 수행하는 사업이었다. 주민센터가 단독으로 기획해 국비를 예산으로 지원받는 일은 흔치 않았다. 덕분에 미류동 주민센터는 '이원시 적극 행정 우수 사례'로 선정됐고, 이렇게 월례 조회에서 사례 발표를 하게 된 것이다.

매월 실시하는 월례 조회는 민원 필수 담당 직원만 제외하고 공무원 대부분이 참석했다. 시장의 인사말을 시작으로 부시장이 진행을 맡았다. 유공 시민이나 공무원을 표창하기도 하고, 부서별 실행계획이나 지역 이슈를 나누기도 했다.

이날 사례 발표는 원래 송 과장이 하기로 돼 있었다. 그는 연주를 보채가며 PPT와 영상자료까지 만들었다. 하지만 동장 앞에서 총연습하던 중 두 번이나 퇴짜를 맞았다. 그는 사적인 아부에는 능통했으나, 공식적인 연설에는 취약했다.

결국 발표는 연주가 하기로 했다. 그녀는 송 과장 때문에 각별한 준비를 이어서 해온 터라 크게 걱정하지 않았다. 하지만 흘러가는 분위기를 보아하니, 이전과는 그 결이 전혀 달랐다. 연주는 난처했다. 공개적으로 망신을 당할 수도 있겠다는 불길한 예감이 엄습했다. 자신은 말할 틈도 없이 어느새 질문만 난무했다. 어찌할 바를 몰라 잠시 버벅댔다.

입 안이 바싹 말라 혀가 천정에 들러붙다시피 했다. 연주의 시선이 단상 아래로 향했다. 맨 앞줄에 앉은 이원시의 일 번이 보였다. 그 뒷줄에는 미류동장, 송 과장까지 차례로 눈에 들어왔다.

"현재 문제가 많다고 들었습니다. 평균 70세가 넘은 노인들이 앞으로도 그 일에 과연 적응하고 그 사업체를 직접 운영해 갈 수 있느냔 말입니다."

또다시 노인복지과에서 질문을 던졌다. 노인 공공근로 실무 담당자인 박 주무관이었다. 일전에 카페 네버랜드를 위해 긴급 모집공고를 내주고 면접 명단을 넘겨줬던 이였다. 박 주무관은 누구보다 카페 네버랜드의 상황을 잘 알고 있었다. 연주가 고달픈 사정을 그에게 틈틈이 들려줬기 때문이다. 그동안 노인들과 일하며 불거진 여러 문제를 그에게 하소연하듯 털어놨다. 그건 하소연을 빙자한 원망의 외침이기도 했다.

'오만영 어르신은 휘황찬란한 과거에, 알고 보니 팔에 금이 가 깁스까지 했어요.'

'백준섭 어르신은 하루 종일 말을 한마디도 안 합니다.'

'신기복 어르신은 지금껏 커피추출기를 단 한 번도 사용해 본 적 없대요.'

'이석재 어르신은 손님 앞에서 바지에 오줌을 싸셨어요.'

박 주무관이 넘긴 명단 중에 어디 단 한 사람이라도 무난한 이가 있었던가. 그가 미안한 마음을 갖거나 자책하길 바라고 그랬다.

이쯤 되니 연주는 손에 땀이 나고 현기증이 일었다. 애써 이마에 흐르는 땀을 눌러 닦으며 담담한 척했다. 적을 아군으로 믿고 협력을 청했던 자신이 한심했다.

"이번 사업은 공공형의 문제점을 타개하는 게 아니라, 창업형이 얼마나 허울뿐인 망상인지 증명하는 하나의 사례입니다. 저희 노인복지과는 노인들의 한계를 인정하고 그 수준에 맞는 공공형 일자리 제공을 위해 꾸준히 노력 중입니다."

박 주무관이 다시 한번 의기양양하게 말했다. 순간 노인복지과 직원들이 그를 향해 환호를 보냈다. 연주는 그제야 정확하게 알아차렸다. 자신이 한 일이 본의 아니게 그들의 업무를 비판한 꼴이 됐고, 결과적으로는 그들의 심기를 불편하게 만들었다는 걸.

이원시 노인복지과는 미류동 주민센터의 뜬금없는 경사에 위기의식을 느꼈다. 주민센터의 일개 '팀'이 감히 본청의 '과'에서 담당하는 일을 부정하며 업적을 세우다니. 그들은 표면적으로는 우호적인 듯 굴었으나 실은 상황을 예의주시하며 칼을 갈고 있었던 것이다. 이번 사업이 쫄딱 망하기를 고사

지내며.

어찌 보면 그동안 카페 네버랜드에 빚어지는 문제들은 우연이라기보다 그들의 악의에서 비롯된 작품일지도 몰랐다. 초반에 연주에게 면접 명단을 넘길 때도 그랬다. 그들이 파악하기에 어딘지 문제가 많아 보이는 그런 노인들만 추려 명단에 고의로 넣은 거였다.

발표는 더 이상 무의미해 보였다. 연주는 스크린에 비친 PPT 화면을 꺼버렸다. 월례 조회의 진행을 맡은 부시장은 마이크에 대고 헛기침을 두어 번 했다. 잠시 침묵이 흘렀다.

"네, 맞습니다. 현재 카페 네버랜드에는 문제가 참 많습니다. 그리고 그분들은 결국 적응하지 못할 겁니다."

연주가 말했다. 변명 따위를 기대한 이들은 의외의 답변에 웅성거렸다. 노인복지과 직원들은 원하던 목적을 달성했다는 만족스러운 표정으로 단상을 올려다봤다. 이어 연주는 한마디를 더 보탰다.

"하루 매출이 끽해야 10만 원 안팎입니다."

미류동장은 이제 눈을 감아버렸고, 미동조차 없었다. 송 과장은 손부채질하며 시뻘겋게 달아오른 얼굴을 식히느라 바빴다. 그에 반해 노인복지과의 과장은 자신을 에워싸다시피 한 직원들에게 눈을 맞추며 격려하듯 미소 지었다.

"그들은 젊음과 속도를 소실한, 나이 든 노동자인 건 틀림

없습니다. 그럼 이번에는 제가 여러분께 묻겠습니다. 그렇다고 그들은 단순하고 반복적이며 단기적인 노동에만 종사해야 합니까. 왜 우리는 그들의 인력은 활용하면서 개발과 보호는 항상 뒷전입니까!"

박 주무관이 자리를 박차고 일어나 소리쳤다.

"그렇다면 3개월 뒤에 인건비나 운영비는 어떻게 할 작정입니까? 해결책을 말씀해보세요!"

박 주무관의 총에 총알을 장전해준 건 다름 아닌 연주 자신이었다.

"네, 저는 해결할 생각이 없습니다."

또다시 사람들이 웅성거렸다. 박 주무관은 조금도 기다려주지 않고 연주를 향해 방아쇠를 당겼다.

"자신이 공무 수행 중이라는 걸 잊었습니까. 무턱대고 국비를 그렇게 끌어와서 지금 뭐 하자는 겁니까!"

상대가 흥분할수록 연주는 도리어 여유로워졌다. 분노의 사막을 거닐다 우연히 마주한 오아시스. 그곳에서 목을 축이고 평온을 되찾은 기분이었다. 연주는 발음에 조금 더 정확을 기하며 말을 이어갔다.

"지금, 이 시각에도, 그들은 스스로 해결책을 만들어가고 있습니다. 그들은 우리 이상의 경험이 있으며 적응하는 대신 새로운 환경을 창조해 낼 거라 믿습니다."

사실 연주는 그들을 믿지 않았다. 절대!

"사업이 본래의 목적을 잃은 건 아니고요?"

적군들은 숨 쉴 틈도 주지 않고 연주를 압박했다.

"70대 그 이상의 노령자도 얼마든지 새로운 기술을 배울 수 있고 이에 적응하는 데 뒤처지지 않는다는 사실을 증명해 보이는 것, 그게 이 사업의 목적이고 취지입니다. 단순히 매출이나 실적을 올리자는 게 아닙니다. 저는 카페 네버랜드를 통해 그걸 여러분께 보여드리고자 합니다."

연주는 자신의 입을 통해 나오는 말을 따라잡지 못했다. 오기에 취한 망언인지, 위기에서 비롯된 생존 본능이었는지 자신도 알 길이 없었다.

"잊지 마십시오. 우리를 아이에서 어른으로 성장시킨 건 그들의 젊음입니다. 젊음을 소실했다 하여 그들의 한계를 단정 짓지 말아주십시오. 그들은 카페 네버랜드 안에서 또다시, 앞으로 우리가 걸어갈 길을, 새롭고, 견고히, 만들어가는 중입니다."

누군가 짝, 손뼉을 쳤다. 그리고 짝짝 소리가 더 이어졌다. 연주는 곧 그 소리의 발원지가 이원시의 일 번이라는 사실을 눈치챘다. 이윽고 박수는 전파됐고 그 소리가 실내를 가득 메웠다.

"매출도 상승하는 추세이니 3개월 정도면 분명 안정기에 접어들 겁니다. 그 후의 일은 그때 걱정하겠습니다."

시장이 물었다.

"그들도 이 일에 만족합니까?"

연주는 그 질문만큼은 선뜻 대답할 수 없었다.

5
무지개 어린이집 참새반

미류동 네버랜드에 아침마다 가장 먼저 나타나는 멤버는 팅커벨이었다. 반짝이는 날개 대신 칼주름 잡힌 바지와 하얀 와이셔츠, 꽉 조여 매진 넥타이 차림의 요정. 차림새가 멋스럽다고 할 순 없어도 깔끔하고 정갈했다.

석재는 가게에 오면 제일 먼저 창문을 열어 환기를 시켰다. 그다음에는 잔잔한 클래식 음악을 틀어두고 화분에 물을 줬다. 다른 이들을 위한 배려였다. 그는 그 배려라는 걸 중요한 의무처럼 수행했다. 그때마다 더 이상 자신은 혼자가 아니라고 느꼈다.

그는 이곳에서 일한 이후로 강변의 벤치에는 얼씬도 하지 않았다. 거기 앉아 아무도 다독여주지 않던 자신을 가두었던 시간들. 한꺼번에 밀려드는 자책에 얼마나 자주 상상의 몸을 가라앉혀 익사시켰던가. 이제는 그런 시간을 상기할 여유도 없었다. 계산대에 서서 창밖의 누군가가 가게로 들어오길 기다렸고, 별것도 아닌 일로 동료들과 실랑이하느라 바빴다.

그동안 자신의 자리는 평생 칠판 앞의 교단뿐이라고 믿었다. 그 자리에서 비켜 난 순간, 석재는 인생을 송두리째 빼앗긴 기분이었다. 하지만 돌이켜보니, 자신을 옥죈 건 그 신실한 믿음이었다. 목숨이 다할 때까지 계속될 것만 같던 그의 불행은, 카페 네버랜드의 계산대 앞에서 조금씩 벗겨져 없어지고 있었다.

"흠, 흐흠."

석재는 콧노래까지 흥얼대며 종이봉투에서 무언가를 꺼내 들었다. 작은 바스켓이었다. 눈을 가늘게 뜨곤 겉면에 아무렇게나 붙어 있는 가격표를 떼어내려 손가락을 오므렸다. 그에겐 온 신경을 집중해야 하는 정교한 작업이었다. 손톱으로 스티커를 살살 긁어내는 동안 자신도 모르게 미간에 잔뜩 힘이 들어갔다.

연주는 맞은편에 앉아 그의 행동을 주의 깊게 바라봤다. 손에 들린 바스켓은 플라스틱처럼 보이기도 했고, 철제처럼 보이기도 했다. 크기는 그리 크진 않았으나 깊이가 꽤 됐다. 책상에 놓고 무엇으로 쓰기에도 거슬리지 않을 크기였다. 연필

꽂이로 쓰면 좋을 듯했다. 그녀는 용도를 제멋대로 헤아리면서도 한편으로는 그 안에 무엇이 담길까 궁금했다.

올해 일흔 살인 석재는 흰머리가 많았다. 만영이 혀를 쯧쯧 차며 나이보다 더 늙어 보인다고, 염색 좀 하라고 타박하기도 했다. 하지만 그는 염색은 해본 적도 없고 앞으로도 할 생각이 없다고 했다. 어찌나 확고하던지 질긴 만영도 다시는 그에게 염색 이야기를 꺼내지 않았다. 그는 마른 체형이라 얼핏 약해 보이지만 속은 단단하고 굳건한 사람이었다. 재질로 치자면 플라스틱이 아니라 철제에 가까울 테다.

석재는 슬몃 미소를 띠며 바스켓 안으로 사탕 몇 봉지를 연달아 들이부었다. 사탕이 와르르 쏟아지는 것만으로도 경쾌한 기분이 들었다. 연주는 더 이상 참지 못하고 물었다.

"사탕은 왜요?

계산대 근처에 바스켓을 올려 두며 그가 대답했다.

"좀 이따 꼬맹이들 오면 주려고요."

"요즘 애들은 사탕 안 먹을 거예요. 엄마들이 단맛에는 아주 민감하다고요."

연주는 그렇게 말해놓고는 아차, 하며 바로 후회했다. 실없이 한 말에 그가 공연히 실망이라도 하면 어쩌나 싶어 눈치를 살폈다. 괜히 앞으로 가서 바스켓에 든 사탕을 만지작거렸다. 그날 이후로 그의 심기를 건드리지 않으려고 연주는 노력했다. 또다시 같은 일이 벌어진다면 서로 민망할 테고, 함께 일하기도 힘들 거라 여겼다.

"맞아요. 근데 이건 무설탕에다 유기농이래요. 울 며느리가 손주 녀석들 먹이는 사탕인데 꼬맹이들 주려고 사 왔어요."

다행히 석재는 주눅 드는 기색 같은 건 없었고, 미소는 더 짙어졌다. 연주는 그런 사탕이 있다는 게 신기해서 손에 든 사탕 포장지를 한참 동안 살폈다. 그러는 동시에 사탕의 주인이 될 '꼬맹이들'도 떠올렸다.

꼬맹이들은 카페 네버랜드의 새로운 단골들이었다. 보름 전부터 11시가 조금 지난 시각이 되면 어김없이 찾아왔다. 온다는 표현보다는 쳐들어온다는 표현이 정확할 것 같았다. 올해 다섯 살배기 여섯 아이는 제 개성대로 가게를 휘젓고는 유유히 사라지곤 했다.

연주는 아이들의 등장을 처음부터 탐탁지 않게 여겼다. 원체 아이들을 좋아하지도 않았을뿐더러 어떻게 다뤄야 하는지도 몰랐다. 손님이라고 하기에 아이들은 경제적 능력도 없었다. 매출 기여도는 거의 0에 가까운 단골이었다.

그러나 노인들은 달랐던 모양이었다. 아침마다 벌어지는 한바탕 소란은 연주에게는 귀찮은 것이지만, 그 시간 동안 노인들은 아이들에게서 하루 치 비타민을 얻는 듯 보였다. 이제는 아이들이 지나가기를 목 빠져라 기다리기까지 했다. 연주는 집어 들었던 사탕을 바스켓에 도로 넣으며 맥없이 말했다.

"어른이 되니까 인생 대부분이 쓴맛이더라고요. 그때마다 전 어릴 때 비축해둔 단맛으로 겨우 그 순간을 견뎌내는 것 같아요. 그런데 요즘 아이들은 사탕 하나도 마음대로 먹지 못하잖아요? 하지만 이렇게 안전한 단맛이 있다니…… 참 다행이네요."

그때 15kg짜리 설탕 두 포대를 어깨에 짊어지고 만영이 가게로 들어섰다. 그는 근처 식자재 마트에 다녀오는 길이었다. 매실청을 담글 때 쓸 설탕이 필요했다. 그는 바닥에 포대를 내려놓으며 다급하게 시간부터 확인했다.

"우리 뼁아리들 왔다가 가븐거슨 아니지라?"

"아직요."

그가 호들갑스럽게 묻는 바람에 연주의 입에서 반사적으로 대답이 나갔다. 주방에 있던 준섭과 기복도 밖으로 나왔다.

"오메, 서둘러 오니라고 혼나봤네, 혼나블어."

한숨 돌린다는 표정을 하고 만영은 연주부터 흘깃거렸다. 한 손으로 제 어깨를 주무르며 틈틈이 동료들까지 훑어봤다.

"요즘 요 노친네들이랑 있었드만 기가 빨려블었을까? 저 가쨟시런 두 포대를 겨우 들고왔네. 근디 매실은 구해왔소?"

준섭과 기복은 비장한 표정으로 고개를 끄덕였다.

"행님은 치사하게 사탕까지 준비해블었소? 아따, 애들이 인제 팅커벨만 좋아해블겠네."

사탕 바스켓을 들여다보며 만영이 입을 삐죽였다. 만영의 시샘에 네버랜드에는 한바탕 웃음소리가 번졌다. 웃는 동안에도 그들은 잊지 않고 유리창 너머를 힐끗댔다.

연주는 창가 맨 구석 자리에 자리를 잡고 앉았다. 리저밍에게 전화가 올 시간이 가까워져 그랬다. 연주가 사랑했던 공간, 그러니까 사무실은 이제 더는 혼자만의 공간이 될 수 없었다. 그곳에 들어가는 것도 허락이 필요할 정도였다.

전화를 기다리며 유리창 너머를 바라봤다. 리저밍 전화가 먼저 오든, 참새반 아이들이 먼저 오든 겹치지만 말아라. 연주는 기도했다. 참새반 아이들이 카페 네버랜드에 처음 날아든 날을 떠올리면서 말이다.

그날, 젊은 여자 하나가 갈색 단발을 휘날리며 가게 출입문을 열어젖혔다. 그리고 문고리를 잡은 채로 한쪽에 비켜서서 아이들을 들여보냈다. 여섯 명의 아이는 차례로 줄을 지어 와르르 모습을 드러냈다. 그날 첫 손님들이었다.

여자는 난처한 얼굴이었다. 머리카락을 연신 뒤로 쓸어 넘기며 가게 안을 두리번거리기 바빴다. 무언가를 찾는 기색이었다. 그 바로 옆에 선 아이는 발을 동동거렸다. 석재는 계산대 밖으로 나왔고 무슨 상황인지 물으려 했다. 하지만 그전에 아이가 바지춤을 잡고 겨우 말했다.

"선생님, 쉬!"

아이는 더 이상 참을 수 없다는 표정이었다. 그녀는 잽싸게
아이를 번쩍 안아 올렸다. 그러고는 화장실 팻말의 화살표를
따라 달렸다. 다급한 한마디를 남긴 채.

"아이들 좀 부탁해요."

여자는 인근에 있는 '무지개 어린이집' 참새반 선생님이었
다. 어린이집 보육 과정에 따르면, 유아의 경우 매일 1시간
에 달하는 바깥 놀이 시간을 배정한다. 참새반은 미세먼지가
심하거나 비가 많이 오는 날을 제외하고는 대부분 오전 중에
밖으로 나갔다.

그날도 선생님은 아이들과 인근 공원으로 걸어가는 중이
었다. 그러던 중 아이 하나가 길 한복판에서 다리를 꼬며 갑
작스러운 통보를 했다.

"쉬 쌀 것 같아요."

선생님은 순발력 있게 마땅한 곳을 찾아냈고, 아이들을 카
페 네버랜드 안으로 인도했다. 하지만 예의를 차리고 상황을
설명할 여유는 없었다. 다섯 살 아이의 인내와 한계는 예측
불가, 통제 불가라 그랬다.

"으흠, 흠."

홀에 남은 다섯 아이와 노인들은 어정쩡하게 서서는 말도

없이 서로 쳐다보기만 했다. 무덤덤한 분위기는 아이 하나가 울음을 터트리자 끝이 났다. 아이는 선생님이 눈앞에서 사라진 걸 그제야 알아차리곤 까무러치게 울기 시작했다. 이내 바닥에 주저앉아 발을 굴렀다. 저 작은 아이의 성대에서 저토록 어마어마한 소음이 생성되다니. 노인들은 보고도 믿을 수가 없었다.

가장 먼저 사태 수습에 나선 건 만영이었다. 그는 우는 아이 바로 앞에 쪼그리고 앉았다. 이어 뒷주머니를 뒤적이더니 지갑을 꺼냈다. 그러고는 천 원짜리 지폐 한 장을 아이 얼굴 앞에 들이밀었다. 그러거나 말거나 아이는 더 큰 소리로 울어댔다. 만영은 하아, 허공에다 한숨을 내뱉었다. 액수가 적어서 그러나 싶어 5천 원짜리로 바꿔 꺼냈다. 상황을 더 악화시킬 뿐이었다.

연주는 기가 막혔다. 하지만 본인도 뾰족한 수는 없었다. 애야, 그만 좀 울어. 먹히지도 않을 말만 되뇔 뿐이었다. 눈물은 바이러스처럼 전염됐다. 이윽고 두세 명이 덩달아 울기 시작했다. 카페 안은 순식간에 아수라장으로 변했다.

그때 의외의 멤버가 홀을 향해 저벅저벅 걸어 나왔다. 그는 평소 말 없기로 소문난 준섭이었다. 그는 얼마 전 할아버지가 됐다. 곧 또 한 명의 손녀가 더 생길 예정이다. 그는 홀로 남은 집에서 틈틈이 그 역할 연습을 해왔다. 거울을 보고 전래

동화를 낭독해 본다거나, 산토끼 같은 동요에는 간단한 율동까지 곁들여 연습하곤 했다. 그 충실한 노고가 빛을 보는 순간이었다.

준섭은 아이들 앞에서 빙그르르 돌더니 노래 같은 대사를 했다. 마치 뮤지컬 배우라도 되는 양 그랬다.

"여기는 꿈과 희망의 네버랜드! 이곳에 온 것을 환영한다. 나는 피터 팬이라고 해."

누구도 예상치 못한 광경에 노인들은 다들 입을 쩍 벌렸다. 우는 아이들도 어리둥절해 잠시 눈물을 그쳤다. 준섭은 서둘러 옆에 있던 만영에게 눈짓했다. 눈치 빠른 만영은 눈짓을 알아듣고는 깁스한 손을 크게 휘저었다.

"나는 한쪽 손이 갈고리지만, 네버랜드에서 가장 잘생긴 후크 선장이다!"

만영까지 가세하자 그제야 아이들이 꺄르르 웃음을 터뜨렸다. 기복도 질세라 배를 부풀렸다.

"안녕? 나는 뱃속에서 똑딱똑딱 시계 소리가 나는 똑딱 악어야! 내 배에 귀를 대볼 용기 있는 친구 있니?"

두 명의 아이가 기복에게 폭 안기다시피 했다. 이어 석재는 날갯짓하며 걸어왔고 이렇게 말했다.

"나는 귀엽고 소중한 팅커벨. 요정이야."

"할아버지는 남자잖아요. 왜 남자가 팅커벨이에요?"

아이들이 한꺼번에 깔깔대며 웃었다.

이건 대단원의 시작에 불과했다. 다섯 살! 이 시기 아이들은 저들이 좋아하는 걸 무한 반복해야 직성이 풀렸다. 앉은 자리에서 같은 동화책을 수십 번씩 읽어줘야 하는 나이였다.

그날 이후로 바깥 놀이 시간만 되면 참새반 선생님은 곤란했다. 그들의 산책 코스 종착지인 공원은 카페 네버랜드를 지나쳐 가야만 했다. 방앗간을 그냥 지나치지 못하는 참새처럼, 참새반 아이들도 그랬다. 카페 근처에 다다르면 약속이라도 한 듯 서로 화장실에 가겠다고 성화였다.

선생님도 아이들의 느닷없는 요의가 거짓말인 줄 빤히 알았다. 하지만 혹시 모를 일이었다. 아이가 명백하게 화장실이 급하다고 밝혔으나 이를 무시한 것으로 비칠 수 있었다. 요즘 학부모들이 그냥 넘어갈 리 없었다. 괜히 예민한 일을 만들고 싶지 않아 참새반 선생님은 아이들이 이끄는 대로 매번 카페를 거쳐 갔다. 그때마다 번거로운 상황에 멋쩍어진 선생님은 음료를 주문하기도 했다.

그즈음부터 노인들도 달라졌다. 노인들은 자발적으로 아침마다 찾아오는 꼬마 관객들을 위해 캐릭터를 연구했다. 하루가 다르게 계속 업그레이드해 선보였다. 인기 경쟁이라도 하듯 말이다. 연주는 신기했다. 그들이 무언가 하려는 의지를 보인 건 처음 있는 일이었다. 무엇보다 이 일에 가장 열을 올리는 사람이 다름 아닌 만영이라는 사실이었다. 그때부터 밥 먹듯이 하던 지각도 하지 않았다.

그러다 하루는 여자애 하나가 손가락으로 연주를 가리키며 물었다. 아이는 리본을 좋아하는 모양인지 매일 색이 다른 리본을 머리에도 달고, 옷에도 달고, 신발에도 달고 왔다.

"저 이모가 그럼 웬디예요? 그런데 이모는 왜 항상 화가 나 있어요?"

참새반 선생님은 당황해하며 연주의 눈치를 살폈다. 괜히 여자아이 머리에 달린 리본을 매만지며 더는 묻지 못하게 주의를 다른 데로 돌렸다.

"우리가 아직 커피도 못 만들고, 음료도 못 만들고 그란께 그래. 글고 손님들한테도 자꾸 실수만 해블거든……. 근께 저 사람이 화가 엄청나게 나븐 거여."

만영은 생글거리며 말하더니 그 끝에 풀 죽은 표정을 곁들였다.

"저도 실수 자주 해요. 힘내세요, 할아버지."

"실수해도 화내지 마세요! 못 하면 잘할 때까지 기다려주면 돼요! 우리 선생님은 우리가 못 해도 화내지 않아요."

연주를 향해 아이들의 비난과 항의가 빗발쳤다. 연주는 이렇게 된 이상 마녀 역할이라도 꿰차야 하나 고심했다. 한편으로는 속없는 노인들이 아이들에게 별소리를 다 하는구나 싶었다.

연주는 참새반 선생님을 향해 어색한 미소를 연발했다. 그만 가쳤으면 하는 애원을 담아. 그때 리본을 한 여자아이가 다시 입을 열었다.

"못 하는 것 하지 말고 잘하는 걸 하면 돼요."

평소에도 대답하기 난처하거나 혹은 무언가 골똘히 생각할 때, 준섭은 자기 얼굴에 난 흉터를 만지작거렸다. 버릇이었다. 흉터는 오래전에 생긴 것으로 눈썹에서 이마를 가로질러 이어져 있었다. 그 순간에도 거기에 손이 저절로 갔다.

아이들의 고 작고 귀여운 입은 '엉뚱 창작소'였다. 아직 말이 생각을 따라잡지 못해 표현은 어색했고 엉뚱하게만 느껴졌다. 하지만 귀를 기울이다 보면 때로는 생각지 못한 걸 얻을 때도 있었다. 순수한 발상은 가끔 문제 해결의 열쇠가 된다는 사실을 그때 알았다.

준섭이 오랜만에 입을 열었다. 그 음성은 담백했으나 기대에 찬 희망 같은 게 실려 있었다.

"아내가 청을 자주 담아서 내가 그거 하나는 자신 있게 잘합니다. 매실청부터 오미자청, 감귤청. 대추고도 만들어서 대추차도 잘 끓이고요."

그의 뜬금없는 고백에 노인들은 대단한 재주라며 추켜세웠다. 연주도 귀가 솔깃했다. 요즘 무엇이든 수제 붐이 한창이었다. 수제라는 단어가 붙으면, 괜히 좋은 재료를 쓰고 더 맛있는 것만 같았다. 가격은 더 비싸졌고 그만큼 더욱 사랑받았다.

그날 이후부터 사무실은 더 이상 연주만의 공간이 아니었다. 그들의 갑작스러운 열정으로 말미암아 공동 작업장으로 용도가 수정됐다. 김장할 때나 쓰던 빨간 고무 대야가 바닥에 즐비했다. 대야는 수제 청의 기본 재료와 설탕을 한데 섞어 버무리는 용도였다. 거기에 끓는 물 소독을 마친 유리병까지 늘어놓으니, 사무실은 발 디딜 틈도 없어졌다.

***

매실 꼭지 따는 일에 특별한 기술이 필요하지는 않았다. 이쑤시개 하나면 해결됐다. 다만 과육에 흠집이 나지 않도록 신경 써야 했다. 그렇지 않으면 청이 만들어지는 과정에서 곰팡이가 생기거나 쉽게 상할 수 있다고 했다.

손이 빗나가는 바람에 이쑤시개의 뾰족한 부분이 자꾸만 연주의 검지를 찔러댔다. 단순했지만 끝날 기미가 보이지 않는 일이었다. 한 알씩 공을 들이는 일이라 그런지 줄어드는 게 눈에 보이질 않았다. 물기 뺀 매실은 여전히 소쿠리에 산처럼 쌓여 있었다. 더욱이 연주는 불편한 사람과 마주 앉아 그 작업에 몰두해야만 했다. 그래서인지 일의 능률이 더 떨어지는 기분이었다.

노인들은 매실 꼭지 따는 일에 부적합했다. 자꾸만 헛손질하며 자기 손가락을 긁어 팠다. 노안 때문이었다. 그걸 보고 조 군이 일손 돕기에 나선 것이다. 요즘 들어 조 군은 아침 댓바람부터 가게에 나왔다. 노인들이 차려주는 점심까지 얻어먹고 오후 늦게까지 카페 한 자리를 차지하고는 했다.

언제, 어디 끼어도 금세 동화가 되고 마는 넉살 때문에 연주는 한층 더 그가 얄미웠다. 누가 보면 여기 직원인 줄 알겠네요, 하고 한마디 해줄까도 생각했다. 하지만 두어 번 속으로 연습만 해보고 관뒀다. 중요한 분이니 각별히 신경 쓰라던 송 과장의 당부가 뭉게뭉게 떠올랐기 때문이다. 연주는 조 군에게 잘 보여야만 하는 처지였다.

그렇게 자그마치 30kg에 달하는 매실의 꼭지 제거 업무에 연주와 조 군이 선봉에 투입됐다. 하기 싫었으나 연주는 손에 쥐가 날 지경으로 열심히 했다.

"아시려는지 모르겠으나 매실과 평생을 함께한 홍쌍리 명인의 이론에 따르면, 상처가 난 매실은 쉽게 곪고, 곪게 되면 매실 전체가 물러진다고 하셨습니다. 이렇게 상처 난 건 따로 빼두세요!"

잠시 쉬려는데 조 군이 잔소리를 해댔다. 골라낸 매실 한

알을 엄지와 검지 사이에 끼고 보석 감별사라도 되는 양 들여다보면서 말이다. 주객전도는 이럴 때 쓰는 말이구나 싶었다. 연주는 손에 든 매실과 그를 차례대로 노려봤다. 도와주려거든 좀 눈에 확실히 띄게 도와줄 것이지, 이렇게 티도 안나는 일에 힘을 보태나 싶었다.

일전에 동장과 송 과장이 함께 카페 네버랜드를 방문했을 때의 일이었다. 그날 두 사람은 조 군과 만나기로 이미 정해져 있었으며, 그에게 연주를 소개할 참이었다. 팔자 좋은 놈팡이로만 알고 있던 조 군은, 그러니까 유명 남성 잡지의 에디터였다.

두 사람은 조 군과 친분이 있었다. 그가 지역 주간지의 기자로 경력을 쌓기 시작할 때부터 알던 사이였다. 그날 동장은 조 군에게 카페 네버랜드의 홍보 기사를 조심스레 부탁했다.

조 군은 이를 단박에 거절했다. 개소식 이후로 여태 지켜봤으나, 기사화할 만큼 딱히 내세울 특색을 찾지 못했다는 것이다. 문제는 그가 집필을 거절하는 이유를 설명하는 내내 연주를 쳐다봤다는 점이다.

그날만 생각하면 연주는 두 주먹에 힘이 불끈 들어갔고, 여전히 얼굴이 화끈거렸다.

"한 주무관! 얼굴이 왜 그래븐다요? 아주 홍당무네."

손님이 나간 테이블을 치우던 만영이 행주를 든 채로 연주 옆에 다가왔다.

"네?"

"조 군이 잘생기기는 했지. 나 맹키로 여자 여럿 울렸을 상이여. 둘이 마주 앉아서 연애질하는 것은 아니재?"

장난기 그득한 얼굴로 만영이 농담을 던졌다. 바리스타 실습 교본을 펼쳐놓고, 커피추출기 앞에서 끙끙대던 기복도 그 소리를 듣고 반응했다. 하지만 듣긴 들었으나 제대로 듣진 못한 모양이었다. 손뼉까지 치며 이렇게 말했다.

"둘이 연애하기로 했단 말이에요? 그것참 잘된 일이네요! 축하해요."

연주의 얼굴은 이전보다 더 달아올랐다. 이제 거의 폭파 직전의 활화산처럼, 그랬다. 그걸 놓칠 리 없는 만영이었다.

"어라? 이봐, 봐! 한 주무관, 얼굴 빨개진 거. 진짜 조 군한테 홀라당 빠져븐 거 아니여?"

연주는 더는 참지 못하고 벌떡 일어나 소리쳤다.

"선생님!"

그녀가 발끈하는 것과는 반대로 조 군은 남의 일처럼 실실거렸다. 여전히 매실 꼭지 따는 일에만 집중하면서 말이다.

"아 맞다! 우리 한 주무관님은 남자 친구가 있어블지. 중국인이여. 맨날 아침마다 영상 통화하면서 쏼라쏼라하는 거 내가 다 봤지롱. 양다리는 곤란허요."

"오만영 선생님!"

또다시 목청껏 소리를 내지르는 연주였다. 조 군도 이번에는 한마디 했다.

"전 성질 더럽고 어른 공경할 줄 모르는 그런 여자랑은 죽었다 깨나도 안 만납니다. 관심 없어요."

그 말에 연주는 어이없고 분했다. 마치 고백했다가 까이기라도 한 듯 참혹한 기분까지 들었다. 그녀는 매실을 한 움큼 움켜쥐었다. 정말 성질 더러운 여자가 부리는 진상을 보여줘 버릴까 생각했다. 하지만 가게의 홍보를 위해 참았다. 대의를 위해, 아니 승급을 위해 참아야만 했다. 조 군의 면상을 매실로 가격하는 일은 실천이 아니라 상상으로만 대신했다.

연주는 그래도 가시지 않는 분을 삭이려 유리문 밖으로 시선을 돌렸다. 그러다 도로 맞은편에 서 있는 이를 발견했다. 루리였다. 그녀는 뭘 잔뜩 실은 철 대차를 끌고 건널목에 서서 건널 준비를 하고 있었다. 근처에 심부름이라도 가는 모양이라고 생각했다. 하지만 횡단보도를 건넌 루리는 가게 안으로 철 대차를 밀고 들어왔다.

루리가 들어서자 가게 안은 금세 시금털털한 냄새로 가득 찼다. 연주는 코를 막고 정체 모를 상자 앞에 섰다.

상자 바닥은 시뻘건 액체로 흥건했다. 냄새만 아니라면 섬뜩한 상상을 불러일으키기 딱 좋았다. 그 와중에도 철 대차 표면에 고인 액체는 모서리를 타고 똑똑, 한 방울씩 떨어졌다.

그제야 연주의 시선에 빨간 점의 행렬이 들어왔다. 그건 마치 어릴 때 하던 점 잇기 도안 같았다. 가게 안에서 바깥으로 그리고 좀 더 바깥으로. 그 빨간 점을 모두 이으면 미류동 주민센터와 카페 네버랜드는 한 줄로 연결될 것이다.

루리는 철 대차에 실린 걸 내려놓을 마땅한 데가 없는지 살피는 눈치였다. 연주는 어쩔 줄 몰라하며 그녀를 말렸다.

"루리 씨, 이게 뭐예요?"

갑자기 그녀가 왜 이런 괴상한 상자를 가져왔는지, 그것도 모자라 허락도 없이 가게 안에 두려고 하는지, 연주는 영문을 알 수 없었다.

"김치 같아요."

루리가 말했다.

"김치요?"

어이가 없다는 표정으로 연주는 되물었다.

"오전에 배송 왔는데 냄새 때문에 팀장님께서 갖다 버리셨어요."

"아니 그러니까 왜 이걸 여기에 가져왔는데요?"

"한 주무관님 앞으로 온 거니까요."

"네?"

김칫국물은 어느새 바닥에 샛강을 이뤘다. 연주는 그것들을 껑충 뛰어넘어 상자 앞으로 고개를 숙였다. 받는 사람에 떡하니 자신의 이름이 쓰여 있었다. 이런 게 자신 앞으로 왔다니! 보고도 믿기 힘든 내용물의 택배였다. 택배 운송장을 좀 더 살피는데 불길한 예감이 엄습했다. 역시나…… 그였다.

기복은 신문지를 가져와 바닥에 흐른 걸 임시방편으로 덮었다. 그러고는 보내는 사람에 쓰인 이름을 큰 소리로 읽었다.

"한문세."

한문세, 연주의 아버지였다. 하지만 이상했다. 단 한 번도 아버지에게 사는 곳도, 근무처도 알린 적이 없었다. 연주는 냉랭한 목소리로 말했다.

"그냥 내다 버리세요."

준섭은 손가락으로 상자를 조심스레 열어 안을 살폈다. 배추김치가 투명한 비닐에 담겨 있었다. 아마도 운송 중에 비닐이 팽창해 터진 듯했다. 김치는 먹음직스럽게 잘 삭아 있었다.

"한 주무관 집에서 보낸 것 아니에요? 이 귀한 걸 버리긴 왜 버립니까."

박스와 비닐 틈 사이에 쪽지가 하나 있었다. 루리가 그걸 집어 연주에게 건넸다. 국물에 젖어 얼룩덜룩하긴 했으나, 내용은 충분히 알아볼 수 있었다. 거기에는 이렇게 적혀 있었다.

신김치를 먹고 싶다고 해서 보낸다.

내 전화는 안 받으니 시청 홈페이지에서 검색했다.

술 작작 마셔라.

짧고 간결한 메시지. 연주는 술에 취해 아버지에게 전화를 걸었던 그날을 떠올렸다. 취해서는 별소리를 다 했구나 싶었다. 그렇다고 직장으로 김치를 보내는 아버지가 어딨느냔 말이다. 아니, 이따위 김치로 그동안의 시어빠진 문제를 해결해 보겠다는 속셈일까. 아버지는 여전히 제 멋대로였으며 단순한 사람이라고, 그녀는 생각했다.

그럼 포장이라도 잘해서 이런 사달을 만들지나 말 일이지! 연주는 제 분을 못 이기고 상자를 걷어찼다. 하지만 잘못 차는 바람에 철 대차에 발등을 세게 부딪치고 말았다. 다들 깜짝 놀라며 연주를 걱정했다.

"괜찮아요?"

연주는 아파서 저도 모르게 큰 소리를 내질렀다.

"제발 내다 버리라고요!"

조 군은 어느새 제 앞에 놓인 매실을 전부 손질했다. 어질러진 주변을 대강 정리하며 만영에게 말했다. 하지만 듣길 바라는 사람이 따로 있는 것처럼 데시벨이 꽤 높았다.

"아유, 저 성질머리 좀 보세요. 제가 정말 싫어하는 스타일이에요."

6
웬디의 활약

여자는 공장에서 막 포장해 나온 바비 인형 같았다. 탱글탱글한 머리 볼륨, 과도하게 치솟은 아이라인과 속눈썹. 디자인이 독특한 분홍색 치마 정장까지. 못해도 두세 명의 전문가가 달라붙어 여자에게 색을 입혔을 거라고 연주는 생각했다.

여자는 또 참새반 학부모이기도 했다. 노인들은 아는 사람이라도 되는 양 반가워했다. 참새반 여섯 아이의 얼굴을 떠올리며 할 일도 잠깐 미루고 바비 인형에게 주목했다. 누구의 엄마일까, 짧은 토론이 펼쳐지기도 했다.

여자는 가게 내부를 분주하게 돌아다니며 참석해준 이들에게 인사하거나 악수를 청했다. 대부분 처음 만난 사람들이었으나, 이제부터는 공식적으로 아는 사이가 될 예정이었다.

걸음을 옮길 때마다 어깨 위에 닿은 머리카락이 용수철처럼 가볍게 튕겼다.

오늘은 무지개 어린이집에서 학부모 운영위원회 임원을 선출하는 날이었다. 학기의 시작은 한참 지났기에 늦은 감도 있었으나, 원내의 다양한 의사결정을 위해서는 필수적인 임명이었다. 여러 행사가 겹치는 바람에 미뤄진 거라며 원장은 너스레를 떨었으나, 실은 그동안 지원자가 나서질 않았다고 들었다.

어린이집에는 아이들이 생활하고 있을 시각이었으므로, 이들은 행사를 위해 제삼의 장소를 찾았다. 바로 카페 네버랜드. 이곳을 추천한 건 참새반 선생님이라고 했다.

"안녕하세요, 반가워요!"

바삐 오가는 저 여자가 바로 이번 운영위원장이었다. 여자는 원장과 친한 사이였고, 반강제로 운영위원장직에 나선 거였다. 여자는 무대라고 꾸려 놓은 중앙에 서서 꽃다발을 받았고, 식순에 맞춰 취임사도 전했다. 감사 인사를 늘어놓는 여자의 목소리가 염소처럼 떨리고 있었다. 이번 운영위원장은 무투표 당선이었다. 지원자가 많았더라면 투표도 하고 개표도 해야 했을 것이다. 다행히 그 번거로운 과정이 생략되니 행사의 흐름은 단출했다.

위원장이 결정되고 나니 위원 모집은 쉬웠다. 선착순으로 손을 든 다섯 명이 선정됐다. 각자 앉은 테이블에서 일어나 자신을 소개했다. 잇단 박수 소리가 공간을 메웠다. 네버랜드에서 처음 보는 소란스러운 광경이었다.

덕분에 연주와 노인들은 아침부터 부산을 떨어야만 했다. 플래카드를 붙이고 적당한 곳에 어린이집 배너를 세웠다. 무대를 꾸미고 그에 맞춰 테이블과 의자를 배치했다. 그뿐이랴, 주문받은 음료를 제조하고 각 테이블에 서빙까지 해야만 했다.

행사 내내 허리 한 번 제대로 펴질 못했으나, 연주의 입가에는 미소가 떠날 줄 몰랐다. 카페를 오픈한 이래로 역대 최고의 매출을 기록한 날이 아니던가. 시청의 노인복지과 직원들에게 이 광경을 보여줄 수 있다면 얼마나 좋을까. 연주는 그런 상상을 하며 배시시 웃었다.

하지만 입가에 잠시 머물던 미소는 이내 허리 통증에 구겨졌다. 어린이집 측에서 처음 전달해준 예상 인원은 오십 명이었다. 세어보지 않았으나 아마 그보다 열댓 명 정도가 더 온 것 같았다. 온종일 해도 채우기 힘든 인원을 일시에 수용하자니 좋긴 해도 힘든 건 사실이었다.

연주는 고개를 돌려 주방에서 노인들과 어우러진 루리를 바라봤다. 카페에 루리가 찾아왔을 때, 연주는 선반에 모셔둔 여분 앞치마의 주인을 찾은 듯했다. 그녀의 지원이 뒷받침되지 않았다면 이런 행사 운영은 상상도 못 했을 것이다. 그녀는 정말이지 네버랜드로 날아든 웬디 그 자체였다.

루리가 수시로 카페를 드나들기 시작한 건 그러니까 한 달전, 카페 네버랜드가 문을 연 지 석 달이 다 되어갈 무렵이었다. 특별히 약속된 건 아닌데, 루리는 민원인 불만 창구의 휴식 시간이 되면 주민센터를 빠져나와 카페의 일손을 보탰다. 마치 연주의 타들어가는 속을 들여다보기라도 한 사람처럼 든든한 응원군이 돼준 것이다.

주민센터와 카페는 겨우 건널목 하나를 사이에 두고 대각선으로 길게 마주 봤다. 물리적 거리는 가까웠으나 심리적 거리는 멀고도 멀었다. 루리는 카페 네버랜드에 들락거리는 사실을 총무과의 그 누구에게도 들키지 않으려 애썼다. 뭐, 들킨다고 자신의 발을 묶어 두진 못하겠지만, 정서적 고문이 따를 거라는 건 예견하기 어렵지 않았다. 계약직 운운하며 괜한 트집을 잡고 괴롭힐 게 뻔했다. 특히 김 팀장에게는 절대 걸려서는 안 됐다.

루리는 주의를 기울이며 도로를 넘나들었다. 그때마다 김 팀장의 목소리가 등 뒤로 따라붙는 것만 같아 간담이 서늘했다. 어릴 때 하던 컴퓨터 오락이 떠오르기도 했다. 스페이스바를 누르면 점프, 점프하던. 게임 속 캐릭터는 기본 목숨이 세 개쯤 보장됐다. 하지만 현실 속 본인은 하나, 단 하나의 목숨뿐이었다. 웬디는 그걸 상기하며 날마다 카페 네버랜드를 향해 잽싸게 내달렸다.

루리가 카페 네버랜드를 본격적으로 찾아오기 시작한 이유는 어느 날 점심시간에 겪은 일 때문이었다. 그날은 팀장과 몇몇 직원이 그들끼리 점심을 먹고 왔다. 음료를 포장해 들어와서는 수다를 떨기 시작했다. 그들이 쥔 음료에는 주민센터에서 한참 떨어져 있다던 커피숍의 로고가 붙어 있었다. 코앞에 있는 카페 네버랜드를 지나치고 그 먼 곳까지 다니는 수고를 마다치 않은 것이다. 루리는 그들의 대화에서 카페 네버랜드의 현 상황을 자세히 엿들을 수 있었다.

창밖으로 시선을 둔 채 음료를 홀짝이던 김 팀장이 말했다.

"보기 좋게 일만 척 벌여 놓고, 정작 제대로 하는 건 하나도 없잖아. 커피숍에서 커피가 안 된다니, 그게 말이나 돼? 결국 저러려고 우리를 그렇게 귀찮게 했나."

"기술 있는 아르바이트생 하나 구하면 되는 일 아니에요?"

한 직원이 넌지시 묻자 김 팀장은 입가에 미소까지 머금고 한껏 신나 하며 말했다.

"바로 그게 안 되니까 문제야. 이건 개인 사업이 아니라 공모사업이잖아. 투입 인원도 정해져 있고, 인건비도 예산에 따라 집행해야 하는 거지. 아르바이트생을 쓴다고 쳐, 사비로 쓸 거야? 하긴 요즘 본인 돈 들어가면서 바리스타 학원까지 다니나 보던데…….”

“정말요?”

직원들은 깔깔대며 웃었다. 그중 하나가 맞장구쳤다.

“자업자득이죠. 월례 조회 시간에 보셨죠? 시장님 의식해서 무게 잡는 거요. 이제 본인 월급 탈탈 털어 노인들 주려나?”

“욕심이 과하면 화를 부르는 법이야. 내가 못 해서 안 하는 것 같아? 살다 보면 말이야, 아무것도 안 하는 편이 뭘 하겠다고 수선을 피우는 것보다 나을 때가 있어.”

직원들은 쓸데없이 눈을 반짝여가며 경청했다. 팀장은 한층 더 도도한 표정으로 직원들에게 당부했다.

“다들 송 과장이 시킨다고 거기 들러서 뭐 팔아주고 그러지 마. 매출이 곧 걔 점수야. 본인에게 합당한 점수를 받게 내버려두자고.”

아직 까마득하기만 한 내년 승급 심사를 운운하며, 김 팀장은 그렇게 연주를 험담했다. 사실 틈만 나면 그랬다. 루리의 눈에 그건, 시기(時期) 이른 시기(猜忌)로 보일 뿐이었다.

루리는 연주가 이들의 작당을 꿈에도 모를 거라 생각하니 오기가 났다.

그녀로 말할 것 같으면, 공무원 시험에 번번이 낙방해 기간제 계약직 자리만 전전하고 있는 형국이었다. 그 자리도 마땅치 않을 때는 커피숍 아르바이트를 했다. 그러다 보니 어느덧 커피숍 사장들이 선호할 만한 경력의 아르바이트생으로 거듭났다. 10년이 넘은 커피숍 아르바이트 경력! 그동안 웬만한 프랜차이즈 커피숍은 한 번씩 거쳐봤다.

루리는 그때 마음먹었다. '모를 땐 정말 어렵지만, 알고 나면 쉽고도 쉽다'는, 자신이 보유한 그 기술을 카페 네버랜드에 전수하기로.

"여기요, 이쪽을 보세요!"

분주히 진행되던 행사는 어느덧 막바지에 접어들고 있었다. 참새반 선생님은 카메라 셔터를 연신 눌러댔다. 운영위원장은 꽃다발에 얼굴이 반쯤 파묻힌 채 포즈를 취했다.

뭔가 생각난 듯 참새반 선생님이 뒤를 두리번거리며 누군가를 찾았다. 곧 허공에 대고 짧고 굵게 외쳤다. 원장님, 하고 말이다.

학부모들 틈바구니에 있던 원장은 그 의미를 귀신같이 알아듣고 무대로 걸어갔다. 그 짧은 틈에도 옷매무새를 다듬는 손놀림이 바빴다. 참새반 선생님은 원장이 무대 중앙에 서자, 이번에는 연주에게 손짓했다.

"잠깐만요. 이리 좀 와봐요!"

평소 아침마다 민망해하던 그녀의 모습은 어디에도 없었다. 한껏 당당해 보였다. 리저밍과 영상 통화를 하느라 바빠 아이들 등장에 시큰둥하던 연주도 지금은 서빙에 최선을 다했다. 연주는 참새반 선생님이 이끄는 대로 다가가 카메라를 넘겨받았다.

참새반 선생님은 총총총 달려가 운영위원장과 원장 옆에 나란히 섰다. 그리고 이렇게 말했다.

"뒤에 플래카드 잘 나오게 한 장만 부탁드려요. 아니, 여러 장 찍어 주세요."

부탁이라는 단어를 썼지만, 그녀의 의기양양한 태도는 연주에게도 낯설었다. 하지만 이전에 보인 적 없는 친절을 다하려 노력했다. 셔터를 여러 번 눌러 댔다. 이제 다 찍었다 싶을 때, 문득 생각난 연주가 말했다.

"전체 사진을 한 장 찍는 건 어떨까요? 기념도 되고, 가게에도 한 장 걸어두고 싶어서요."

별안간 떠오른 아이디어였다. 이런 호황을 또 언제 누려보겠는가! 사진으로라도 한 장 남겨두고 싶어 제안한 것이다. 연말에 성과보고서를 쓸 때 첨부하기에도 괜찮은 그림이 나올 것 같았다.

다들 흔쾌히 승낙했고 카메라 앞으로 모여들기 시작했다. 연주는 아까보다 몇 걸음 더 뒤로 물러섰다. 무릎을 구부려 바닥에 대고 자세를 잡았다. 그때 참새반 선생님이 말했다.

"어르신들도 함께 찍으시면 좋겠어요. 우리 아이들을 위해 항상 고생해주시거든요."

노인들은 누가 먼저라고 할 것 없이 손사래 치며 사양했다. 석재가 계산대에서 이렇게 소리쳤다.

"늙은 사람들 나오면 괜히 사진만 망쳐요!"

말은 그리했는데 그들 중 가장 나이 많은 기복은 어느새 앞줄로 들어가서 참새반 선생님 옆에 자리 잡고 섰다. 원장은 그때를 놓치지 않고 이렇게 말했다.

"무지개 어린이집 명예 운영위원 하시는 건 어떠세요? 이 참에 업무 협약 같은 것도 맺을까요?"

농담들 사이로 화기애애한 분위기가 무르익었다. 어느새 카메라는 루리의 손에 들려 있었다. 얼떨결에 노인들과 연주까지 대열에 합류해 김치를 외쳤다.

그날 이후, 참새반뿐 아니라 다른 반 아이들도 바깥 놀이 시간에 피터 팬과 후크, 똑딱 악어, 팅커벨을 만나러 왔다. 그때마다 연주는 원장이 했던 농담을 곱씹었다. 업무 협약? 농담이 아니라 진담이었나, 헷갈렸다.

이날의 행사 덕분에 마침내 네버랜드에도 제대로 단골이라 부를 만한 사람들이 생겼다. 무지개 어린이집 학부모들 몇몇은 카페 네버랜드를 애용하기 시작했으며, 지인을 데려오기도 했다.

연주는 단체 기념사진을 벽에 걸어두며 가슴을 쓸어내렸다.

***

  삼 대째 이어져 온 식당.

  연주는 식당에 들어가며 간판에 적힌 글을 읽었다. 자리에 앉자마자 루리가 또 한 번 더 말해줬다. 굳이 알려주지 않더라도 오랜 세월의 흔적이 곳곳에 배어 있는 것 같았다. 식당 내부의 집기들은 대부분 낡았고, 의자마저 균형이 맞질 않아 삐걱거렸다. 또 수십 년 자리를 지킨 만큼 다양하고 다채로운 사람들이 찾아오는 모양이었다. 운동선수부터 가수, 정치인의 사인이 벽면에 가득했다.

  그런데 메뉴는 선택의 여지도 없이 백반 한 가지뿐이었다. 루리가 직접 고른 식당이었으나, 연주는 낯이 서질 않았다. 본인이 밥을 사기로 했는데 이런 허름한 곳이라니. 가격도 너무 저렴했다.

  연주는 오늘 오전 내내 포털 사이트에서 '이원시 맛집'을 검색했다. 몇 개의 블로그 포스팅이 호객행위 하듯 시선을 잡아챘다. 그녀에게 맛집 검색은 생소한 일이었다. 본래 먹는 일에 취미가 없었고, 또 찾는다고 한들 함께 갈 사람도 없었다. 그런 곳을 일부러 검색해 찾아가는 제 또래들을 보면 그저 신기했다. 하지만 그런 게 번거롭다고 오늘을 넘기고 싶진 않았다.

루리에게 밥을 사기로 했던 약속이 한 달 가까이 지나고 있었다. 시간이 지날수록 빚진 것처럼 불편한 마음이 커져 빨리 매듭을 짓는 심정으로 맛집 검색을 시도했다. 그런데 기껏 검색해 간 식당은 내부 수리 중이었다. 어쩔 수 없이 루리가 안내하는 여기로 올 수밖에 없었다.

두 사람은 식탁 위에 뭐라도 차려지기만을 기다리며 벽에 걸린 메뉴판을 읽고 또 읽었다. 단일 메뉴인 백반과 술 종류만 나열돼 있는.

점심이 아니라 저녁 식사였다면 연주는 술 한잔하자고 권했을 것이다. 술잔이라도 부딪히면 덜 어색할 테니까. 그러나 낮술은 어려웠다. 낮술 먹는 사이라면 그건 보통 친한 사이가 아닐 것이다. 지금 당장은 이렇게 뻘쭘하게 앉아 반찬이고 밥이고 어서 나오길 기다리는 게 고작이었다.

이럴 줄 알았으면 밥을 산다고 하지 말고 기프티콘 따위나 보내고 말걸, 연주는 잠시 후회도 했다. 하지만 기프티콘으로 자신의 마음을 전하기엔 역부족이었다. 마주 앉아 함께 식사하며 감사 인사를 직접 하는 게 백번 옳았다. 루리 덕분에 연주는 어느덧 제 손으로 커피를 내릴 수 있었다. 스스로 생각하기에 맛도 괜찮은 것 같았다. 제 손으로 처음으로 커피를 내렸던 날, 연주는 고마운 마음에 루리에게 언제 밥 한번 먹자고 덜컥 약속을 했다.

'언제 밥 한번 먹자'는 건 꽤 의례적인 말이었다. 입버릇처럼 쓰는 사람도 있으며, 헤어질 때 그냥 적당히 둘러대는 인사로도 통용되었다. 하지만 연주는 진심으로 루리에게 밥 한 끼를 대접하고 싶었다. 그녀 덕분에 몇 달 치 학원비를 아꼈으며, 저녁이 있는 자유도 되찾지 않았던가.

"이 집 백반 유명해요. 집밥처럼 반찬이 하나같이 맛있어요."

어색한 분위기를 깬 건 루리였다. 집밥. 연주는 그 단어와 멀어진 지 꽤 오래돼 그게 주는 맛도 잘 떠오르지 않았다.

"루리 씨도 혼자 사세요?"

"아뇨. 전 결혼했어요. 아이가 벌써 열 살이에요."

예상치 못한 말에 연주의 눈이 휘둥그레졌다. 루리가 자신과 동갑인 건 알고 있었다. 하지만 결혼한 사실은 처음 알았다. 거기에 초등학생을 둔 학부모라니.

"열 살이요?"

그럼, 대체 몇 살에 결혼하고 아이는 언제 낳은 거지? 연주는 머릿속으로 계산했다.

"스무 살에 결혼했어요. 남들보다 꽤 빨리했죠? 그런데 결혼과 출산만 빠르고 다른 건 전부 늦어요. 여태 변변찮은 직장생활도 한번 못 해봤어요. 그런데 우리 아들은요, 엄마가 공무원 시험에 합격한 줄로만 알아요."

때마침 갓 구운 생선과 된장찌개, 달걀찜과 몇 가지 밑반찬이 차례로 식탁에 올랐다.

"제가 그래도 한 주무관님보다 커피 하나는 잘 내리죠?"

루리는 먹기 좋게 생선 가시를 발라내며 말했다.

"신세를 많이 졌어요."

"참, 신기복 어르신은 커피 못 드시게 하세요. 밤에 잠을 못 주무신 지 꽤 되셨대요. 가만 보니 연습 삼아 내린 샷을 아깝다고 자꾸 드시더라고요."

"네, 그럴게요. 루리 씨 보면 부러워요. 어르신들은 아직도 저를 좀 불편해하는 것 같거든요."

루리는 연주와 달리 노인들과 금세 융화됐고, 그녀가 오면 네버랜드의 분위기가 한층 훈훈해졌다. 루리는 웃으며 고개를 저었다.

"아니에요. 모두 한 주무관님을 엄청 믿고 의지하고 계세요. 그리고 누가 어르신들 위해 이런 기획을 하겠어요? 전 한 주무관님이 정말 대단하다고 생각해요. 어려운 상황에서도 굴하지 않는 그 모습이 부럽기도 하고요. 사람들이 저보고 뭐라는지 아세요?"

"글쎄요?"

"이름은 이루리인데 왜 이룬 건 하나 없냐고……. 저한테는 간절함 같은 게 느껴지질 않는대요. 그래서 늘 이렇게 제

자리인가 봐요."

고백 같기도 하고 고민 비슷하기도 한 걸 끝마친 루리는 곧장 시무룩해졌다. 연주는 자신도 모르게 얼른 대답했다.

"대신 진실함이 있잖아요. 진정한 마음. 그게 사람들 마음을 움직여요. 저도 움직였고요."

루리는 그 말이 듣기 좋았는지 기분 좋게 웃으며 밥 한술을 입 안으로 가져갔다. 연주는 그 모습을 바라보며 혼잣말하듯 중얼거렸다.

"전 간절하기만 하지, 진정한 마음 같은 건 잃어버린 지 오래예요."

***

구석 테이블에 모여 있던 노인들이 도어벨이 울리자 일제히 출입문을 바라봤다. 곧 연주라는 걸 알아차리고는 손짓했다. 석재가 제 옆으로 의자 하나를 더 끌어당기며 말했다.

"이리 와요, 얼른. 한참을 기다리다 이제 막 먹으려고 준비하던 참이요."

가게에는 손님이 없었고, 그들은 그 참을 노려 함께 점심을 먹을 모양이었다. 그들 틈에는 조 군도 끼어 있었다. 연주는 이 기회를 놓칠 리 없었다.

"자주 뵙네요. 특히, 점심시간에요."

연주는 '특히'를 발음할 때 표나게 힘을 실었다. 제대로 한 방 먹였다고 생각했는데, 조 군은 싱긋 웃기만 했다. 그 미소를 보자니 도리어 본인이 당한 것처럼 분했다.

"전 루리 씨랑 만나서 밖에서 먹고 들어왔어요."

연주가 말했다. 그 말이 떨어지기 무섭게 조 군은 그녀를 올려다보며 고개를 양옆으로 가볍게 저었다. 만영은 숟가락으로 테이블을 탕탕 내리치며 대꾸했다.

"배신자네, 배신자여! 아, 글고 어디를 가믄 간다고 말이나 좀 하고 가믄 얼마나 이쁠까. 숟가락 쪽쪽 빨믄서 여태 기다렸드만 혼자만 묵고 와블었다네!"

그 말을 듣자마자 연주는 기복을 바라봤다. 아차, 싶은 표정이 저절로 떠올랐다. 가게를 나설 때 다른 노인들은 각자 맡은 업무에 바빠 보였다. 손님도 몇 명 있던 상황이라 그녀는 옆에 있던 기복에게만 슬쩍 나가는 이유를 전했다. 밥을 먹고 온다는 말도 분명히 했다. 그의 난청을 망각한 것이다.

노인들은 점심 식사를 보통 가게 안에서 함께 해결했다. 연주도 마찬가지였다. 식사 준비는 함께 거들었으나 요리를 도맡아 하는 건 준섭이었다. 그는 재료 하나를 가지고도 여러 음식을 만들어낼 수 있었다. 또 평소 자주 접했던 뻔한 음식도 그가 만들면 뻔하지 않은 게 됐다. 그중 하나가 바로 라면이었다.

때마침 준섭은 주방에서 냄비를 들고나왔다. 냄비 안에 바글거리는 건 라면이 아니라 식욕 그 자체였다. 이제 막 식사를 마친 터라 배가 불렀지만 어느새 입에 침이 고이고 있었다. 그녀는 침을 꼴딱 삼키며 계산대 앞으로 자리를 옮겼다.

"오늘은 파채와 순두부를 고명으로 얹어봤어요."

라면에 파채와 순두부라니. 연주는 계산대에 앉아 있었으나 자신의 모든 감각을 동원해 냄비 속 색다른 라면에 관심을 쏟았다. 조 군은 탄성을 내지르며 말했다.

"제 생애 두 번은 없을 맛이네요."

준섭은 평소에도 요리하는 일을 즐겼다. 아내와 딸아이는 언제나 그의 요리를 맛있게 먹어줬다. 그러나 집에 혼자 남은 이후로는 요리를 거의 하지 않았다. 쌀밥에 생수를 말아 시장기가 달아날 정도로만 끼니를 때웠다. 하지만 요즘 동료들에게 요리를 해주며, 준섭은 옛날의 그 즐거움을 다시 떠올렸다. 잠들기 전에 점심 메뉴와 요리법을 고민해보기도 했다. 장소에 제한이 있는 만큼 메뉴는 대개 간단하고 먹기 편한 것으로 정해졌다.

그래서 오늘은 라면을 끓이기로 했다. 만영은 뭐든 국물이 있으면 잘 먹었다. 밀가루 음식은 소화가 잘 안 된다는 석재를 위해 준섭은 출근길에 순두부를 샀다. 국물의 맛을 더하는

데는 양파만으로도 충분했지만, 파채도 샀다. 기복이 양파를 꺼렸기 때문이다. 비엔나소시지는 연주를 위한 거였다.

"매일 먹고 싶은 맛이에요."

조 군은 연달아 감탄을 터뜨렸다. 연주는 그를 힐끔 쳐다보고는, 다시 메모지에 시선을 뒀다. 낙서를 하는 중이었다. 냄비를 그려 넣었다. 이윽고 고불거리는 면발까지 그렸다. 볼펜심에 묻어난 끈적한 잉크를 그림 옆에 눌러 닦아냈다. 저들 앞에 놓인 라면 맛이 궁금해 견딜 수가 없었다.

그때 준섭이 연주를 돌아보며 말을 걸었다. 밥 안 먹겠다고 투정 부리는 어린아이를 홀리는 듯한 말투였다.

"한 주무관, 그래도 한 술 같이 뜹시다. 비엔나소시지도 넣었는데."

그녀는 마지 못하는 척 뭉그적거리며 그들 곁으로 다가갔다. 그들의 화젯거리는 라면에서 어느덧 만영의 옆집 노인에 관한 사건으로 변해 있었다.

"팔십이 다 됐는데도 말술이었다니까. 말도 못 하게 건강했어요. 아니 근데 어뜨케 똥을 싸다가 뇌혈관이 터져가꼬 쓰러져 브냔 말이여."

"그래서 괜찮답니까?"

"나도 모르지라. 병원에 가볼라 했드만 중환자실에 있어가꼬 면회도 안 된대요. 그나마 그날이 독거노인 가정 방문해주는 봉사자가 오는 날이었나 봐. 그 사람이 발견해가꼬 살았지. 안 그랬으믄…… 아휴."

"이 나이가 드니깐 혼자가 외로운 게 아니라, 무서운 게 돼버리더라고요."

기복이 말했다. 나머지 노인들은 가만히 고개만 끄덕였다. 연주는 듣는 둥 마는 둥 면발을 젓가락으로 돌돌 말아 입 안으로 가져갔다. 준섭은 국자로 국물을 퍼 연주의 앞접시에 떠줬다.

"참말로 이거야말로 날벼락 아니겠소? 혼자 사는 사람들! 똥도 너무 힘줘서 싸지 말아요."

그때였다. 진짜 날벼락은 따로 있었다. 냄비 아래 깔린 게 연주의 눈에 들어온 것이다. 그녀의 손에서 젓가락이 힘없이 흘러내려 바닥으로 떨어졌다. 연주는 젓가락을 줍는 대신 자기 이마를 짚었다.

그걸 보고 만영이 놀라서 소리쳤다.

"뭐여! 한 주무관! 왜 그라요?"

그 소리와 동시에 연주는 냄비 받침대를 잡아 뺐다. 그러고는 자신의 가슴팍에 품었다. 그러니까 그건 연주가 가장 아끼는 책 피터 팬이었다. 냄비가 엎어지며 그 안의 음식이 테이블로 쏟아지고 말았다. 앉아 있던 모두가 후다닥 자리에서 일어나 피했다. 재빠르게 대처한다고 했지만, 워낙 갑작스러워 이미 늦어버렸다.

다들 자기 옷을 닦아내고 테이블을 정리하느라 바빴다. 그러거나 말거나 연주는 연신 쓰다듬으며 책이 무사한지만 살폈다. 겉표지에 냄비 눌린 자국이 선명했다. 자국난 곳을 손으로 여러 번 문질러봐도 소용없었다.

준섭은 반쯤 넋이 나간 듯한 연주를 보곤 곧장 알아차렸다. 팔꿈치로 옆에 선 만영의 옆구리를 쿡 찌르며 사과했다.

"미안합니다. 한 주무관 책인 줄 몰랐어요."

책을 받침대로 가져다 쓴 건 만영이었다. 어디서 책 한 권을 가져와 테이블 가운데 툭 던져 놓은 것이다. 아무도 문제 삼지 않았으며, 말리지도 않았다. 제대로 된 냄비 받침대가 없다는 걸 아니까 대용할 게 필요했고 만영이 그걸 찾아낸 것뿐이었다. 무엇보다 책이 낡아 보였던 탓에 누구 하나 뒤적거려볼 생각도 하지 않았다.

"도대체 왜 이러시는 거예요? 이건 책이잖아요."

연주는 소리쳤다. 연주는 자신이 관대하지 못한, 사소한 일에 예민하게 구는 사람으로 비치고 있다는 걸 분명하게 자각했다. 특히 조 군의 눈에는 몇 배나 그렇게 보인다는 것도.

아니나 다를까 조 군은 연주를 보며 크게 한숨을 쉬었다. 그동안 그가 봐온 연주는 매사 신경질적인 여자였다. 지금처럼.

"이봐요. 그냥 쌤쌤 칩시다."

조 군이 말했다. 사실 노인들을 포함해 조 군에 이르기까지, 그들은 모두 라면 국물 테러의 피해자들이었다.

"쌤쌤?"

되묻기라도 하듯 탐탁지 않은 그 단어를 연주는 제 입으로 발음해봤다. 경박하고 조악했다. 그동안 축적해둔 조 군에 대한 분노가 치밀어올랐다.

"자기 책만 소중합니까? 그래요, 중요하다고 칩시다. 그렇다고 이렇게 할 일은 아니지요! 그깟 책이 뭐 그리 대수라고."

"잘 알지도 못하면서 오지랖 그만 떠세요. 잘난 척 좀 그만하라고요!"

연주의 목소리에 불길이 치솟았다. 노인들은 눈치를 주며 조 군을 말렸다. 조 군은 더 할 말이 남은 듯 보였으나 이내 관뒀다. 테이블 밑으로 허리를 숙여 운동화에 붙은 라면 가닥을 닦아낼 뿐이었다.

말릴 틈도 없이 또 다른 일이 벌어졌다. 연주가 냄비를 손에 들었고, 그 안에 든 잔여물을 쏟아부었다. 문제는 그 장소가 엎드려 있던 조 군의 뒤통수였다는 것이다. 그는 뜨뜻한 라면 국물로 등목을 하고 말았다. 아무도 제지할 수 없었던 그 상황은 한동안 정적을 빚어낼 뿐이었다.

그 틈을 비집고 연주는 간명하게 말했다.

"이제 쌤쌤으로 칩시다. 아직 좀 부족하지만."

7
미류동의 미라클

"후크 선장! 뒤로 조금만 나와서 같이 봅시다. 화면이 가려서 안 보입니다."

미간에 잔뜩 힘을 주긴 했으나 석재의 목소리에는 장난기가 묻어났다.

준섭과 기복도 같은 생각인지 표나게 고개를 끄덕였다.

"볼륨도 좀 높여주면 좋겠어요."

"아따, 화면발이 실물을 못 따라 가쁘네."

그러거나 말거나 궁시렁궁시렁 불평을 내뱉으며, 만영은 노트북 모니터로 자꾸만 상체를 숙였다. 그 바람에 다른 노인들은 점점 더 시청에 방해를 받았다. 조 군은 노트북의 상판을 뒤로 젖혀 모두가 볼 수 있게 하려 애썼다.

연주는 그 틈에 끼지 못하고 주위만 어슬렁댔다. 곁눈으로 힐끗대며 모니터를 훔쳐보는 게 고작이었다. 영상을 보고 있자니 입꼬리가 경련이라도 난 듯 실룩였다. 조 군이 있을 때만큼은 티 내지 않으려 애를 써봤지만 어쩔 수 없었다. 이 일은 카페 네버랜드가 오픈한 이래 최대 경사였다.

이윽고 화면에 만영의 얼굴이 가득 담겼다. 화면 속 그는 눈을 약간 내리뜨면서 거만한 말투로 상대에게 물었다.

"몇 살이요?"

"네? 몇 살이라뇨?"

화면 밖에서 젊은 여자의 목소리가 불쑥 끼어들었다. 얼굴은 나오지 않았지만, 맞은편에 앉은 이는 당황한 듯 보였다. 만영은 아무 말 없이 테이블 위에 화투장을 늘어놓고 양손을 사용해 그것들을 비벼 섞었다. 그러는 동안에도 그는 대답을 재촉하듯 상대를 쳐다봤다.

"서른다섯이요."

"나이를 솔찬이 잡숴블었네."

그는 한 손에 화투장을 모아 쥐고는 다른 한 손을 이용해 툭툭, 소리 나게 쳐댔다. 손목 스냅으로 빚어내는 리듬에 따라 몇 장의 화투장이 서랍처럼 빠져나왔다가 곧장 그 위나 아래 어디쯤으로 자리를 옮겼다. 하나, 둘, 셋……, 서른다섯에 이르기까지 소리 내어 수를 세며 그 행위를 이어갔다.

화면 밖에서 또다시 여자의 목소리가 튀어나왔다.

"저는 지금 이원시 미류동에 자리한 카페 네버랜드라는 곳에 와 있습니다. 음식을 주문하고 기다리는 중인데요. 가게 인테리어를 보고 예상했던 대로, 그 피터 팬에 등장하는 네버랜드가 콘셉트인 모양이에요. 아까 주문받으신 분은 팅커벨이었죠? 음…… 이곳에는 독특한 고객 서비스가 있네요. 제 앞에 계신 바로 이분, 후크 님이 화투점을 봐주신답니다. 타로점은 여러 번 봤지만, 화투점은 처음이라 신기하네요."

테이블 위에 화투장을 네 열로 능숙하게 깔면서 만영은 무심하게 말했다.

"타로점인가 그건 서양 것들 것이고. 우리한테는 누가 뭐래도 동양화가 정확허단께."

이번에는 그의 손이 클로즈업됐다. 그는 허밍까지 곁들이며 패를 한 장씩 뒤집기 시작했다. 화투의 짝을 맞추는 손놀림이 마치 춤을 추는 듯 현란했다. 그 위로 여자의 질문이 이어졌다.

"노인 일자리 사업 목적으로 운영하는 카페라고 들었어요. 실례가 되지 않는다면 이전에는 어떤 일에 종사하셨는지 여쭤봐도 될까요?"

만영은 짧고 굵게 대답했다.

"흥신소."

전혀 예상치 못한 직업군이었다. 여자는 더는 화제를 이어 가지 못했고, 그저 소리 내 웃었다. 그러는 동안 부스럭거리는 소리와 함께 카메라 각도가 바뀌었고, 이제는 화면에 여자의 얼굴도 함께 비쳤다.

갑자기 만영이 테이블을 손바닥으로 탁, 내리치며 이렇게 말했다.

"5월의 창포라⋯⋯. 요건 오늘 먹을 복이 터져블겠다는 의미로 볼 수 있겄는디."

때마침 주방에서 음식을 들고나오는 준섭이 화면에 잡혔다. 곧이어 경쾌한 효과음과 함께 화면에는 '맛짱 언니'라는 문구가 나타나며 장면이 전환됐다.

화면 속 여자는 소위 말하는 인플루언서이자, 먹방 유튜버였다. 카페 네버랜드의 역사는 바로 그녀, '맛짱 언니'의 방문 전과 후로 나뉜다 해도 과언이 아니었다. 그녀는 유튜버들 사이에서 먹방계의 전설적인 인물로 통했다. 채널을 개설하고 몇 달 만에 타 먹방 채널의 구독자 수를 가볍게 지르밟으며 상승 중이었다.

맛짱 언니는 용감무쌍했으며, 독보적인 캐릭터였다. 그녀의 방송은 대본 자체가 없었다. 직접 먹어보고 솔직한 의견을 전달하는 식이었다. 그저 식당을 방문하고 음식과 서비스 상태를 한자리에서 모두 영상에 담았다. 가끔은 예고 없이 라이브 방송을 하기도 했는데, 식당에서 쫓겨나기도 하고 카메라를 빼앗기는 일도 발생했다. 어디로 튈지 모르는 맛짱 언니의 진행 덕분에 보는 재미가 쏠쏠했다.

그녀는 다른 먹방 유튜버들과 다르게 광고와 협찬은 일절 받지 않는 것으로도 유명했다. 식당이나 업체에 방문할 때도 사전 조율 하나 없이 잠입 취재 형태로 진행했다. 시청자들도 자신이 먹방을 보고 있는 건지 시사교양 프로그램을 보고 있는 건지 헷갈릴 정도였다. 이런 맛짱 언니 덕분에 비싼 광고료를 지불하고 유명세를 탔던 몇몇 맛집의 실체가 만천하에 드러났다. 왜 그런 가게들 있지 않은가. 블로그나 SNS 혹은 유튜브 영상에는 두툼한 손바닥만 한 스테이크를 냈는데, 가서 보면 종이짝 같은 게 나오는. 그런 가게들은 맛짱 언니의 활동으로 줄줄이 고배를 마셔야만 했다.

그녀는 그 일로 명예 훼손으로 고소당하기까지 했지만, 온갖 수난에도 굴하지 않았다. 더욱 유쾌하고 솔직한 진행으로 수많은 시청자를 구독자로 끌어들였다. 잘 알려지지 않은 맛집을 찾기 위해 팔도 유랑은 기본이었다. 영상 속에서 그녀는 모든 게 주관적 의견일 뿐이라고 매번 강조했으나, 그녀의 입맛은 이미 구독자들에게 무한한 신뢰를 얻고 있었다. 개인 방송을 막 시작할 때의 슬로건은 '믿고 보는 맛짱 언니'였는데, 이제는 '믿고 먹는 맛짱 언니'로 불렸다. 요식업계에 그녀가 끼치는 영향력은 날로 커져만 갔다.

다른 사람도 아닌 그 맛짱 언니가, 세상에 그 많고 많은 가게 중에 카페 네버랜드를 찾아왔다. 연주는 물론이고 노인들도 이름은 들어봤지만, 아무도 그녀가 그녀일 거라고는 알아채지 못했다. 가게 안에서 방송 장비를 켜고 주문하고 먹는 동안에도 그랬다. 세상에 널리고 널린 유튜버 중 하나라며 대수롭지 않게 여기고 만 것이다.

조 군이 노트북으로 영상을 틀어 보여주는 순간에도 그들은 그저 어리둥절했다. 그녀의 유튜브에 왜 자신들과 익숙한 풍경이 등장하는지 말이다. 화면 속 맛짱 언니는 '버터 된장 김치볶음밥'과 '파채 순두부 라면'을 주문하는 중이었다. 그것들은 카페 네버랜드의 새로운 메뉴였다.

수제 청과 더불어 수제 음료를 선보인 이후로 한동안 카페 네버랜드의 매출이 상승하긴 했다. 하지만 음료와 커피만으로는 한계를 느꼈다. 노인들은 고민했고, 조 군은 그들을 위해 기꺼이 아이디어를 냈다. 인근에 직장인들이 많으니 정오부터 2시까지는 식사 메뉴를 팔아보는 게 어떻겠냐고.

그들에게는 이미 여러 번의 점심 식사로 모두에게 검증된 '특별한 맛'이 있었으므로, 메뉴 출시는 순조로웠다.

사실 맛짱 언니에게 카페 네버랜드를 귀띔해 준 것도 조 군이었다. 두 사람은 대학 동기였고, 같은 직장에서 근무한 적도 있었다. 조 군은 그녀에게 메뉴를 추천하면서, 근래 먹은 음식 중 가장 만족도가 높았다는 자신의 의견은 생략했다. 직접 먹어보고 판단하길 바랐다. 메뉴들은 단출했으나, 분명 그 맛은 비범했다.

맛짱 언니 역시 그가 구구절절 부탁한다고 해서 자신의 신조를 느슨하게 내버려둘 성미가 아니었다. 그들은 친한 만큼 서로의 성격을 잘 파악하고 있었다.

어쨌든 영상 속 그녀는 음식이 나오자마자 순식간에 먹어치웠다. 그리고 조 군의 예상대로 칭찬을 아끼지 않았다. 그 다음에는 수제 청으로 만든 음료도 한 잔씩 시켜 차례로 시음했다. 그러는 도중 의도치 않게 만영의 음성이 영상에 삽입됐다.

"와따, 물 먹는 하마여 뭐여."

맛짱 언니의 이 영상이 나간 뒤로, 카페 네버랜드에는 여러 변화가 생겼다. 가장 큰 변화는 한가했던 점심 시간대가 가장 바쁜 시간이 됐다는 거였다. 인근 신도시에서 일부러 미류동까지 점심을 먹으러 오는 이들도 생겼다. 매출은 말해 무엇하겠는가. 기존보다 열 배 가까이 치솟았다.

이를 두고 동장은 '미류동의 미라클'이라며, 말 그대로 칭송했다.

$$*\ *\ *$$

하루는 손님이 가게로 전화를 걸어왔다. 그는 업무 때문에 도저히 식사하러 나갈 짬이 없다며, 혹시 배달은 안 되느냐고 물었다. 석재가 수화기를 내려놓자, 그 옆에 멀뚱히 서 있던 기복이 관심을 드러냈다.

"잘됐네, 잘됐어."

통화 내용을 전해 듣고 기복은 바로 이거다, 하며 회심의 미소를 지었다. 그제야 자신이 할 일을 찾았다고 여긴 것이다. 갑자기 들이닥친 호황으로 모두 눈치채지 못했지만, 가게가 바빠질수록 그는 의기소침해져만 갔다.

기복은 본래 커피 제조 업무를 맡았으나 그동안 기계작동 미숙으로 본 업무를 제대로 수행하지 못했다. 그 뒤에 학원에서 다시 배우기도 했고, 루리에게 과외 받다시피 한 덕분에 이제는 실력이 많이 나아진 편이었다. 하지만 여전히 더디고도 더뎠다. 그에 비해 연주는 바리스타계의 샛별로 거듭나는 중이었다. 본의 아니게 그렇게 됐다.

어느 날부터 연주는 커피추출기 앞에 의자를 놓고 자리를 잡았다. 그리고 거기서 태블릿으로 책을 읽거나 어학 공부를 했다. 매출 현황이나 재고 등을 실시간으로 살피고 필요한 재료 주문도 척척 해냈다. 그러다가도 커피 손님이 오면 귀신같이 알아차렸다. 마른 수건으로 포터필터를 잽싸게 닦아내고 원두 분쇄기 앞으로 가져갔다.

연주가 일을 도맡아 해버리자, 기복은 주방으로 자리를 옮겼다. 조리 업무나 음료 제조 보조업무라도 해볼 요량이었다. 하지만 결과적으로는 준섭에게 방해만 됐다. 두 사람이 함께 나란히 뭘 하기에는 주방이 너무 좁았다. 서로 팔과 어깨가 부딪치는 바람에 접시에 담긴 음식을 쏟은 적도 있었다.

설거지라도 해볼까 싶어 싱크대 앞에 섰지만, 그것도 신통치 않았다. 기복이 씻어 놓은 유리잔에 립스틱 자국이 그대로 남았다. 씻는다고 씻었지만 접시에 기름기가 가시지 않았다. 설거지도 서툴다는 걸 인정해야 했다. 지켜보던 준섭이 아무 말 없이 식기 건조대에 놓인 것들을 도로 싱크대에 집어넣었다.

기복은 슬며시 계산대 옆으로 옮겼다. 이번에는 석재를 도우려 했다. 하지만 그놈의 난청 때문에 주문받는 일은 곤란했고, 전화 받는 일은 엄두도 나질 않았다. 그렇게 또다시 파도에 휩쓸리듯 정처 없이 표류한 그는 마침내 홀까지 밀려왔다. 홀은 만영의 담당구역이었다.

만영은 얼굴만 보고도 사람의 심리를 잘 간파했고 재치가 있어 손님 응대에도 뛰어났다. 또 화투점이라는 특기까지 보유하고 있었다. 그 특기는 젊은이들에게 선풍적인 인기를 끌었다. 화투점을 보겠노라고 멀리서부터 카페를 찾아온 이들 까지 생겼다. 후크 선장이 앉은 테이블 옆으로 줄지어 대기하 는 진풍경도 빚어졌으니 말해 무엇 할까.

바쁜 그를 대신해 기복은 테이블 정리라도 해보려 했다. 하 지만 요즘 젊은 손님들은 셀프에 익숙했다. 또 어찌나 예의가 바른지, 노인들이 힘들까 봐 말끔하게 뒷정리를 하고 갔다. 행주까지 뺏어 제 앉은 자리를 닦고 가는 이도 있었다.

그래서 다들 정신없는 하루를 보낼 때, 기복은 한쪽에 우두 커니 서 있곤 했다. 누군가 자신의 도움이 필요하길 간절히 기다리면서 말이다. 그러나 그럴 일은 좀처럼 일어나지 않았 으므로 갈수록 마음이 조급했다.

그때 때마침 걸려 온 배달 문의 전화는 기복에게 활력을 불어넣었다 해도 과언이 아니었다. 그는 석재에게 부탁해 전 화기에 찍힌 발신 번호로 다시 전화했고, 음식을 그릇째 포장 해 가져다줬다.

상대는 기복이 가져온 음식을 보고는 어쩔 줄 몰라 하며 고마워했다. 그렇게 첫 배달 업무를 성공적으로 마치고 돌아 오며 기복은 확신했다.

그래, 이거야말로 나만의 일이다!

그 뒤로 기복은 자신이 직접 제작한 팸플릿을 손님들에게 나눠주며 본격적인 배달 홍보에 돌입했다. 팸플릿이라고 해봤자 컴퓨터 프로그램을 이용해 A4용지에 흑백 출력한 게 고작이었다. 거기엔 카페 네버랜드의 메뉴, 가게 전화번호와 함께 이렇게 적혀 있었다.

카페 네버랜드 똑딱 악어의 친절한 배달 서비스!
미류동에 한해 무료 배달!
언제든, 어디로든, 카페 네버랜드는 여러분을 찾아갑니다!

그가 처음 배달도 하는 게 어떠냐고 말을 꺼냈을 때, 연주는 노골적으로 못마땅한 티를 냈다. 사업의 취지와 특성을 고려한다면, 운영자인 노인들의 자발적인 계획을 장려하고 실행할 수 있게 도움을 주는 게 백번 옳기는 했음에도 말이다.

"배달까지는 무리예요. 배달 대행을 이용하면 수수료도 들고 배달비도 들어요."

"한 주무관, 배달은 내가 직접 할 생각입니다."

배달 얘기가 오가고 얼마 지나지 않아 택배기사가 커다란 상자 여러 개를 가게 안으로 들이밀었다. 친환경 종이 용기와 비닐봉지 같은 것들이 든 상자였다. 다른 노인들까지 걱정스러워 말리는 동안에도 기복은 사비까지 들여 만반의 준비를 하고 있었다.

대놓고 적극적으로 일을 벌이니 더는 말릴 방도가 없었다.

하지만 우려는 쉬이 사그라지지 않았다. 그는 카페 네버랜드의 노인 중에서도 가장 연장자가 아니던가. 그런 그를 심부름 보내듯 밖으로 내보내자니, 마음이 그리 편치만은 않았던 것이다.

"쉬운 일이 아닌데……. 그럼 날씨라도 선선해지면 시작하세요."

연주의 걱정에도 기복은 자신감을 피력하듯 팔을 휘두르며 대답했다.

"운동 삼아 할 일이니……, 걱정하지 말아요."

얼마 뒤, 본격적인 더위가 시작되자 배달 주문 건수가 늘어났다. 덕분에 기복은 이전보다 한층 더 환하게 웃는 날이 많아졌다. 생기를 되찾은 것 같은 그의 미소에 안도하며, 그렇게 모두는 방심하고 말았다.

수첩에 적힌 주소를 다시 한번 확인하고 기복은 엘리베이터 버튼을 눌렀다. 수첩에는 '산정빌딩 삼 층, 신흥상사'라고 분명 적혀 있었다. 하지만 삼 층에 도착해 보니, 치과병원뿐이었다. 기복은 한숨을 내쉬며 손수건으로 이마를 훔쳤다. 벌써 얼굴에는 땀방울이 송글송글 맺히고 있었다.

그는 다시 일 층으로 내려가 밖으로 빠져나왔다. 건물 위를 올려다보는데 어디에도 간판은 보이질 않았다. 지도를 다시 확인하려고 주머니를 뒤적였다. 핸드폰을 찾았지만 없었다. 포장된 음식과 배달지 주소를 적은 수첩만 들고 서둘러 가게를 나선 탓이다.

플라스틱 음료 잔 표면에 맺혔던 물기가 조금씩 흘러내렸다. 벌써 예정된 배달 시간이 넘어가고 있었다. 그는 멀쩡한 어금니가 아리는 기분이 들었다. 가게까지는 걸어서 5분 거리였다. 하지만 다시 돌아갈 생각은 하지 않았다. 연주와 동료들에게 이런 실수를 들키고 싶지 않았다. 별거 아닐 수도 있었지만, 자신이 쓸모없다는 걸 확인시키는 것만 같아 꺼려졌다.

한낮의 태양은 모든 걸 말려버릴 작정으로 내리쬐는 중이었다. 가로수에 달라붙은 매미는 쉴 새 없이 울어댔다. 거리는 열기와 소음으로 가득했다. 그는 손바닥을 펼쳐 햇빛 가리개를 만들었다. 애타게 근방을 두리번거리며 상호를 찾는 데 온 정신을 쏟았다. 등이 어느새 땀으로 흥건해졌다.

"어르신, 안녕하세요? 어디 가시나요?"

그때였다. 옆을 지나던 이가 먼저 기복을 알아보고 말을 붙였다. 그는 가게에 몇 번 온 적 있는 손님이었다.

"신흥상사, 신흥상사 압니까?"

기복은 그가 누구인지 생각할 겨를이 없었다. 머릿속에 맴도는 그 상호만 중얼거릴 뿐이었다. 그러는 중에도 배달 용기가 든 비닐봉지와 음료 상자를 걱정스레 살폈다. 상대는 눈을 동그랗게 뜨며 말했다.

"신흥상사요? 제가 다니는 곳이에요."

그는 손가락으로 몇 미터 앞 건물을 가리켰다. 기복의 눈에 그토록 찾던 간판이 들어왔다. 건물 유리창에 반사된 빛 때문인지 잠시 어지러웠으나, 서둘러 걸음을 옮겼다. 고맙다는 인사도 잊은 채 말이다.

정확히 사흘 뒤, 기복은 길바닥에 쓰러지고 말았다. 버터 된장 김치볶음밥 네 개와 매실청 에이드 석 잔, 아이스 아메리카노 한 잔을 포장해 인근에 있는 시립 도서관으로 배달 가던 중이었다.

***

달리는 구급차 안에서 기복은 정신을 차렸다. 그는 깨어난 뒤에도 한참 동안 눈만 끔뻑였다. 구급대원은 긴박한 목소리로 몇 차례 이름을 더 불렀다. 자신이 쓰러졌다는 사실을 알기까지 기복은 약간의 시간이 더 필요했다.

구급대원은 그의 눈앞에 손가락을 세워 좌우로 움직였고, 주시하게 했다. 하지만 기복의 눈에는 구급대원의 왼쪽 가슴팍에 새겨진 119라는 빨간 숫자만 들어올 뿐이었다. 그는 착잡한 심정이 들어 그대로 눈을 감아버렸다. 전보다 더 큰 목소리로 구급대원이 그의 이름을 불러댔다.

기복은 눈을 감은 채 생각했다. 그가 자신의 이름을 어떻게 알았을까. 가게에도 벌써 연락이 갔을까. 신원을 파악하기 위해 몸을 수색했을 테고, 지갑에 든 주민등록증을 발견했을 것이다. 이름 따위야 쉽게 알 수도 있는 일이었다. 하지만 자신의 심정은 절대 모를 것이다. 차라리 이대로 죽는다 해도 아쉬운 게 없다고 생각했다. 결국 또 잘리고 말겠지⋯⋯. 기복은 실망하면서도 한편으로 울화가 치밀었다. 이번만큼은 그렇게 되고 싶지 않아 부단히 노력했건만.

기복은 눈을 번쩍 뜨고 구급대원을 똑바로 바라봤다.

"차 돌립시다!"

그러나 아까보다 더 심하게 머리가 핑 돌았다. 어쩔 수 없이 다시 눈을 감아야만 했다. 구급대원은 이제 병원에 거의 다 왔다고 말하면서 몇 가지를 더 물었다. 보호자, 지병, 먹고 있는 약에 관한 거였다.

응급실에서 기복은 한차례 피를 뽑았으며, 소변 검사를 했다. 몇 분 지나지 않아 너무나도 싱겁게 병명과 처방이 내려졌다. 그는 병실로 옮겨져 링거를 맞았다. 그의 병명은 영양실조였다. 그로 인한 빈혈 증상으로 쓰러진 거였다.

하필이면 주민센터 근처에서 쓰러지는 바람에 그 일대의

소란이 동장에게 고스란히 보고됐다. 누가 보고했는지 보고 내용은 무척이나 경망스러웠다. 동장은 펄쩍 뛰며 송 과장을 찾았다. 목덜미를 잡고 겨우 꺼낸 첫마디가 '누가 죽었다고?' 였다고 한다. 연주와 송 과장은 소식을 전해 듣자마자 곧바로 병원으로 달려갔다.

기복은 그들이 들어오는 걸 보고는 자는 척했다. 실은 죽은 척하고 싶었다.

기복은 보청기를 꼈으나, 이젠 그도 소용없었다. 몇 년 전, 그의 측두골 MRI를 살피던 의사는 인공 와우 수술만이 유일한 해결책이라고 했다. 그 말도 몇 번에 걸쳐 겨우 알아들을 정도로, 당시부터 그의 청력은 형편없었다.

그가 보청기를 착용한 건 60대 중반부터였다. 하지만 어느 날부터인가 소리가 작게 들렸고, 멀게 느껴졌다. 누구 입에서 나온 말인지도 헷갈릴 정도로 소리의 방향도 잃었다. 점차 소리가 왜곡됐고, 뭉개지듯 들렸다. 그는 보청기의 수명이 다된 줄로만 알았는데, 아니었다.

수술은 기약 없이 미뤄졌다. 비싸기로 소문난 수술이었지만, 돈이 없어서 그런 건 아니었다. 그에게는 먹고사는 데 지장 없을 만큼 재산이 있었다. 그동안 뚜렷하게 하는 일 없이 지냈으니 시간도 넘치게 남아돌았다. 그가 수술받지 못한 이유는 단 하나였다. 보호자가 없어서였다.

그의 가족인 아내와 아들 내외는 미국에 살았다. 그는 기러기 아빠로 지낸 지 벌써 40년이 다 됐다. 아들은 한번 시간 내 오겠다고 통화를 할 때마다 말했는데, 그 한 번이 정말 힘든 모양이었다. 가족은 온갖 핑계를 대며 한참이나 한국에 오질 않았다. 이제는 그들이 늘어놓는 핑계마저 제대로 알아들을 수 없을 만큼 청력이 손상됐다.

오 남매 중 막내이자 삼대독자였던 그는 어린 시절 한때 신동 소리를 들었다. 그러나 지금 와 생각해보면 그건 쥐약이나 다름없었다. 그 한마디 때문에 그는 사법고시 시험에 젊은 날을 몽땅 날려 먹었다. 법전에만 얼굴을 박고 한세월을 보냈으며, 매번 낙방했다. 그때도 암기 능력 하나는 뛰어났으므로 법규는 누구보다 빠삭했다. 하지만 그걸 응용하고 적용할 줄 몰랐다. 매번 2차 시험만 보면 과락이었다.

아내와는 그러던 중 부모의 중매로 식장에서 얼굴만 보고 결혼했다. 그의 부모는 세상은 결코 혼자 살 수 없는 곳이라며 결혼을 밀어붙였다. 그런데도 지금은 혼자 사는 신세가 됐지만.

시험을 포기한 뒤, 기복은 직장생활을 시작했다. 직장에서도 초반에는 암기한 걸 막힘없이 늘여놓으니, 누가 봐도 출중한 사람처럼 보였다.

하지만 기복은 지금껏 정확히 마흔아홉 곳에서 해고당했

다. 그는 응용력만큼이나 융통성이라는 것도 없었다. 없어도 너무 없었고, 회사들은 삐져나온 못 같은 그를 주저 없이 밖으로 뽑아냈다. 일을 시작한 지 1시간도 되질 않아 잘린 적도 있었다. 해고 이력도 기네스북에 등재된다면, 기복은 당당히 이름을 올리고도 남았을 것이다.

기복은 자신에게 뭐가 부족한지 알지 못했다. 안타까운 일이었다. 누구 하나 말해주는 이가 없었으므로, 그는 쓸데없는 것에 공을 들였다. 계속해서 무언가를 배우고, 또 배우기만 했다. 적성을 아직 찾지 못했을 뿐이라 여긴 것이다. 그에게 세상은 아직 배울 게 많은 곳이었다. 자신은 그걸 '도전'으로 여겼으나, 그의 가족은 그걸 '객기'라고 말렸다. 배움이 끝나면 또 다른 직종의 직장에 들어갔다가, 잘리고 또 잘렸다.

결국 그는 제대로 된 직장생활은 경험해보지도 못하고 정년을 맞이했다. 각 분야의 자격증만 훈장처럼 남았다.

그 후로도 기복은 늘 혼자였으며, 쓸쓸했다. 그럴 때는 법전만큼이나 두꺼워 안심이 되는 성경책을 읽으며 시간을 보냈다. 어쩌면 그는 신을 만나기 위해서라기보다, 사람을 만나기 위해 교회에 가는 걸지도 몰랐다.

그나마 부모가 물려준 재산과 부동산이 있기에 망정이었다. 그렇지 않았다면 그는 가족에게서도 이미 잘리고 남았을 것이다. 기복이 소유한 땅은 계속해 가격이 뛰어올랐다. 어느

산에서는 토석 채취가 가능하다고 해 그걸 팔아 큰 이익을 남겼다. 제대로 일한 적은 없지만, 인생의 손실은 저절로 메워졌고 생활은 풍족했다.

덕분에 그는 평생 써먹지도 못할 것들에 여전히 도전하며 청소년기의 소년처럼 적성을 탐구했다. 가족은 그의 새로운 도전 소식을 들을 때마다 또 돈 버리는 일을 한다고 질색을 했다. 그의 사후에 자신들에게 돌아갈 몫이 쓸데없이 줄어드는 건 아닌지 걱정하는 것 같았다. 땅값이 계속 치솟는다 한들, 돈이라는 건 쓰면 쓴 만큼 줄어드는 것이므로.

***

죽었다는 헛소문에 극도의 공포를 맛본 이후라 그런지 송 과장은 정말 죽었다 살아난 것 같은 안도감을 느끼는 듯했다. 버젓이 살아 숨 쉬는 기복을 내려다보며 조금씩 여유를 되찾았다.

그다음엔 순서처럼 연주를 나무랐다. 병실의 다른 이들이 혹시 듣기라도 할까 봐 목소리는 최대한 낮춰 속삭이듯 말했으나 억양에는 힘을 실었다. 기복은 실눈을 뜬 채 바로 옆에 선 그들을 지켜봤다.

"한 주무관, 너 미쳤어? 아니, 이런 땡볕에 낼모레 팔십인 노인한테 배달 일을 시키면 어쩌자는 거야?"

연주는 억울한 표정을 하곤 한숨을 내쉬며 말했다.

"시키긴 누가 시켜요? 저도 말렸어요. 본인이 하겠다고 우기는 걸 어떻게 합니까! 다들 제 말 안 들으세요."

"요즘 같은 세상에 영양실조는 또 웬 말이야. 공무원들이 어르신들 굶기면서 부려 먹는다고 말 나올까 무섭다. 무서워."

"제가 굶어요. 제가!"

"요즘 카페가 잘 된다기에 이제야 다리 좀 뻗고 자나 했더니만. 노인 학대라고 누가 제보라도 하면 어쩔래? 너 죽고, 나 죽고, 다 죽는 거야."

송 과장은 말하는 내내 손날로 자기 목을 치는 과장된 시늉을 했다. 연주 역시 송 과장의 제스처를 따라 하며 이렇게 받아쳤다.

"매출 안 나와도, 다 죽는다면서요?"

"말이나 못 하면. 아휴! 속 터져!"

그 순간이었다. 기복이 벌떡 일어나더니 침대에서 내려와 송 과장 앞에 섰다. 그 바람에 링거대가 바닥으로 넘어져 요란한 소리를 냈다. 병실의 모든 시선이 그들에게 쏠렸다. 기복은 대뜸 두 손을 싹싹 비비며 애원하듯 말했다.

"자르지 말아주세요. 내가 앞으로 잘할게요."

그랬다. 기복은 송 과장과 연주가 손날로 목을 치는 시늉을 할 때, 그걸 보고 자신을 자르겠다는 뜻으로 오해한 거였다. 병실은 그 처절한 광경으로 더 큰 오해에 휩싸이고 있었다. 송 과장이 말한 대로 노인학대의 현장이라도 목격한 듯 사람들이 웅성거렸으며, 의심의 눈초리들이 창처럼 찌르는 듯했다.

"아이고, 어르신! 왜 이러십니까."

송 과장은 잽싸게 링거 대를 세우고는 기복을 껴안다시피 해 침대에 앉혔다. 그러나 갈수록 태산이었다. 기복이 갑자기 소리 내 울기 시작했다. 어느새 두 팔로 송 과장의 목을 휘감은 채 말이다.

"내가 혼자 있다 보니까 귀찮아서 밥을 잘 안 챙겨 그래요. 다른 병이 있는 건 아니에요."

송 과장은 자기 목에 둘린 팔을 떼어내려 애써봤지만 꿈쩍도 하질 않았다. 더욱더 조여들 뿐이었다. 뭐라도 해보라는 듯 연주에게 눈치를 주었다. 연주는 그 옆에서 고개만 절레절레 흔들어댔다.

기복은 바리스타 학원에 등록할 때, 이번만큼은 미국에 있는 가족들에게 알리지 않았다. 단 한 번이라도 무언가 제대로 해낸 뒤에 당당히 말하고 싶었다. 카페 네버랜드에 취업한 사실도 그의 가족은 전혀 모르고 있었다.

78세의 나이에 다시 한번 취업의 기회를 잡은 기복이었다. 면접에 합격하던 날, 그는 다짐했다. 이번만큼은 잘리지 않으리라! 뭐든 해내서 카페 네버랜드에 꼭 필요한 인재가 되리라! 그의 그런 마음이 눈물이 돼 비 오듯 쏟아졌다. 저 깊숙이 스며 있던 오래된 설움이 복받친 탓이었다.

그는 병원에서 하루 꼬박 링거를 맞았고, 다음 날 무사히 퇴원했다.

8
발광머리 앤과 대망 할배

현란한 사이키 조명과 90년대를 주름잡던 가요들. 스테이지에는 겨우 대여섯 남녀뿐이었다.

그들은 음악에 맞춰 춤을 추는 건지 취해 비틀거리는 건지 모를 만큼 흐느적거렸다. 평일이었으며, 이른 시각이라 한산했다.

연주는 나이트클럽이라는 곳을 태어나 처음 와봤다. 그렇다고 아주 낯설지는 않았다. 텔레비전을 통해 본 적도 있고, 남들이 하는 이야기를 듣기도 했다. 대학 때 동기들이 나이트클럽에서 부킹한 경험담을 늘어놓던 일도 떠올랐다.

동장은 연주에게 금일봉을 하사했다. 카페 네버랜드가 애초 우려했던 것과 달리 나날이 매출을 갱신한 덕분이었다. 노인들의 인건비, 가게 운영을 위한 필수경비를 제하고도 일정 금액이 남는 진귀한 현상이 몇 달째 이어졌다. 꽤 여유가 생겨 카페 수익금 일부를 미류동 주민센터 이름으로 지역 내 복지재단에 기부하기도 했다. 대내외적으로 그 업적을 드높인 것이다. 동장은 크게 기뻐했고, 그 기쁨을 소정의 회식비를 담은 봉투로 표현했다.

연주는 이 금일봉으로 전 직원 회식을 하기로 결정했다. 카페 네버랜드의 역사는 어느덧 8개월 차에 접어들고 있었지만, 회식은 처음 있는 일이었다. 그래서인지 회식 장소 하나 정하는데도 진지한 의논이 오갔다.

고르는 장소가 영 마땅치 않는데, 석재가 손을 들고 일전에 만영이 이야기했던 곳을 추천했다. 만영은 자신의 친한 후배가 인근 지역에서 가게를 인수해 운영 중이라고 했다. 가게가 저녁 늦게 문을 여는 탓에 여태 가보질 못했다며 아쉬워한 적이 있었다. 이번 회식 장소로 거기는 어떻겠냐고, 석재가 의견을 냈다. 거리가 좀 멀어도 아는 사람 가게 매상을 올려주자는 거였다. 다른 노인들도 흔쾌히 그러자고 했다.

드디어 기다리던 회식 날, 카페 영업을 마친 직원들은 연주가 모는 차를 타고 다 같이 후배의 가게로 출발했다. 가게는 이원시에서 차로 40~50분 떨어진 곳에 있었다. 휴게소 들르기엔 어중간한 거리였으나 가는 길에 괜히 들러 호두과자와 쥐포도 사 먹었다. 노인들은 야유회라도 가는 양 신나 했다.
'태평관' 앞에 도착하기 전까지는 그랬다.

"……설마 여기에요?"

의사소통의 오류를 확인하는 순간이었다. 만영은, 이들이
모두 업종을 정확히 인지한 상태에서 가자는 줄 알았다. 연주
와 다른 노인들은, 태평관이라는 곳이 음식에 술을 곁들여 파
는 식당 정도로 생각했다. 그런데 이 태평관은, 성인 나이트
클럽이었다.

잠깐 동요가 있었지만, 기왕 왔으니 후배와 인사도 하고 간
단히 구경만 하고 나오기로 합의했다. 하지만 그 인사조차도
쉽지만은 않았다. 입구에서부터 실랑이가 벌어졌다.

"민증 확인하고 모시겠습니다."

검은 양복 차림에 꽁지머리를 한 이가 일행을 막아섰다. 그
는 태평관의 기도를 보는 이였다. 그가 하는 일쯤은 모두가
잘 알고 있었다. 하지만 주민등록증 확인은 미성년자를 가려
내기 위한 수단이 아니던가. 그들에게는 더 명확한 증빙 수단
이 얼굴에 고스란히 드러나 있었다.

연주는 의아했지만 시키는 대로 지갑을 열고 석재 바로 뒤
에 섰다. 꽁지머리는 석재의 주민등록증을 받아 살피더니 한
쪽 입꼬리를 스윽 올렸다. 도로 주민등록증을 건네주며 건성
으로 말했다.

"만 60세 이상 출입 불가입니다."

만영은 그러거나 말거나 꽁지머리를 제치고 입구 엘리베이터 앞에 섰다. 그것도 모자라 다른 이들에게 이쪽으로 오라며 손짓했다. 기도는 특유의 위협적인 말투로 소리 질렀다.

"할아버지, 이리 나오세요."

만영도 눈을 희번덕이며 고함쳤다.

"뭐! 할아버지? 이런 개잡놈의 새끼를! 너 내가 누군지 알고 할아버지라고 그래브냐? 느그 사장이랑 나랑 호형호제하는 사이여. 홍대만이 지금 안에 있지? 나오라 해."

"사장님 이름 댄다고 아무나 들여보낼 수가 없어요. 늙은이 아웃! 수질관리 차원에서 사장님이 직접 지시한 사항입니다. 그리고 할아버지, 그렇게 친하시면 직접 전화하셔요."

혹시나 하는 마음에 석재와 준섭이 미리 양쪽에 서서 만영의 팔을 붙들었다. 연주는 창피했다. 자기 차로 함께 온 것만 아니라면, 그들을 버려두고 도망치고 싶었다.

만영은 씩씩대며 곧장 어디론가 전화를 걸었고, 다짜고짜 꽁지머리의 귀에다 핸드폰을 가져다 댔다. 다행히 그는 핸드폰 너머 목소리를 듣자마자 놀라 굽신거리더니 순순히 일행을 안으로 들여보냈다.

연주와 노인들은 그렇게 요란한 인증 과정을 거친 후에야 태평관에 입성했다. 자리에 앉을 때까지도 만영은 씩씩거렸다. 기도와 달리 담당 웨이터는 과도한 친절로 그들을 맞이했다. 테이블 위로 맥주와 과일 안주를 절도 있게 세팅했고, 이어 주머니에서 자신의 명함을 꺼내 한 장씩 공손하게 나눠줬다.

'현빈.'

명함 앞면에는 궁서체로 크게 '현빈'이라고 써 있었다. 현빈은 한 걸음 물러나 90도로 인사를 올렸다. 연주는 기대를 품고 현빈을 올려다봤으나 그가 얼굴을 들자마자 실망하고 말았다. 그녀는 머쓱해져 얼른 스테이지로 시선을 돌렸다.

춤을 추던 중년 여성 하나가 이쪽 테이블을 향해 사랑의 총알을 발사했다. 그 묘한 몸짓은 한편으론 삿대질처럼 보이기도 했다.

연주는 그동안 수도 없이 많은 회식에 끌려다녀봤다. 팀별 회식에는 팀장이 건배사를 했고, 부서별 회식에는 과장이나 부장, 전체 회식에는 동장이나 국장이 나섰다. 사람은 바뀌는데 형식은 매번 일치했다.

잔을 가득 채우고 치켜든다. 건배사인지 잔소리인지 모를 걸 한참 듣는다. 선창하면 후창하고 건배한다. 그리고 잔을 말끔히 비운다. 여기서 끝이 아니다. 그 후에 중요한 의식이 하나 더 남아 있다. 매우 중요하다. 바로 잔을 내려놓자마자 곧장 박수로 화답하는 것이다. 눈치 없이 혼자 젓가락을 들거나 안주를 집어 먹었다가는 윗사람에게 눈총을 받았다.

그런 뻔한 회식이 그리워질 줄이야. 연주는 오늘 회식은 도무지 어떻게 흘러갈지 감을 잡을 수 없었다. 생각지도 못한 장소에서, 형식을 벗어난 회식이라니……. 예상치 못한 일이 생길까 조금 걱정이 됐다. 하지만 희한하게 한편으로는 자신의 귓전을 쾅쾅 내리치는 비트에 슬쩍 신이 나기도 했다.

잠시 뒤, 금속 팔레트처럼 생긴 식기에 음식이 담겨 테이블에 놓였다. 태평관 메뉴판에 적혀 있는 모든 안주가 나올 작정인 듯 보였다. 혼자 옮기는 게 무리였는지 현빈 말고도 다른 웨이터 하나가 따라붙었다.

만영은 현빈의 귀에 대고 뭘 더 주문하려는 건지 연신 속삭여댔다. 곧 뷔페처럼 잘 차려진 테이블 위로 고가의 양주 한 병이 놓였다. 연주는 정신이 번쩍 들었다. 금일봉에 담긴 금액은 20만 원이 전부였다. 차려진 음식값을 내기에도 부족한 돈이었다.

"아이고, 형님!"

그때 한껏 멋을 부린 이가 뛰듯이 테이블로 다가왔다. 베이지색 정장 차림의 그는 과하다 싶을 만큼 금붙이로 자신을 꾸몄다. 옷 색깔까지 한몫해 멀리서 보면 금덩어리가 걸어 다니는 것으로 착각할 만했다. 만영은 금세 그를 알아봤다. 두 사람은 격한 포옹을 나눴다.

금덩어리는 다른 이들에게도 깍듯이 인사를 했다. 그 후 몇 마디 덧붙였으나, 음악 소리가 그의 말을 집어삼켜 무슨 소리를 하는지 알아들을 수 없었다. 그저 입만 뻥긋거리는 것처럼 보였다. 기복은 연주 옆에 바짝 붙어 말했다.

"나만 안 들리는 거 아니지요? 저 사람이 뭐라는 거요?"

금덩어리는 몇 마디를 더 떠들다가 결국 미간을 찌푸렸다. 그도 노랫소리가 거슬린 모양이었다. 금덩어리는 테이블의 나이트 캔들을 높이 들어 주의를 끌었다. 대기 중이던 웨이터 몇몇이 시합이라도 하듯 그의 곁으로 달려왔다.

손짓 몇 번에 곧 사이키 조명이 꺼졌고, 잔잔한 음악이 흘러나왔다. 스테이지에서 격렬하게 몸을 흔들던 이들이 밤새 춤을 춰야 하는 마법에 걸렸다가 가까스로 풀려난 사람들처럼 어수선하게 자리로 돌아갔다.

"홍대만입니다. 오늘은 제가 대접하는 거니 편히 드시고 가십시오."

연주는 안도의 한숨을 내쉬었다. 그러고는 자신도 모르게 지난 회식 때처럼 건배사 끝자락에 늘 했던 손뼉까지 치고 말았다. 기복은 무슨 영문인지 모르면서 덩달아 따라했다. 그런데 만영이 산통을 깼다. 그는 손사래까지 치며 강력하게 못 박았다.

"무슨! 가오가 있어불지. 오늘은 니 매상 올려주러 온 거고 내가 계산하려니까, 고대로 다 받아라잉!"

그러나 금덩어리는 만영의 말은 듣는 둥 마는 둥했다. 그는 이미 다른 것에 시선을 빼앗겨버린 후였다. 금덩어리는 말하다 말고 맞은편에 앉은 준섭을 빤히 쳐다봤다. 고개를 몇 번 갸웃거리는 것도 잊지 않았다. 그러다 무언가 떠올랐는지 만영과 인사했을 때보다 더 반갑게 아는 체했다.

"맞지요?"

그의 관심이 꽂히기 무섭게 준섭은 스테이지로 얼굴을 돌려버렸다. 대단한 발견이라도 한 듯 금덩어리는 준섭의 이마에 난 흉터를 가리켰다.

"맞네!"

"사람 잘못 봤소."

준섭은 불편한 기색으로 자리에서 일어났다. 그러고는 그대로 화장실로 가버렸다. 마치 도망이라도 치듯 잰걸음이었다. 그 뒷모습을 유심히 바라보며 금덩어리가 만영에게 물었다.

"맞지요? 전설의 핵주먹!"

"주먹은 무슨. 우리 계열 아닌게 아는 척 말아라. 예술가여, 예술가! 시 쓰고 그림 그리는."

만영은 입 안 가득 음식을 오물대며 대수롭지 않게 대답했다.

"아닌데…… 분명 그 사람인데."

"나랑 같이 일하는 사람이여. 근디 여그는 손님보다 웨이터가 더 많은 거 아니냐? 대만아, 이래서 밥이나 제대로 묵겄냐."

연주는 마시던 생수를 뿜을 뻔했다. 딱 개구리 올챙이 적 생각 못 하는 발언이었다. 만영은 옆에 앉은 금덩어리의 등을 토닥이며 다른 노인들을 향해 이렇게 말하는 것도 잊지 않았다.

"요놈이 옛날에는 보도 못 했습니다. 아주 개차반이었어요. 요놈 사람 만드느라 제가 힘 깨나 들였단께요. 사업 시작하게 일도 싹 다 가르쳐주고, 뒤도 봐주고 그랬습니다. 안 그냐? 니가 한번 말해봐."

금덩어리는 사람 좋게 웃으며 고개만 끄덕였다. 송곳니에도 금이 있었다. 과거에 부유의 상징으로 일부러 앞니에 금니를 하곤 했다는 이야기가 떠올랐다.

"형님은 요즘 무슨 일 하십니까? 또 풀 매러 다니십니까?"

"푸우울? 소소허게 카페 하나 맡아서 운영허고 있다. 근디 공무원까지 끼고 하는 국가사업이여. 너 유튜브는 알지야? 우리 가게는 유튜버도 왔다 가불고 난리가 아니다."

"유튜버요? 형님, 누구 말입니까?"

연주는 혀를 내둘렀다. 그의 허세와 허풍이란⋯⋯. 후배는 그렇다 치고 본인은 대체 언제쯤이면 사람이 되려나 싶었다. 금덩어리는 기세 좋게 양주 두 잔을 스트레이트로 들이켜고 말했다.

"형님, 그런 좋은 아이템 손댈 때 아우 생각은 안 났습니까. 요 근방에 헌팅포차다 뭐 다 생겨서 주말에도 파리만 날리고……. 대출금리는 올라서 아우가 요즘 힘을 못 씁니다."

"니는 너무 어려서 안 돼야. 이게 국가사업이다 보니까 애들 장난이 아니여. 만 65세 이상은 돼야지만 가능하단께."

금덩어리는 제 선배를 경외의 눈빛으로 바라봤다. 만영은 술잔을 들어 기분 좋게 건배를 청했다. 맥주가 동이 난 걸 확인하고는 나이트 캔들을 높이 들어 웨이터를 호출했다.

현빈이 다가와 허리를 숙이자, 만영은 보란 듯 5만 원짜리 한 장을 꺼내 팁으로 건넸다. 몇 개월 전 나이트클럽 인수 소식을 알리며 나이를 운운했던 후배에게 한 방 먹인 것 같아 통쾌했다.

태평관에서 가진 회식은 다행히 태평하게 마무리됐다. 연주는 다시 노인들을 차에 태우고 이원시로 향했다. 차에 타기 무섭게 노인들은 잠에 빠져들었다. 조수석에 앉은 만영은 이까지 갈며 졸았다.

연주는 운전하는 동안 틈틈이 룸미러를 통해 뒷좌석을 확인했다. 그들의 그늘진 얼굴 위로 험난했던 그동안의 여정이 파노라마처럼 펼쳐졌다. 이제 카페는 계획했던 것 이상으로 자리를 잡아가고 있었다. 그들 앞을 가로막던 우려와 비난의 목소리를 뛰어넘고 이뤄낸 성취였다.

하지만 왠지 모르게 연주의 마음속에는 불안이 파도처럼 일렁이고 있었다. 그 이유가 뭔지 구체적으로 형용할 수는 없으나 찜찜하고 그랬다.

부드득, 부드득! 그녀는 운전대를 바로잡았다. 그저 만영의이 가는 소리 때문이겠지, 하며 애써 불안을 떨쳐냈다. 눈앞에 '어서 오세요. 이원시입니다'라는 표지판이 보였다.

툭, 툭, 앞 유리로 빗방울이 떨어지기 시작했다.

***

카페 네버랜드는 본래 주말에는 문을 닫았다. 관공서나 근방에 회사 다니는 이들이 주 고객이다 보니 주말을 휴무일로 정한 것이다. 하지만 연주를 제외하고 노인들 넷은 주말 아침에도 바삐 집을 나서 카페로 향했다.

어느 휴무일부터 그랬다. 가족과 떨어져 지내다 보니 주말에도 혼자였던 준섭과 기복을 시작으로, 만영과 석재도 특별한 일이 없으면 가게로 나와 함께 시간을 보내곤 했다.

연주는 주말 출근을 극구 말렸다. 외부에서 어떻게 볼지도 걱정됐고, 자신만 편히 쉬는 것 같아 눈치 보이기도 했다. 하지만 노인들은 입을 모아 말했다. 주말은 카페에 일을 하러 오는 게 아니라 마실 나오는 거라고. 알아서 자유롭게 쉴 테니 염려 말라고 말이다.

노인들은 그렇게 주말에도 평소와 같은 시간에 나와 서로를 기다렸다. 간간이 손님이 찾아오면 돌려보내지 않고 장사도 했다. 기복은 토요일엔 꼬박꼬박 나왔지만, 교회에 가느라 일요일에는 빠졌다.

"어디 보자……."

준섭은 여유로운 주말을 맞아 수제 청을 정리하려 했다. 어느덧 사무실 선반은 수제 청이 담긴 유리병으로 가득했다. 준섭은 병에 붙여놓은 라벨지를 일일이 확인해 병 몇 개를 주방으로 옮겼다.

그런데 발길을 뗄 때마다 바닥에 흩뿌려진 무언가가 기분 나쁘게 밟혔다. 허리를 굽혀 바닥을 확인했다. 바닥에 떨어진 건 다름 아닌 설탕이었다. 구석에 쌓아둔 포대 중 하나가 터져 미세하게 설탕을 게워 내고 있었다.

준섭은 구멍이 난 델 찾아 테이프로 봉한 다음 사무실 바닥을 꼼꼼히 비질했다. 그러다 한쪽에 세워둔 캔버스를 발견했다.

준섭은 비로소 자신이 몇 달째 초상화 그리는 일에 소홀했다는 걸 깨달았다. 카페 초창기 손님이 없었을 때는 시간이라도 죽이려고 가게에 캔버스와 물감을 가져와 틈틈이 그림을 완성해 나갔는데, 요즘은 바쁘다 보니 통 손을 못 댔다. 그는 캔버스를 집어 들었다. 어느새 먼지가 덮여 있었다.

준섭은 캔버스를 옆구리에 끼고 사무실을 나왔다. 홀에는 만영이 창가 테이블에 앉아 화투점을 치고 있었다. 스스로 자신의 운세를 점치는 중이었다.

준섭은 옆 테이블에 신문지를 두껍게 깔고 채색이 덜 된 캔버스를 올렸다. 그리고 채색 도구를 챙겨 나와 그림 그릴 준비를 했다.

"2월 매조라…… 음……."

만영은 자신의 점괘를 소리 내 읊조렸다.

"왜, 뭐랍니까?"

계산대에서 책을 읽던 석재가 뒷말이 궁금했는지 고개를 내밀었다. 석재는 평일이든 주말이든 언제나 그 자리를 지켰다. 금고와 포스기 사이의 좁은 틈에는 책 몇 권과 노트 한 권을 꽂아뒀다. 노트는 그날 매출과 특별한 사항을 메모하는 용도였다. 과거 수업일지를 기록하던 것처럼 매일 같이 적어나갔다.

"아따, 행님은 멀티가 된갑소. 책도 읽고 내 점괘까지 읽어 블라 그라요?"

"그런 미신에 현혹되지 말고, 내일 나랑 같이 교회나 갑시다. 하늘에 계신 아버지께서 우리 삶에 정답을 주실 겁니다."

그때 쉴 새 없이 손을 움직이던 기복이 참견했다. 그는 매직으로 투명 비닐봉지 중앙에다 '카페 네버랜드', 그 바로 아래에는 전화번호를 손수 적는 중이었다. 벌써 스물일곱 장째였다.

배달은 더는 하지 않기로 했다. 대신 포장 주문을 받았다. 기복은 포장할 때 쓰는 비닐봉지의 인쇄비용을 아끼겠다고 직접 손으로 상호와 전화번호를 적어넣었다. 아껴봤자 얼마나 아낀다고, 말릴 법도 했으나 누구 하나 그러지 않았다. 그러기에는 너무 멋졌다. 그의 손이 스치면 비닐봉지는 더 이상 한낱 비닐봉지가 아니었다. 서예 작품 같았다. 수기라고는 믿을 수 없을 정도로 정갈했으며, 그 어떤 인쇄물보다 뛰어났다. 한석봉도 울고 갈 명필이라며 모두가 감탄했다. 그 맛에 기복은 자주 매직을 손에 쥐었다.

"그래서 2월 매조가 무슨 뜻이에요?"

읽던 책까지 덮으며 석재가 다시 한번 물었다.

"이성, 애인."

무언가에 홀리기라도 한 듯 만영은 유리창 너머를 응시하며 중얼거렸다.

다른 노인들도 일제히 만영의 시선을 좇았다. 저 멀리 꽃다발을 들고 걸어오는 김 여사가 보였다.

그녀는 카페에서 한 블록 떨어진 데서 30년째 화원을 운영하고 있었다. 만영은 단숨에 입구로 달려 나가 출입문을 열어 줬다. 하지만 김 여사는 가게 안으로는 들어오지 않았다. 수 줍게 인사하며 꽃다발만 전해주고 얼른 가버렸다.

꽃을 주문한 건 다름 아닌 만영이었다. 그는 요즘 들어 일 주일에 한두 번은 꽃을 배달시키거나 직접 화원에 들러 사 오곤 했다. 만영은 받아든 꽃을 콧노래까지 흥얼거리며 메뉴 판 옆에 놓인 꽃병으로 가져갔다. 시든 꽃을 뽑아내고 금방 배달 온 새 꽃을 꽂았다. 어설프지만 자신이 가진 미적 감각 을 모두 끌어내 꽃을 매만졌다.

붓 씻을 물을 뜨기 위해 주방으로 들어가던 준섭은 꽃에 마음을 빼앗겼다. 꽃도 꽃이지만 꽃꽂이하는 만영을 감상하 는 재미도 쏠쏠했다. 그는 꽃병을 이쪽저쪽으로 돌려가며 가 장 예쁘게 보이는 방향을 잡았다.

"취미가 꽃꽂인 줄은 생각도 못 했네요."

준섭이 옅은 미소를 띠고 말했다. 석재도 한마디 거들었다.

"그러니까 말이에요."

물통을 테이블 위에 올려두고 준섭은 붓을 넣어 씻었다. 그 러고는 팔레트에 몇 개의 물감을 섞어 원하는 색을 만들었다. 만영은 대답 대신 큰 소리로 노래를 불렀다.

"사랑은~ 오래 참고, 사랑은~ 온유하며, 시기하지 아니하 며, 사랑은……."

어찌나 큰 목소리 불렀는지 기복도 단숨에 그 익숙한 리듬을 알아차리고 따라 불렀다. 성가대처럼 청아한 목소리를 모방했으나 두 사람은 지독한 음치였다. 다음 가사가 떠오르지 않는지 만영이 먼저 노래를 관뒀다. 그는 쓰레기통에 버릴 꽃 포장지를 공들여 접으며 말했다.

"이건 취미가 아니라, 투자요."

"투자?"

석재는 의아하다는 듯 물었다. 그때 기복이 손가락으로 밖을 가리키며 외쳤다.

"꽃집 김 여사가 다시 오는데?"

"온다, 온다, 다시 온다."

만영은 유리문 밖에 선 김 여사를 확인하고는 급하게 움직였다. 다시금 꽃병 앞에 서서 코를 꽃송이에 박다시피 했다. 꽃향기에 심취한 척 연기까지 했다. 눈을 지그시 감고 말이다. 그러나 가게로 들어선 김 여사는 만영이 아니라, 준섭의 곁으로 다가갔다. 그러고는 그가 채색하고 있는 캔버스에 시선을 고정했다.

"백준섭 화백님이시죠?"

김 여사가 수줍은 미소를 머금고 입을 뗐다. 준섭은 채색을 멈추고 그녀를 쳐다봤다. 김 여사는 두 손을 가슴팍에 모으고는 감격스러운 듯 말했다.

"제일 요양원에서 어르신들 초상화 그려주신 적 있으시잖아요?"

준섭은 대답 없이 고개만 끄덕였다.

"아까 그림 그리시는 모습 보고 혹시나 했어요. 아, 드디어 만났네요. 그동안 어떤 분인지 정말 궁금했거든요."

사랑하는 여자가 자신은 거들떠보지도 않고 다른 남자와 이야기를 나눈다……. 꽃병에 꽂힌 꽃들처럼 만영의 얼굴은 울긋불긋해졌다. 눈에서 불꽃이 이글댔다. 더는 못 보겠다는 듯 천장을 올려다보며 깊은 한숨까지 내쉬었다.

"재작년에 그려주신 저희 어머니 초상화……. 이제는 제 방에 걸려 있어요."

김 여사는 '이제는'을 발음할 때 울먹이다시피 했다. 준섭은 그 뜻을 알아차렸다. 하지만 무슨 말을 해줘야 할지 몰라 아랫입술만 깨물었다. 그들 사이에 어색한 정적이 흘렀다. 김 여사는 표정을 바꾸고 애써 밝은 말투로 대화를 이어갔다.

"그 그림이 있어 매일 어머니를 추억해요. 감사합니다. 한 번쯤은 뵙고 싶었어요."

김 여사는 이제 활짝 미소까지 지었다. 준섭은 그저 눈인사만 하곤 다시 붓질을 시작했다.

두 사람을 바라보고 선 만영의 눈빛은 매서웠다. 금방이라도 준섭에게 달려들 기세였다. 새삼스럽게 준섭의 이마를 가르는 흉터가 도드라져 보였다.

*　*　*

'2won林; 이원림'에 올라온 게시물을 처음 발견한 건 연주였다.

이원림은 그러니까 이원시를 대표하는 온라인 커뮤니티 카페였다. 카페에서는 이원시의 다양한 정보가 오갔다. 지역 내 개선할 사항, 분실물 정보는 물론이고 개인적인 고민 같은 것도 심심찮게 올라왔다. 온라인 내에서 빚어진 끈끈한 지역 연대감으로 회원들은 서로를 응원했으며, 또 헐뜯고 다투기도 했다. 상업적 거래도 가능해 가끔 업체 이벤트나 쿠폰 같은 것도 제공했다.

연주도 자주 이원림에 드나들었다. 활동이라고 해봐야 소위 말하는 '눈팅'이 대부분이었으나, 요즘은 간간이 카페 네 버랜드 홍보 글을 올리기도 했다. 며칠 전에는 중고 디지털 체중계를 헐값에 샀다. 연주는 카페에 올라온 글을 다 읽고 나자, 그간 풀리지 않던 수수께끼 하나가 해결된 것 같았다.

요즈음 가게를 찾는 손님들 입에서 '대망 할배'라는 단어가 자꾸 등장했다. 그들이 말하던 대망 할배가 기복을 가리킨다는 사실을 연주는 그제야 알았다. 그래, 그랬구나. 모든 게 이해됐다.

며칠 전, 한 청년이 영수증 뒷면에 글귀를 적어 석재에게 내밀었다. 석재는 영수증을 받아 들고는 난처한 표정으로 한참을 살폈다. 계산이 잘못된 줄 알았으나 아니었다. 영수증 뒷면에 알 수 없는 글이 적혀 있었다.

TO. 대망 할배!

저는 졸업한 지 1년이 됐는데 취업을 못 해 방황하고 있습니다. 제 친한 친구들은 모두 취업에 성공했어요. 비참한 저를 위한 위로도 있을까요?

석재는 이게 무슨 조화인가 싶어 주방에 있던 준섭을 손짓해 불렀다. 이윽고 만영까지도 다가와 글을 읽었다. 그러나 영문을 모르는 그들은 그저 어리둥절할 뿐이었다. 결국 기복의 손에 영수증이 넘겨졌다.

기복은 그들과 달리 뭘 아는 눈치였다. 영수증에 적힌 글을 읽자마자 안쪽 주머니에서 펜 하나를 꺼냈다. 그리고 그 위에 막힘없이 술술 써 내려갔다. 그는 본인이 대망 할배인 줄은 꿈에도 몰랐으나, 그 청년에게 해줄 말은 알았다.

인생은 짧은 순간이 아니랍니다. 빨리 달리는 사람이 멀리 가는 게 아니에요. 당신이 오늘까지 한 건 방황이 아니라 체력을 비축한 겁니다. 이제 곧 오래 달리고 멀리 가게 될 겁니다.

기복은 영수증을 반듯하게 접고는 위로 치켜들었다. 곧 아까 영수증을 건넸던 청년이 다가왔다. 청년은 그 자리에 서서 한참이나 영수증을 들여다봤다. 금방이라도 눈물을 쏟을 것 같은 표정이었다.

연주는 ID '발광머리 앤'이 올려둔 글을 핸드폰으로 기복에게 보여줬다. 그는 핸드폰을 든 손을 앞으로 했다 뒤로 하면서 글을 읽어 내려갔다.

"대망 할배? 그러니까 내가 대망 할배라는 거죠? 이 글을 쓴 발광머리 앤이 누, 누구인지 잘 알겠어요. 덕분에 내가 대망 할배로 이원시에 소문이 난 거네요. 아, 하하하. 대망 할배라니⋯⋯. 요즘 애들은 별명도 재미나게 잘 짓네요."

기복은 얼굴 가득 미소를 머금고 허허거렸다. 한참을 기쁜 듯 웃던 기복은 헛기침을 한 번 하곤 자신이 만난 발광머리 앤에 대해 들려줬다.

그녀가 카페 네버랜드를 찾아온 건 일주일 전 수요일이었고, 한창 바쁜 점심시간이었다. 가게 안은 삼삼오오 모여 음료를 마시거나 식사하는 이들로 붐볐다. 사람들은 저마다 이야기꽃을 피워내며 카페에 생기를 불어넣고 있었다. 연주가 월례회의 참석으로 가게를 비운 탓에 남은 노인들도 한 사람 몫을 더하느라 손발이 바빴다. 맡은 바 업무에 거의 영혼을 바치는 중이었다.

기복은 막 손님들이 빠져나간 테이블 열을 맞추고 의자를 가지런히 집어넣었다. 그러다 맨 안쪽에 홀로 앉은 여자가 눈에 들어왔다. 여자는 파채 순두부 라면을 앞에 모셔둔 채 가만히 앉아만 있었다. 대접에 담긴 허연 순두부를 관찰이라도 하는가 싶을 정도로 고개를 숙인 채였다. 그러다 간간이 어깨를 들썩였는데, 기복은 금세 알아차렸다. 그녀는 울고 있었다.

그는 옆 테이블을 닦는 척하며 한참 동안 여자를 살폈다. 여자는 콧물인지 눈물인지를 닦아내려 손으로 얼굴을 훔쳤지만, 그 작은 손으로 모두 닦아내기에는 부족해 보였다. 그녀는 고개를 푹 숙이며 자기 가방을 뒤적거렸다. 하지만 가방에는 찾던 게 없었는지 빈손만 도로 나왔다.

기복은 티슈 여러 장을 챙겨 여자에게 다가갔다. 그리고 다른 누가 눈치채지 못하게 그녀를 가리고 서서 티슈를 건넸다. 그녀는 기다리기라도 한 것처럼 잽싸게 받아 얼굴을 훔쳤다.

기복은 내색하지 않고 천천히 뒷걸음질하려 했다. 그러나 여자는 얼굴을 들어 애처로운 눈빛으로 기복을 바라봤다. 그 여자가 바로 이원림에 글을 올린 발광머리 앤이었다. 여자는 입술을 바르르 떨며 또다시 닭똥 같은 눈물을 뚝뚝 떨어뜨렸다. 기복은 라면 그릇에 손을 대봤다. 이미 식어 있었다.

"다 퍼져 못 먹겠네. 새로 끓여다 줄게요."

여자는 고개를 절레절레 흔들었다. 기복은 어쩔까 고민하다가 가만히 그녀의 맞은편에 앉았다. 그리고 그녀가 좀 더 편히 울 수 있도록 내버려뒀다. 그렇게 한참이 지나고 나서야 두 사람은 비로소 이야기를 나눌 수 있었다.

여자는 하도 울어 숨이 가쁜지 제대로 말을 잇지 못했고, 기복은 잘 듣질 못했다. 그래서 두 사람은 티슈 위에 하고 싶은 말들을 적어가며 기나긴 대화를 이어갔다.

2won林_자유 게시판

작성자: 발광머리 앤

입사 이래로 직장 내에서 왕따처럼 지내요. 그건 그렇다 쳐요. 차라리 혼자가 편해졌거든요. (참고로 전 ESFJ인데 직장에만 가면 ISFJ가 됩니다) 문제는 따로 있어요. 제게 업무를 가르쳐줘야 하는 바로 위 선배가 아무것도 가르쳐주지 않아요. 가

뜩이나 일이 서툰데, 공유하기로 된 정보도 알려주지 않아 혼자만 실수를 반복합니다.

처음에는 제가 선배에게 잘못한 게 있나 생각했어요. 그래서 조심스럽게 여쭤봤네요. 그런데 그런 질문을 하는 의도가 뭐냐고…… 도리어 화를 내더라고요. 그러면서 절 자르자고 사장님한테 말할 생각이랬어요. 기분은 나빴지만 참았어요. 대신 부족한 점을 가르쳐주시면 열심히 배워 채워나가겠다고 애원하듯 말했네요.

그랬더니 선배가 그러더군요. 여긴 학교가 아니래요. 월급도 받고 배움까지 얻으려는 제 자세가 이기적이라면서……. 그러더니 저만 빼놓고 다 같이 점심 먹으러 나가버리는 거예요. 눈앞이 캄캄했어요.

솔직히 적성에도 안 맞고, 내부에서 빚어지는 갈등 때문에라도 퇴사가 답일 수 있겠다는 생각을 자주 했어요. 하지만 제 첫 직장이고……. 저, 어렵게 입사했거든요. 시작을 포기로 장식하고 싶지 않았어요. 실패자로 낙인찍히는 것만 같아 두려웠습니다.

그런 절망의 순간에 우연히 들어간 '카페 네버랜드'에서 '대망 할배'(참고로 성함을 몰라 제 맘대로 이렇게 이름 지었습니다)를 만났고, 제 생각은 180도 달라졌습니다. 대망 할배는 올해 78세라고 하셨어요. 그동안 마흔아홉 번 입사했고, 마흔아홉 번 퇴사하셨다네요. 마흔아홉 번 모두 해고당하신 거래요.

그래서 혹시 대망(大亡) 할배라고 부르는 거냐고요? 아니요! 그분이 저에게 대망(大望)을 주셨거든요. 처음 만난 저를 위로하기 위해 자신의 상처를 기꺼이 보여주셨고 전 대화 도중에 큰 희망을 얻었습니다.

제게 이런 말씀도 해주셨어요. '끝의 뒤에는 또 다른 시작이 버티고 있는 법'이라고요. 덕분에 저는 그곳에서 점심까지 든든하게 먹고 사무실로 복귀했습니다. 또 다른 시작이 버티고 있다는 말을 되새기니 없던 용기가 생겼어요. 해고당할 걸 두려워하며 움츠리는 대신 필요한 사항을 선배에게 당당하게 요구도 했습니다.

이원림 여러분도 미류동의 카페 네버랜드에 한번 가보세요. 수제 백향과청 에이드는 별미 중의 별미예요. 강추합니다! 혹시 고민이 있다면 대망 할배를 만나는 것도 추천합니다. 연륜에서 나오는 어마어마한 위로가 삶의 이정표가 될 겁니다.

아, 연세 때문에 난청이 있으셔서서 저희는 티슈 위에 글을 적어가며 대화했어요. 전 그 부분이 너무 좋았습니다. 마음속에 있는 걸 말로 꺼내는 게 익숙하지 않았거든요.

긴 글 읽어주셔서 감사합니다.

발광머리 앤이 남긴 글 덕분에 시간이 지날수록 대망 할배에게 위안받고자 찾는 이들이 늘어났다. 가끔 영수증이나 메모지 위에 자신의 고민을 빼곡하게 눌러 적어놓고 그걸 전할 용기가 없어서 버려두고 가는 이들도 있었다.

기복은 익명의 고민과 사연에도 빠짐없이 코멘트를 달았다. 그리고 그걸 카페 정면 유리창에 붙여뒀다. 그들이 지나가다 우연히라도 발견하고, 위로받길 바라는 마음에서였다.

대망 할배, 저는 졸업 후 취업하고 싶지 않아요. 제 꿈은 댄서거든요. 다른 친구들은 취업 준비에 한창이지만 전 매일 연습실을 전전하며 춤을 춰요. 그래서 주변의 시선이 곱지만은 않네요. 미래가 불투명하다는 이유에서요. 밥벌이나 제대로 하겠냐는 식의 걱정만 가득합니다. 저의 잘못된 선택으로 미래가 후회로 얼룩지진 않을지, 요즘은 그 생각으로 마음이 힘듭니다.

연주는 그런 마음들에 답하고자 카페 네버랜드 입구에 공식적으로 '대망 할배 상담소'라는 상자를 만들어뒀다. 그렇게 익명성은 보장하며, 상담과 소통을 이어가는 방식을 찾았다. 기복은 퇴근할 무렵이면 상자를 수거해 안에 담긴 메모를 읽었다. 그러곤 그 곱디고운 필체로 정성껏 마음을 담았다. 메모는 점점 늘어 퇴근 시간이 지나도록 끝내지 못할 때도 있었지만, 기복은 힘든 줄 몰랐다.

절망하지도 불안해하지도 말아요. 하지만 당신은 알아야 합니다. 남들과 다른 길, 보편적이지 않은 길을 간다는 건 역경이 도사리고 있다는 말이기도 합니다. 하지만 또 당신은 자신을 위해, 흥미진진하고 아름다운 일을 포기해서는 안 돼요. 포기 뒤에 후회가 따르는 거지, 도전 뒤에는 분명 다른 게 기다립니다. 당신의 무대를 응원할게요.

그는 살면서 처음으로 진정한 특기를 발견한 듯했다.

형편없다고 치부되던 삶 속에 이처럼 남에게 줄 위로가 무한 매장돼 있었다니. 그는 밥을 먹지 않아도 배가 불렀다. 하지만 또 쓰러지기라도 한다면 난처할 테니 식사는 꼬박꼬박 챙겼다. 영양제도 먹기 시작했다.

9
행운 뒤에 남겨진 것들

연주는 리저밍과 영상 통화로 중국어 수업 중이었다.

리저밍은 먼저 2주 전 치른 TSC(중국어 말하기 시험) 결과부터 물었다. 연주는 얼굴이 발갛게 달아올랐다. 전날 인터넷을 통해 공개된 성적을 확인하긴 했다. 하지만 생각보다 낮은 점수를 받은 탓에 될 수 있는 한 감추고 싶었다.

"……."

만영은 아까부터 연주 주위를 기웃거리며 티 나게 통화에 귀를 기울였다. 카페 네버랜드 노인들은 하나같이 리저밍을 연주의 애인으로 오해하고 있었다. 몇 달째 아침마다 중국어로 영상 통화하는 걸 봤으니 그럴 만도 했다.

통화라고 해봤자 마트에서, 식당에서, 혹은 대중교통을 이용하며 사용하는 중국어를 역할극처럼 연기하는 게 내용의 대부분이었다. 하지만 노인들은 알아듣질 못했고, 착각할 수밖에 없었다.

만영은 요즘 투자, 아니 연모하는 이가 생겨선지 부쩍 남의 연애에도 관심을 가졌다. 화투점의 끝자락이 늘 연애 상담으로 흘러가는 것도 그런 이유에서였다. 만영은 상담을 빙자해 연애를 배우려 노력했다. 그동안 다섯 번의 결혼, 수많은 연애와 이별을 경험했다. 또다시 사랑의 패배자가 되긴 싫었다.

어쨌든 청춘 남녀들은 제 발로 찾아와 화투장을 뒤집는 후크의 갈고리에 걸려들었고, 누가 봐도 맥락 없는 흐름이었으나 자신들의 연애담을 순순히 털어놨다. 만영은 연애 문제를 들으면 들을수록 자신의 연애 능력치도 끊임없이 업그레이드된다는 착각이 들었다.

연주는 조금 주저하다 중국어와 영어를 반반 섞은 혼종 언어로 비참한 시험 후기를 고백했다. 리저밍은 중간중간 고개만 끄덕일 뿐이었다. 알아들었을까? 그녀는 자신이 하고 싶은 말이 정확하게 전달됐는지 헷갈렸다. 이윽고 리저밍이 입을 열자 연주는 자신의 중국어 실력에 다시 한번 실망했다.

늘 하던 기본 회화를 벗어나니 도무지 그의 말을 이해할 수가 없었다. 지금 위로를 건네는지, 아니면 화를 내는지조차 구분이 안 됐다. 그녀는 집중하려 하면 할수록 신경이 곤두섰다. 한마디라도 더 알아들으려 액정을 노려보다시피 했다. 그 바람에 미간이 심하게 주름졌다.

"싸운다. 싸워!"

만영이 상황을 착각하곤 호들갑을 떨었다. 제 깐에는 목소리를 낮춘다고 했으나 실내 어디에 있든 다 들리고도 남았다. 노인들은 하던 일을 잠시 멈췄다. 그의 중계에 귀를 기울이는 듯했다.

"남자든 여자든 간에 기선제압이 중요헌디. 한 주무관이 딸려브네. 우리한테만 싸납지, 애인한테는 기를 못 써블구만."

석재가 의심스럽다는 듯 고개를 갸웃거렸다.

"중국어 할 줄 모르잖아요. 혼자 생각 아니에요?"

어떤 의견이 날아들든 만영은 꿋꿋이 연주에게 집중했다. 무슨 상황인지 알아내려고 쓸데없는 노력을 하면서. 연주는 그녀대로 그러거나 말거나 리저밍과 통화를 이어갔다.

띠링.

갑자기 리저밍의 얼굴 위로 부재중 알람이 떴다. 송 과장이었다. 연주는 전날 매출 따위를 확인하려는 연락이겠거니 싶어 무시했다. 그러나 곧이어 연달아 부재중 알림이 쌓였다. 무슨 일이라도 생겼나 싶어 마음이 불안해졌다.

"밍티엔찌엔(내일 만나)!"

연주는 급하게 인사를 하고 전화를 끊었다. 만영은 또다시 오해로 범벅된 중계를 이어갔다. 안타까운 심정에 손뼉까지 치면서.

"오메, 싸우드만 결국 헤어져뿐갑다. 어찌까잉."

연주는 만영을 한번 흘기고는 곧장 송 과장에게 전화를 걸었다. 그리고 그로부터 당장 동장실로 오라는 호출을 전해 받았다.

"지금 갈게요!"

그녀는 그 한마디를 마치기도 전에 가게를 이미 빠져나갔다. 게슴츠레한 눈으로 다른 노인들을 바라보던 만영이 의미심장하게 말했다.

"음…… 딴 놈이 하나 더 있었구마잉……. 있었어!"

                    ***

연주는 동장실 앞에서 먼저 심호흡을 했다. 그리고 조심스레 노크한 뒤, 안쪽의 반응을 기다렸다.

방 안에서는 수런거리는 대화 소리만 새어 나올 뿐이었다. 너무 작게 노크했나 싶어 연주는 동장실 문을 다시 한번 두드렸다. 이번에는 손에 약간 힘을 실었다. 방 안이 잠잠해졌다. 이내 들어와, 하는 저음의 짧은 허락이 들려왔다.

"안녕하십니까."

연주는 문을 열고 곧장 인사부터 했다. 그리고 문고리를 잡고 최대한 소리 나지 않게 문을 닫았다.

동장은 가장 상석에 앉아 있고, 그 좌우로 송 과장과 김 팀장이 마주 보며 앉아 있었다.

김 팀장은 평소 사소한 것 하나에도 '위계질서의 와해'라는 표현을 자주 썼다. 그럴 때마다 연주는 그 의중을 파악하느라 뇌가 산산이 조각나는 경험을 해야만 했다. 말은 직원 다수를 향해 던지지만, 늘 겨냥한 목표물이 있기 마련이었다. 김 팀장의 입에서 그 말이 나온다면, 서둘러 자기반성을 해야만 했다. 그리고 목표물이 본인일 수도 있다는 약간의 의심이라도 떠오른다면, 맹렬하게 파악해야 했다. 그 원인이 도대체 무엇인지 말이다.

이 상황에서는 김 팀장의 옆 좌석, 그러니까 그의 아래에 앉는 게 '위계질서' 상 알맞은 처세라고, 연주는 생각했다. 그러나 김 팀장은 연주가 옆에 앉으려는 순간 테이블에 있던 서류를 들어 자신의 옆자리에 탁, 소리 나게 내려놓았다. 그러고는 고갯짓으로 맞은 편을 가리켰다.

어찌나 얄미운지⋯⋯. 연주는 몰래 주먹을 불끈 쥐었다. 고납작하고 발라당 까진 김 팀장의 이마에 꿀밤을 날려주고 싶은 충동까지 일었다. 연주는 비좁은 테이블과 소파 사이를 게걸음으로 되돌아나갔다. 그리고 다시 게걸음으로 송 과장 옆

자리까지 갔다.

걱정했던 것과 달리 다행히 큰일이 생긴 건 아니었다. 세 사람은 회의 중에 카페 네버랜드와 관련된 몇 가지 안건을 꺼내 얘기를 나누다가 동장의 지시로 연주를 급하게 호출한 거였다.

"한 주무관, 잘했다. 정말 잘했어."

연주는 대뜸 던지는 동장의 칭찬에 눈을 동그랗게 떴다. 무슨 일로 칭찬하는지 알 수가 없었다.

그녀가 영문을 몰라 의아해하자 김 팀장이 보고 있던 잡지를 연주 앞으로 쓱 밀었다. 김 팀장은 소파에 몸을 깊숙이 기대앉으며 혼잣말을 가장해 불편한 심기를 드러냈다.

"취재요청이 있으면 먼저 상부에 보고하고 내부에 공유하는 게 원칙 아닌가. 개인 사업장이야, 뭐야!"

연주는 허리를 숙여 잡지를 자세히 살폈다. 누구나 알 만한 유명 남성 잡지에는 카페 네버랜드와 노인들의 이야기가 실려 있었다. 언제 찍었는지 모를 기사 속 스냅 사진에는 노인들의 카페 일상이 고스란히 담겨 있었다. 자신은 전혀 모르는 일이었다. 표제부터 빠르게 훑어 내려가던 연주는 곧 익숙한 이름을 발견했다. 조범균. 조 군이었다.

연주는 의아했다. 조 군과는 처음부터 삐거덕거렸고, 얼마 전에는 결국 크게 다투기까지 했다. 그래 놓았으니 그가 몸담은 잡지에 실리는 일 따위는 진작 포기하고 있었는데…….

"저로서는 조금 아쉬워요. 그렇잖아요. 미류동 주민센터에서 수행 중인 사업이라는 명시도 빈약하고, 대부분이 카페 네버랜드와 어르신들 이야기뿐이잖아요. 동장님 인터뷰라도 한마디 실었으면 이 사업의 취지와 미류동이 얼마나 살기 좋은 곳인지 알리는 데 도움이 됐을 텐데요!"

김 팀장은 볼멘소리를 냈다. 동장은 그 말을 듣고는 아랫입술을 내밀며 생각에 잠겼다. 동장의 답변을 기다리는 김 팀장의 눈이 초롱초롱 빛났다.

"그래, 일리 있네. 한 주무관, 너 너무 독단적이었다."

접혀 있던 김 팀장의 어깨가 원터치 텐트처럼 일순간 쫙 펴졌다. 연주는 원통했으나 표정 관리하려 최선을 다했다.

"노인들이 빚어내는 동화 같은 성공 신화, 카페 네버랜드! 그들의 절대 나이 먹지 않는 열정과 특별한 서비스가 만났다!"

되새김질이라도 하듯 동장은 표제를 또박또박, 천천히 소리 내어 읽었다. 그러다 이내 읽던 걸 멈추고 김 팀장을 쳐다봤다.

"그런데 말이다, 김 팀장아! 너무 티 나게 드러내는 건 아마추어야."

"네?"

"아까 미류동 주민센터가 전국 노인 일자리 사업 우수사례 부문 후보에 올랐다고 비서실에서 축하 전화가 왔더라. 이 기사도 죄다 읽은 모양이야. 봐라, 직접적으로 떠벌리지 않아도 결국은 다 알게 되잖아."

"잘됐습니다!"

벌써 상이라도 받은 것처럼 송 과장은 자리에서 일어나 환호를 질러댔다.

연주도 가슴이 벅차올라 손에 땀이 흥건해졌다. 하지만 한편으로 섭섭한 감정이 피어오르기도 했다. 서로 인사도 나누지 않는 조 군이 기사 나간다고 얘기해주지 않은 건 당연했지만, 노인들까지 몰래 입을 꾹 닫을 필요가 있었나 싶어 서운했다.

"한 주무관! 정신 바짝 차리고 끝까지 최선을 다해. 그래야 내년에 승급도 할 거 아니야."

잠시 넋 놓고 있던 연주는 제 눈앞에 손을 휘휘 내저으며 쏘아붙이는 동장의 말에 번뜩 정신이 들었다. 승급이라는 단어를 듣자 머릿속에 엉켜 있던 회로들이 제자리를 찾는 듯했다. 그래, 서운할 필요 없는 일이다. 어차피 내년이면 지긋지긋한 노인네들과도 영영 끝이다. 조금만 더 버티다 떠나면 그만이다. 그렇게 연주는 자신의 마음을 고요히 다스렸다.

하지만 바로 옆에서 제 마음의 평정을 깨부수는 폭소가 터져 나왔다. 잡지의 어디쯤을 손가락으로 가리키며 송 과장이 경박하게 웃어대고 있었다. 팔꿈치로 연주를 툭툭 치기까지 했다. 그녀는 괜스레 동장의 눈치를 살피며, 그의 손가락 끝에 시선을 집중했다. 그리고······ 보고 말았다!

잡지에 나온 사진 곳곳에 본인도 모르게 찍힌 연주가 있었다. 계산대에 서 있는 석재의 곁에 반쯤 눈을 감아 얼뜨기같이, 또 다른 사진에는 기복의 어깨너머로 콧구멍과 입이 상상초월로 커진 채 찍혀 있었다. 아마도 하품하던 찰나에 찍힌 듯했다.

나머지 사진에도 어김없이 엽기적인 모습으로 등장하고 있었다. 짧은 탄식을 하며 연주는 손에 든 잡지를 내려놓았다. 교묘한 방식을 택한, 명백한 고의였다.

분명 의도해 찍었으며, 일부러 그런 사진만 추려서 사용한 게 틀림없었다. 하지만 심증은 있으나 물증이 없었다. 그렇다고 무턱대고 조 군에게 따져 물을 수도 없는 노릇이었다. 그러기에 사진 속 연주는 애매한 뒷배경에 불과했다. 찍혔는지조차 몰랐다고 발뺌한다면 도리어 시비 거는 꼴이 될 테다.

송 과장은 이제 배까지 움켜쥐고 숨이 넘어갈 듯 웃었다. 그 바람에 김 팀장은 물론이요, 동장까지도 무슨 일인지 궁금해했으나, 연주는 아무것도 아니라며 필사적으로 잡지를 덮어버렸다.

"뭐 그건 그렇고, 맞죠. 참 다양한 방법으로 여러 사람 희생시키고 부려 먹었으니, 소기의 목적은 달성해야겠지요."

송 과장의 웃음이 서서히 잦아들자, 김 팀장이 앙칼진 목소리로 분위기를 가라앉혔다. 이제 대놓고 연주에게 비아냥거리기로 작정한 듯했다. 연주는 대꾸하지 않았다. 대신 스스로 주문을 걸었다.

그 말대로 소기의 목적을 달성하는 날이 오기까지 어떠한 비난도 한 귀로 듣고 한 귀로 흘리면 된다고.

어차피 세상은 경쟁 아니던가. 승리한 자가 더 높은 자리에 앉게 되고, 그 끝에 서면 감히 비난조차 할 수 없는 사람이 된다. 마음속 주문에 귀 기울이며 양 입꼬리의 근육을 치켜올렸다.

"크흠, 흠."

김 팀장이 과하다고 여겼는지, 보다 못한 송 과장은 헛기침까지 하며 그만두라고 눈치를 줬다. 김 팀장은 오히려 그런 송 과장까지 걸고넘어지며 명확한 선 긋기에 돌입했다.

"제가 틀린 말 하는 건 아니잖아요? 과장님도 그러셨잖아요. 본인 업적 세우겠다고 다른 직원 근무지 이탈이나 지시하고, 한 주무관 심보 참 고약하다고."

"내가? 내가 언제!"

"일전에 이루리 씨 계약 연장 불가 처리하면서요!"

"김 팀장아! 입은 삐뚤어져도 말은 바로 하자. 카페 가서 몰래 일 도와줬다고 네가 먼저 한바탕 난리 쳤잖아. 재계약은 절대 안 된다 엄포 놓은 것도 너였고!"

두 사람의 고발 평퐁은 끝을 모르고 이어졌다. 가만히 듣고 있던 동장의 눈빛이 점점 차가워졌다.

"송 과장, 이게 다 무슨 소리지?"

귀까지 빨갛게 달아오른 송 과장은 잔뜩 흥분해 말했다.

"이게 말입니다. 그러니까……."

"한 주무관이 민원 불만 접수창구에서 일하는 계약직 직원을 카페에 불러다 놓고 일을 시켰어요. 업무 시간에 말이지요."

연주는 루리의 이름을 듣자 가슴이 철렁 내려앉았다. 갑자기 온몸의 힘이 풀려 김 팀장의 억측을 정정해 고할 여력도 없었다. 그러고 보니 루리는 언젠가부터 가게에 발길을 끊었다. 지금까지는 그저 바쁘겠거니, 알아서 잘 지내고 있겠거니 편하게 생각했다. 언제든 저 건널목만 건너면 쉽게 만날 수 있는 사람이라 여겼으니까. 그런데…….

"계약직이라며? 이제 우리랑은 상관도 없는 사람 얘기를 왜 꺼내는 거야? 기분 잡치게. 그만해!"

동장은 짜증스레 혀를 찼다.

"계약직…… 상관도 없는 사람……."

동장의 입에서 나온, 루리를 향한 말들을 연주는 가만히 읊조렸다. 계속 도움만 받다가 그 쓸모가 다하자 기억의 저편으로 밀쳐둔 웬디. 루리가 겪은 고초를 직접 눈으로 보진 못했으나 분명 모질고도 비참했을 터였다.

왜 자신에게 아무 말도 하지 않았을까, 연주는 생각했다. 원망이라도 한마디 들었다면 이토록 마음이 불편하진 않았을 텐데.

*　*　*

6시가 조금 넘은 시각, 카페 내부는 한창 마감 업무 중이었다. 할 일을 마친 연주는 퇴근할 채비를 했다. 공무원의 공식 근무 시간은 오전 9시부터 오후 6시다. 하지만 그건 어디까지나 '공식'이고, 실상은 적어도 10분에서 30분은 일찍 출근해야 했고, 연장 근무를 하는 날도 꽤 됐다. 그러나 네버랜드의 실무책임자인 연주는 예전과 달리 느긋한 아침과 칼퇴근의 기쁨을 만끽할 수 있었다.

연주는 냉장고 옆 옷걸이에 걸어둔 외투를 집어 들었다. 그 바람에 앞치마 하나가 딸려와 바닥으로 떨어졌다. 연주는 허리를 굽혀 떨어진 앞치마를 주우려다 멈칫했다. 웬디의 앞치마였다.

연주는 요 며칠 루리에 대한 생각이 많아져 잠이 통 오질 않았다. 연락처 목록에서 루리의 이름을 반복적으로 검색했다. 하지만 통화 버튼을 누를 용기는 없었다. 앞치마를 도로 접어 선반 위에 올려놓는 동안 함께 식사하던 날 루리가 했던 말이 가시처럼 가슴을 콕콕 찔러댔다.

'우리 아들은요, 엄마가 공무원 시험에 합격한 줄로만 알아요.'

루리는 열 살 난 아들에게 출근하지 않은 이유를 뭐라고 말했을까. 남을 돕는 일이야말로 세상에서 가장 무가치하고 위험한 일이라 가르치고 말았을까. 연주는 외투를 여며 입고, 쇼케이스의 전등을 껐다. 루리에 관한 생각도 애써 꺼버렸다.

"한 주무관. 잠깐 시간 괜찮아요?"

"네?"

이런저런 생각으로 심란해하는데, 어느새 준섭이 옆에 다가와 서 있었다. 그는 할 이야기가 있으니 잠시 퇴근하지 말고 기다려 달라고 했다. 그러고는 이내 사무실로 사라졌다.

평소 말수가 없는 이가 할 이야기가 있다고 하니 괜히 겁부터 났다. 그리고 보니 다른 노인들 분위기도 심상치 않았다. 묘한 기류가 가게 안을 뒤덮고 있었다. 연주는 외투를 벗어 다시 걸어두고 나와 소파에 앉았다. 괜히 초조한 기분에 물 한 컵을 단번에 들이켰다.

억지로 핸드폰 액정에 시선을 뒀으나 노인들의 작은 움직임 하나에도 신경이 쓰였다. 그들은 마치 연주를 피하듯 시야에서 하나둘 사라졌다. 이윽고 마지막까지 홀에 남아 있던 기복마저 사무실 쪽으로 사라진 순간, 갑자기 가게의 불이 꺼졌다.

연주는 정전이라도 됐나 싶어 핸드폰 플래시를 켜고 여기저기 비춰댔다. 하지만 창밖 거리가 여전히 불빛으로 일렁이는 걸 봐서 정전은 아니었다. 이상하게도 노인들은 아무런 반응이 없었다. 가게 안에 홀로 남겨진 것 같은 기분이었다. 연주는 사무실 쪽을 향해 괜히 소리쳤다.

"선생님들?"

실내는 한층 더 적막해질 뿐이었다. 오싹한 기분이 엄습한 그때, 생뚱맞게 팡파르가 스피커를 통해 터져 나왔다. 연주는 깜짝 놀라 비명을 내질렀다. 영문도 모른 채 연신 두리번거리기만 했다. 곧이어 스피커에서는 생일 축하 노래가 흘러나왔다. 겁을 먹은 탓인지 익숙한 그 음악마저도 기괴하게 들렸다. 연주는 여차하면 출입문으로 달려 나갈 준비를 했다.

"생일 축하합니다~ 생일 축하합니다~."

사무실이 있는 쪽에서 약하게 빛이 새어 나왔다. 곧 초를 켠 케이크를 들고 석재가 사무실에서 나오고 있었다. 반주에 맞춰 목청껏 노래까지 부르면서 말이다. 다른 노인들도 함께였다. 곧 가사에 '사랑하는 한 주무관'이 등장했고, 연주는 머릿속으로 날짜를 가늠했다.

"축하해요, 한 주무관!"

테이블 위로 케이크가 올려졌다. 초는 반쯤 타버렸고, 이미 꺼져버린 것도 있었으나 모두를 비추고도 충분할 만큼 반짝였다. 초의 개수를 보아하니, 연주를 위한 게 틀림없었다. 만영은 주머니를 뒤적여 라이터를 꺼내 꺼진 초 심지에 다시 가져다 댔다.

"자, 불어요!"

노인들이 한목소리로 말했다. 연주는 하려던 말은 못 하고 바람만 후, 하고 내뿜었다. 초가 꺼지자마자 누가 실내의 불을 켰다.

기복이 뒤에 무언가를 감추고 뜸을 들였다. 연주는 그가 등 뒤엣것을 앞으로 내놓기 전에 사실을 말하려 했다. 더 이상 지체했다가는 서로 더 민망하리라 여겼다.

"저 오늘……."

"짜잔! 놀랐죠?"

또 타이밍을 놓치고 말았다. 기복의 손에 들린 건 동장실에서 봤던 잡지였다. 그는 카페 네버랜드의 기사가 실린 부분을 활짝 펴 연주의 얼굴 앞까지 들이밀었다.

"알아요. 읽었어요."

이미 안다는 그녀의 말에 노인들은 한꺼번에 김빠진 표정을 지었다. 곧이어 서로를 의심의 눈초리로 훑었다. 오가던 눈빛들은 하나같이 만영을 향했다.

"왜 다들 날 처다본디야? 나 아니여요! 절대 말 안 했어요!"

"우리가 한 주무관의 생일날 보여주려고 그동안 철저하게 비밀에 부쳤는데……. 어떻게 안 거예요?"

석재가 물었다.

"동장님이 보여주셨어요. 그런데 저…… 죄송하지만, 오늘 제 생일 아니에요."

또다시 모든 시선이 만영에게 날아들었다. 만영은 크게 당황한 눈치였고, 이어 주먹으로 자기 가슴을 두어 번 내리치며 따지듯 말했다.

"뭣이 아니야! 내가 그때 분명히 확인했는디. 민증 꺼낼 때 슬쩍 봤어요. 근다고 자기 생일도 몰라블까."

연주는 자신도 모르게 웃음이 났다.

"그거 음력이에요."

생일 축하를 하던 노인들이 시무룩해졌다. 크게 실망한 듯 보였다. 멋쩍어진 만영은 괜히 큰소리를 쳤다.

"요새 젊은 사람들은 거즘 양력 생일이던디. 아휴, 케이크나 묵고 집에나 갑시다."

힘 빠진 노인들의 반응에 연주는 괜스레 미안해졌다. 자신을 위해 깜짝 생일파티를 준비하고 그걸 비밀에 부치느라 노심초사했을 텐데, 연주는 그들을 실망시키고 싶지 않았다.

"양력이든 음력이든 상관있나요? 올해 생일은 오늘로 할게요."

노인들의 얼굴에 다시금 화색이 돌았다. 그들은 또 신이 나서는 뭔가를 주섬주섬 꺼냈다.

"아까 그건 봤을지 몰라도, 이건 못 봤을 겁니다!"

"맞아요. 이게 진짜 선물입니다. 우리가 다 같이 준비한."

준섭이 종이가방 하나를 연주에게 건넸다. 연주는 가방 안을 들여다봤다. 안에는 알록달록한 무늬가 난잡하게 어우러진 상자 하나가 들어 있었다. 노인들은 숨죽여 그녀의 반응을 살폈다. 그녀는 테이블 위로 상자를 꺼내놓고, 그들을 바라봤다.

"우리가 날짜를 잘못 알아 그러지…… 꽤 오래전부터 준비했습니다."

연주가 조심스레 연 상자 안에는 책 한 권이 들어 있었다. 피터 팬이었다.

연주는 책을 집어 들고 앞뒤로 돌려가며 살폈다.

"이거……?"

"맞아요, 한 주무관 책."

"이게…… 제 책이라고요?"

연주는 그 사건 이후 책을 주방 선반 가장 높은 곳에, 누구의 손도 쉽사리 닿지 못할 곳에 올려뒀다. 그리고 속상한 마음에 한동안 책을 쳐다도 보지 않았다.

그런데 이게 자기 책이라니. 책에는 마지막 봤을 때 선명했던 냄비 눌린 자국이 전혀 없었다. 그뿐만 아니라 모서리의 닳은 부분, 표지에 있던 미세한 얼룩도 깔끔히 사라져 있었다. 주인마저도 같은 책이라는 걸 믿기 힘들 정도였다. 연주는 떨리는 심정으로 책 표지를 열었다.

사랑하는 연주야.

네 마음속에 항상 네버랜드가 있길 바라며.

– 엄마가

연주는 도로 책을 덮어버렸다. 손끝이 미세하게 떨렸다.

"이걸 어떻게……."

오래전 연주의 엄마가 책 앞장에 써둔 짧은 메시지. 세월이 지나며 누렇게 뜨는 종이를 따라 번지듯 희미해져 갔던 엄마의 필체. 그런데 지금은 그 메시지가 마치 방금 쓴 것처럼 선명히 복원돼 있었다.

"미안합니다. 그날 우리가 한 주무관의 소중한 책을 망가뜨리는 큰 실수를 저질렀어요."

연주는 목이 멨다. 무슨 말을 해야 할지 몰라 그저 책만 매만졌다. 울지 않으려 애쓸수록 마음이 방울져 흘러내렸다. 그녀는 죽은 엄마가 살아 돌아온 것처럼 기뻐 책을 꼭 끌어안았다.

"엄…… 마."

결국 소리 내 울고 말았다. 노인들은 너 나 할 것 없이 고개를 돌려 눈물을 훔쳤다.

"오메, 어렵게 복구해온 책을 눈물로 다 적셔 블겄네. 그리고 다들 케이크 앞에 놓고 제사 지내요? 좀 묵읍시다! 저혈당 올라 허네."

코를 훌쩍이며 일부러 농담을 던지는 만영이었다. 그의 말에 연주는 짧게 웃어 보였다.

"울다가 웃으면…… 다들 말 안 해도 잘 알 것이여. 음력인지 양력인지 쪼까 헷갈리기는 했지만, 성공이네, 성공이여."

"제 생애 최고의 생일이에요. 고맙습니다."

연주는 고인 눈물 탓에 노인들이 얼룩처럼 번져 보였다. 하지만 눈물을 닦아내기는 싫었다. 눈물을 닦아내면, 눈물과 함께 이 모든 게 사라져버릴 것만 같았다. 눈앞의 행복이 없었던 일이 돼버릴까 두려웠다.

석재는 새로 물 한 잔을 떠 와 연주 앞에 놓으며 말했다.

"조 군이 참 수고 많이 했어요. 책 복원을 위해 팔방으로 수소문해 다녔답니다. 다행히 자료 복구 연구센터라는 곳을 찾았고요."

"아……."

연주는 어떤 표정을 지어야 할지 몰라 그저 말없이 책의 맨들맨들한 표지만 매만졌다.

며칠 뒤, 조 군이 평소처럼 노트북 가방 하나만 달랑 메고 가게로 들어섰다. 연주는 그를 보자마자 곧장 주방으로 달아나 몸을 숨겼다.

조 군은 노인들과 정답게 몇 마디를 주고받았고, 이내 테이블에 자리를 잡고 앉았다. 그러고는 한참 동안 노트북만 들여다봤다. 연주는 커피추출기 사이에 난 틈으로 조 군의 동태를 살피며 기회를 노렸다. 그렇게 몇 시간이 흘렀다.

한참 작업에 심취해 있던 조 군이 테이블 위에 두서없이 섞인 서류를 정리했다. 그러고는 기지개를 켜며 머그잔을 입으로 가져갔으나, 이내 입맛만 다시며 내려놓았다. 안에 담긴 커피가 오래전에 동이 난 모양이었다.

연주는 그 틈을 기회로 해석했다. 자연스럽게 다가갈 기회! 서둘러 에스프레소를 추출했다. 뜨거운 물을 머그잔에 적당히 부어 조 군이 마실 아메리카노를 내렸다. 커피추출기의 스테인리스 부분에 자기 얼굴을 비춰보는 것도 잊지 않았다. 머리를 가지런히 손질하며 메마른 입술에는 침까지 발랐다. 이

옥고 연기가 피어나는 머그잔을 내려다보며 연주는 생각했다. 모든 준비가 끝났다고.

쟁반을 손에 들었으나, 발이 바닥에 붙어버린 듯했다. 머릿속으로 그에게 건넬 첫 마디를 무수히 되뇌었다. 사과와 감사를 표현할, 적당하고도 간결한 말이 필요했다. 그러면서도 절대 비굴하지도, 가식적으로도 느껴지지 않을……. 커피가 식기 전에 뭐든 해야만 했다.

"저기……."

연주가 조 군이 앉아 있는 테이블 앞에 섰다. 조 군은 하던 일을 잠시 멈추고 그녀를 올려다봤다.

"리필입니다."

그때까지 준비했던 수많은 말은 입을 여는 순간 연기처럼 증발해버렸다. '리필입니다'라니. 연주는 테이블에 머그잔을 내려놓으며 어이없는 말을 한 자신을 속으로 나무랐다. 왜 그런 바보 같은 말이 불쑥 튀어나온 걸까. 연주는 얼른 뒤돌아 원래 자리로 돌아가려 했다. 그곳에서 한동안 자책하는 일에 집중할 예정이었다.

"한 주무관님!"

조 군이 그런 연주를 불러 세웠다.

"네?"

"잠시만요. 혹시 이 커피 마셔봤어요?"

연주는 고개를 도리도리 저었다. 카페인과 알코올은 자신과 멀고도 멀었다. 알코올은 이따금 마실 때도 있으니 그렇다 쳐도, 카페인은 특히 취약했다. 처음 커피 내릴 때 빼고는 거의 마신 적이 없었다.

"그럼, 여기 좀 앉아봐요."

조 군은 새로 가져온 커피를 자신의 머그잔에 일부 붓고는 나머지를 연주에게 내밀었다. 무슨 영문인지 몰랐으나 차라리 잘됐다 싶은 생각에 연주는 순순히 자리에 앉았다. 그도 자신과 커피 한 잔을 나누며 그동안의 묵은 감정을 해소하고 싶은 거라고 여겼다. 평소라면 마시지 않았겠지만, 연주는 머그잔에 담긴 커피를 꼴깍꼴깍 마셨다.

"저…… 감사해요. 기사도 그렇고 책도……."

"어때요?"

연주가 겨우 말문을 열었을 때 대뜸 조 군의 질문이 날아들었다. 그녀는 눈만 끔벅였다.

"커피 맛이 어떠냐고요."

"커피 맛이요?"

"본인이 마셔보니까 알겠죠? 어쩔 수 없어 마시지만 한 주무관 커피 내리는 실력은 정말 형편없어요. 매번 맛도 다르고. 꼭 말해주고 싶었어요."

조 군은 그 말을 끝으로 다시 자신의 노트북으로 시선을 옮겼다. 당신과 더 나눌 이야기 따윈 없다는 듯한 태도. 연주는 얼굴이 홍당무처럼 달아올랐다. 그러나 입술만 몇 번 달싹였을 뿐, 아무런 대응도 하지 못했다. 그 틈에 조 군은 다시 제 할 말을 던졌다.

"그리고 한 주무관님이 제게 고마워할 필요는 없어요. 당신이 아니라, 여기 계신 어르신들을 위해 한 일이니까. 앞으로도 제가 도울 일이 있으면 할 생각이고요. 하지만 당신네 실적 올리는 일에 협조할 생각은 전혀 없어요! 괜히 착각할까 싶어 하는 말입니다. 아, 그러고 보니 한 주무관님이 이 사업을 기획했었죠? 조심하세요, 앞으로도 제가 계속 감시할 겁니다."

감시? 연주는 속으로 그 단어를 곱씹었다. 스멀스멀 울화가 치밀었다. 아까의 마음은 온데간데없고, 남은 커피를 그의 정수리에 부어버리고만 싶은 심정이었다. 하지만 가게 안에는 그날과는 달리 보는 눈이 많고도 많았다.

***

카메라 플래시가 연속으로 터졌다. 송 과장은 무대 중앙에 서서 가슴팍에 트로피를 안은 채 눈을 부릅떴다. 그러는 동안 사회자는 미류동 주민센터의 사업 내용과 수상 이유에 관해 설명했다.

"전국 노인 일자리 사업 최우수상을 받은 이원시 미류동 주민센터는 노인 일자리 사업의 창조적 모델을 제시했으며, 독창적이고 특색 있는 운영으로 높은 평가를 받았습니다. 미류동 주민센터 대표로 송태규 총무과장님의 수상소감과 향후 계획에 대해 들어보도록 하겠습니다."

한차례 박수갈채가 쏟아졌다. 무대에 선 송 과장은 객석을 두리번거리더니 많은 이들 중에서 용케도 연주를 찾아냈다. 그는 손을 흔들었다. 자신의 발표내용을 써준 부하 직원에 대한 짧은 답례였다. 연주도 마주 손을 흔들어줬다. 그녀의 눈에는 승급이 자신을 향해 웃으며 인사하는 것처럼 보였다.

수상 소식과 함께 미류동 주민센터는 물론이고, 이원시 내부에서도 긴급 논의가 오고 갔다. 1년이라는 사업 기간 종료 후 카페 네버랜드의 운영에 관한 내용이었다.

연주를 포함한 미류동 주민센터는 그동안 성과를 내는 일에만 주력했다. 다행히 생각보다 큰 성취를 이뤘으며, 그만큼 향후 운영에 대해서도 많은 관심이 쏠렸다. 그러나 그 관심이 민망할 정도로 이후의 계획은 미비했다. 그들은 공무원이었다. 카페 일과 노인들의 뒷바라지에 계속 매달릴 생각이 전혀 없었다.

송 과장은 마이크에 대고 몇 차례 목청을 가다듬었다. 그리고 향후 카페 네버랜드의 운명에 대해 발표했다.

"노인 세대에 대한 창업지원에는 여전히 부정적 시각과 의구심이 많습니다. 하지만 카페 네버랜드를 통해 그 가능성을 충분히 엿봤다고 생각합니다. 이원시와 미류동 주민센터는 앞으로도 단순한 노인 일자리 발굴이 아니라, 그들의 능력을 신장시키고 계발할 수 있도록 창업형과 연관된 프로그램을 확대해 진행하기로 했습니다. 또한 서비스의 양적 · 질적 향상과 사업의 지속을 위해 민간 위탁기관을 선정하고자 합니다. 현재 근무 중인 어르신들은 이에 따라 계약직이 아닌 정식 취업으로 전환될 방침입니다."

그 말인즉슨, 본인들은 손을 털 작정이라는 뜻이었다. 성과만 날름 삼키고 앞으로 계속될 귀찮은 일은 남의 손에 떠맡기겠다는 의미였다. 잘 꾸려진 그럴싸한 말들은 항상 해석이 필요했다.

"공공성은 그대로 유지하되, 전문성이나 특수성을 증대해 비슷한 비즈니스 모델을 확대코자 이와 같은 결정을 내렸습니다."

지난날들이 주마등처럼 연주의 머릿속을 스쳐 지나갔다. 그토록 기다려왔던 바로, 이 순간! 노인들과의 작별 예고였다. 내년에는 민원인도, 노인도 없는 본청 어느 부서의 팀장으로 가게 될 것이다. 이제 더 높은 곳을 향해 도약할 일만 남아 있었다.

연주는 카페 네버랜드의 직원들을 떠올렸다. 이건 그들에게도 좋은 일이었다. 민간 위탁이라 해도 관리 감독은 이원시에서 한다. 그러니 그들은 지금과 변함없이 일하면서도, 계약직이 아닌 정직원이 되는 셈이다. 이전보다 혜택도 더 많이 늘어날 것이다. 모두가 축하할 일이 틀림없다고, 연주는 편히 생각했다.

수상식을 마치고 돌아가는 길, 연주는 유명한 빵 가게에 들렀다. 그동안 석재와 준섭은 밑반찬을, 만영과 기복은 때때로 과일이나 간식을 사서 그녀를 살뜰히 챙겨줬다. 오늘은 연주가 노인들에게 가져다줄 빵을 고를 차례였다. 줄이 길어 30분 가까이 기다려야 했지만, 즐거운 마음으로 기꺼이 줄을 섰다.

그러나 빵을 사들고 네버랜드에 도착한 연주를 맞이한 건 출입문에 붙은 '임시휴무'라는 안내 문구였다. 필요 이상으로 멋들어진 필체에 감탄하느라 그 의미가 잠시 눈에 들어오지 않았으나, 연주는 이내 놀라 핸드폰을 꺼내 들었다.

가게 번호로 열 통 넘게 부재중 전화가 와 있었다. 불길한 예감이 연주의 뒷골을 스쳤다. 무슨 일이 나도 단단히 나고 만 것이라 여겼다.

행사장에 가기 전에 연주가 본 카페 네버랜드 풍경은 여느 때와 다를 게 없었다. 모두가 정해진 시간에 출근했고, 각자의 자리에서 일과를 시작했다. 그런데 불과 몇 시간 만에 임시휴무라니?

연주는 문을 세차게 밀어봤다. 문은 단단히 잠겨 있었다. 문 유리에 빵 봉투를 들고 얼어버린 채 서 있는 연주의 얼굴이 비쳤다.

가게 열쇠는 가장 먼저 출근하는 석재가 하나, 또 하나는 연주가 가지고 다녔다. 그러나 평소 크게 쓸 일이 없다 보니 보조키는 집에 고이 모셔져 있는 상황이었다.

연주는 유리창에 이마를 붙이고 내부를 살피려 애썼다. 안에서 희끄무레한 형체가 움직이는 게 어렴풋이 보였다. 그녀는 유리를 세차게 두드리며 선생님, 하고 목청껏 외쳤다. 그 형체는 머뭇거리는 듯 보였으나 이내 다가와 출입문을 열어줬다. 기복이었다.

기복은 열린 문틈으로 빼꼼 얼굴만 내밀었다. 세상의 근심을 모두 짊어진 사람처럼 울상이었다. 연주는 자신이 상상하는 것 이상의 일이 벌어졌음을 알아차렸다.

"상은…… 잘, 잘 받았어요? 생각보다 빨리 와버렸네요……."

그는 말까지 더듬었다. 연주는 안으로 들어가려 했으나, 기복은 완강하게 길을 내주지 않았다.

"내가 치운다고 치우고는 있는데 말이죠. 한 주무관, 너무 놀라지는 말아요."

아직 더 놀랄 일이 남았던가. 이들이 또 어떤 이벤트라도 기획한 걸까. 기복의 말에 연주의 머릿속은 복잡해졌다. 그간 고난과 고독의 행군을 하던 자신의 삶이 이제야 기적과 같은 행운으로의 행진을 하나 했는데…….

"왜 임시휴무라고 붙여두신 거예요?"

연주는 묻는 것과 동시에 문고리를 잡은 손에 힘을 줬다. 그 바람에 기복은 어쩔 수 없이 뒤로 물러났다.

가게 안으로 들어선 그녀는 힘이 풀려 손에 든 빵 봉투를 바닥에 떨어뜨렸다. 그의 설명을 듣지 않아도 이유를 충분히 알 것 같았다.

내부 집기가 엉망진창으로 부서져 있었다. 테이블 몇 개도 망가진 채로 바닥에 나뒹굴었다. 영업을 할 수 없을 만큼 난장판이었다.

테러나 습격 혹은 지진 같은 불상사가 카페 네버랜드를, 그러니까 이원시 미류로 2길 6-7, 딱 이 번지수에만 재수 없이 들이닥친 게 분명했다. 그렇지 않고서야 원래 멀쩡히 있어야 하는 것들이 제 모양과 역할을 잃고 저렇게 바닥에 나뒹굴 리가 없었다. 창문 밖의 거리는 저처럼 고요하고 평화로운데.

기복은 말없이 하던 정리를 이어갔다. 깨진 유리 조각을 한쪽으로 쓸어모으고 부서진 것들을 일으켜 세워보려 했다. 그러나 부질없는 짓이었다. 연주는 다리가 후들거려 그만 바닥에 주저앉고 말았다.

"이게 대체 무슨 일이에요? 다른 선생님들은요?"

기복은 오랜만에 의사소통이 원활했다. 연주가 궁금해하는 모든 것에 속속들이 대답을 내놓았다.

"이 씨는 오 씨 데리고 병원에 갔어요. 백 씨는 어디 간지 모르겠지만 나가버렸고."

다 된 밥에 코 빠뜨린다는 속담을 몸소 체험하는 순간이었다. 아무리 전지전능한 조물주라 하더라도 이토록 처참한 파괴의 현장을 목격한다면 자신의 직책을 내던지리라. 연주는 화가 난다거나 슬프다거나 하는 감정이, 그러니까 그따위의 감정조차도 느껴지질 않았다. 그저 멍하니 앉아 주먹으로 자신의 가슴팍을 내리치고, 또 내리쳤다.

왜 매번 행운이 다가올라치면 불운이 자신의 머리채를 잡아 바닥으로 내동댕이치는 걸까. 손님이 늘고 매출이 오르던 순간에도 늘 따라붙던 불안, 그 불안의 이유를 오늘에서야 확인하고 말았다.

어쩌면 줄곧 예상했을지도 모른다. 그동안 자기 삶 속에서 무한 반복된 그 법칙! 애써 외면하며 이번만큼은 아니길 간절히 빌었는데.

하지만 여지없이 불운과 조우하고 말았다.

10
찢어진 그림자 옷

준섭이 가게에 나오지 않은 지 벌써 사흘이 지났다. 노인들과 연주가 수시로 전화를 걸었지만 그는 누구의 연락도 받질 않았다. 깜깜무소식이었다. 연주는 틈만 나면 한숨을 내쉬었고, 노인들도 이 사태를 어찌 수습해야 할지 몰라 난감해했다.

누구보다 당황스러운 사람은 시비를 건 만영이었다. 그는 준섭이 이렇게 증발해버리는 사태까지 갈 줄은 상상조차 하지 못했다.

피터 팬의 상실은 생각보다 카페 네버랜드에 큰 영향을 끼쳤다. 직원들의 사기 면에서도 그랬지만, 손님 응대에서도 문제가 생겼다. 맞짱 언니의 방문 이후 점심 메뉴를 찾는 손님들이 부쩍 늘어났는데, 준섭 없이는 점심 특선메뉴 판매는 불가능했다. 먼 길 찾아온 손님들을 사과 인사로 되돌려보낼 때마다 연주는 만영을 노려봤다.

문제는 그뿐만이 아니었다. 수제 청 담글 일도 걱정이었다. 수제 청은 종류마다 숙성기간이 달랐다. 평소 준섭은 이런 것까지 세세하게 고려해 일정 기간 쓸 수제 청만 만들어 냈다. 다른 노인들도 옆에서 일을 도와 재료의 비율 정도는 알았지만, 준섭의 수제 청은 비율만 안다고 만들 수 있는 게 아니었다.

무지개 어린이집의 꼬마 손님들도 아침마다 불평했다. 며칠째 피터 팬 할아버지가 보이질 않자 아이들은 슬슬 걱정하기 시작했고, 어떤 아이는 할아버지가 보고 싶다며 울음을 터뜨리기도 했다. 그러다 조 군마저 찾아와 준섭의 안부를 물었을 때, 연주는 울고 싶었다. 직원들끼리 미리 입을 맞춘 덕에 가족여행으로 휴가 중이라고 둘러대긴 했지만, 조 군의 표정을 보니 믿지 않는 눈치였다.

사태가 이 지경이 되자 만영은 죽을죄를 지은 것 같은 죄책감에 시달렸다. 내색하지 않았으나 모든 게 자기 탓이라 생각하는 듯했다. 하루 종일 가시방석에 올라앉은 기분이었다. 그는 급한 불이라도 꺼볼 심산으로 주방에 들어가 준섭을 흉내 내보려 했다. 하지만 냄비가 어디 있는지도 몰랐다.

만영은 몸싸움 하다 팔에 실금이 갔고, 한쪽 눈엔 멍이 들었다. 덕분에 또다시 깁스 신세를 면치 못했으며, 판다 같은 눈두덩이가 창피했는지 늘 선글라스를 착용했다. 그 우스꽝스러운 행색으로, 만영은 시키지도 않은 짓을 하다가 자꾸 사고를 쳤다. 오늘은 한 손으로 수제 청 유리병을 안고 나오다 바닥에 떨어뜨리기까지 했다.

쨍그랑!

유리병이 요란한 소리와 함께 산산조각이 났다. 서로 눈치만 살피던 네버랜드의 살얼음판 같던 분위기도 그 소리와 함께 박살 났다. 연주는 더는 못 참고 그간 꾹꾹 눌러 담았던 화를 쏟아냈다.

"하······. 선생님! 안 그래도 수제 청 담글 일이 걱정인데 그걸 깨면 어쩌자는 거예요!"

만영은 아무 말 없이 바닥에 쪼그려 앉았다. 한 손에 든 두루마리 화장지를 풀어 힘겹게 감아쥐었다. 온전한 손이 하나뿐이니 모든 행동이 어설펐다. 그때 야속하게도 화장지가 그의 손을 빠져나가 데굴데굴 바닥을 굴렀다. 앉은걸음으로 쫓아가기엔 달아나는 화장지의 속도가 너무 빨랐다. 그걸 보고 연주는 또 소리를 내질렀다.

"정말 왜 그러시는 거예요!"

그녀는 한숨을 푹푹 내쉬며 손걸레를 가져와 진득거리는 액체를 닦아냈다. 저지른 죄가 있어선지 만영은 갖은 구박에도 꿋꿋이 화장지를 다시 뭉쳐 쥐었다. 그러고는 자신이 벌인 일을 수습하려 연주 옆으로 다가가 자리를 잡았다.

석재는 깨진 유리 조각을 쓰레받기에 쓸어 담으며 그들을 불안한 눈으로 살폈다. 그의 눈에는 곳곳에 막 터지기 일보 직전의 풍선들이 둥둥 떠다니는 것처럼 보였다. 연주와 만영 사이에 빵빵한 풍선들이 가장 많았다.

연주는 옆에 쪼그리고 앉은 만영이 걸리적거렸는지 그를 옆으로 밀쳐냈고, 그 바람에 만영은 엉덩방아를 찧었다.

"애들도 아니고 왜 치고받고 싸워서는."

전혀 미안한 기색 없이 연주가 투덜거렸다.

"아이고!"

점심을 사러 편의점에 다녀온 기복이 그 광경을 보고는 짧게 탄식을 터트렸다. 솥뚜껑 보고 놀란 가슴 자라 보고 놀란다고, 깨진 유리 조각과 엉망이 된 바닥을 보고는 또 가게에 무슨 일이 생겼구나 지레짐작한 것이다. 다행히 오해인 걸 안 기복은 가슴을 쓸어내리며 비닐봉지에 담긴 삼각김밥과 바나나우유 몇 개를 테이블 위로 꺼냈다.

"어서 와서 먹고들 하세요."

일부러 활기차게 말했지만 돌아오는 대답은 없었다. 점심시간이 한참 지났지만 누구 하나 배가 고픈 내색을 하는 이가 없었다. 근심은 식욕을 집어삼켰다. 언제나 다 같이 함께

하던 점심시간이 돌아올 때마다 그들은 준섭의 빈자리만 실감했다.

하루에 하루가 더해질수록 카페 네버랜드는 울적한 분위기가 겹쳐서 쌓이는 것 같았다. 그즈음, 연주는 준섭으로부터 문자 한 통을 받았다.

가게 내부에 끼친 손해는 제 월급으로 변상하겠습니다.
계속 함께하지 못해 죄송합니다.
카페 메뉴 조리법은 제가 정리하는 대로 보내드리겠습니다.
그동안 감사했습니다.

그동안 감사했습니다. 분명한 이별 통보였다. 연주는 곧장 만영에게 달려가 핸드폰 액정을 코앞에 들이밀었다. 만영은 선글라스를 위로 올리고 메시지 내용을 찬찬히 확인했다. 연주가 재촉하듯 소리쳤다.

"정말 어쩔 거예요, 이제!"

그쯤 되자 만영의 인내심도 바닥을 드러냈다.

"뭘 어째요? 근께, 이게 다 내 잘못이라는 거요? 백준섭이 아니, 백근팔은 지가 신분 세탁한 게 들통난께 도망친 거요. 근디 나보고 어쩌라고 이래싸요? 고 새끼 살인자라니까! 아무리 그래도 우리가 사람은 골라 가믄서 일해야지 않겄소? 난 살인자랑은 무서와가꼬 일 못 하겄는디!"

가만히 듣고 있던 석재가 자신이 오명을 뒤집어쓴 것처럼 눈살을 찌푸렸다. 그는 더는 참지 못하고 불쑥 나섰다.

"그 쓸데없는 소리 좀 그만해요!"

지금껏 내색한 적 없으나, 그동안 누구보다 준섭을 믿고 의지해온 사람이 석재였다.

"못 믿겠으면 인터넷에다가 백근팔 쳐봐요."

"그건 사고였잖아요!"

"사고 좋아하시네. 사람 디지게 했으믄 살인자지. 사고든, 사건이든 간에!"

"그렇게 함부로 말하는 것 아닙니다."

"행님! 편드는 것은 좋은디, 행님이야말로 뚫린 입이라고 멋대로 지껄이지 마쇼!"

보다 못한 연주가 두 주먹까지 불끈 쥐고 고함을 질렀다.

"제발 다들 나잇값 좀 하시라고요!"

연주의 스트레스는 극에 달했다. 그녀는 노인들에게 모진 말을 퍼부었다. 이렇게 된 판국에 무슨 말인들 못 하겠는가 싶은 심정이었다. 그러고는 뒤도 돌아보지 않고 가게를 뛰쳐나갔다.

하지만 가게에서 나오자마자 금세 처량해졌다. 도대체 무슨 짓을 한 거람. 연주는 슬쩍 후회도 됐으나 차에 올라타 쾅, 소리가 나도록 문을 닫았다. 모든 게 엉망진창이었다. 노인들이 염려가 되어 쫓아 나왔으나, 그냥 시동을 켜고 출발해버렸다. 그러나 딱히 갈 만한 곳이 생각나질 않았다. 어디든 마땅찮았다.

엄마랑 싸우고 홧김에 가출한 10대 소녀처럼 연주는 도로를 배회했다. 집으로 곧장 가자니 자신의 처지가 눈물겨워 견딜 수 없었다. 이런 날 고민을 터놓을 사람도 하나 떠오르지 않았다.

될 대로 되라지, 뭐! 홧김에 연주는 편의점에 들러 맥주를 샀다. 한 캔만 사려고 했으나 냉장고에 네 캔 만 원이라고 써진 걸 발견한 바람에 네 캔을 한꺼번에 집어 들었다. 무단 조퇴, 거기에 낮술이라, 삐뚤어지기에 이보다 더 좋은 조합도 없을 듯했다.

집으로 들어서자마자 맥주 캔을 식탁 위에 차례로 세웠다. 그래! 알루미늄 재질에 담긴 이 보리 음료야말로 최고의 친구다. 연주는 생각했다. 네 캔의 맥주는 무슨 이야기를 들려주든 자신을 탓하지도, 비웃지도 않을 테다. 그뿐만 아니라 복잡한 문제를 잠시나마 잊도록 해주겠지. 들끓는 감정을 무뎌지게 해주고, 결국 아무 일도 아니라는 착각을 선사할 것이다. 비록 짧은 순간이겠지만 이보다 더 좋은 위로가 어디 있겠는가.

　연주는 신세 한탄을 하며 맥주를 한 캔씩 비워냈다. 맥주 친구들은 듬직하게 식탁에 버티고 서서 자신의 차례가 오길 기다렸다. 그렇게 그녀는 또다시 취해가고 있었다.

　취기가 더해지고 더해질수록 연주는 다짐을 굳건히 했다. 저번처럼 절대 아버지한테 전화하지 말자! 아버지에게 또다시 주사 부리는 실수는 하지 말자! 그녀는 그 다짐을 지켰다. 어찌 됐든 아버지에게만큼은 전화하지 않았으니까.

　문제는 그러니까, 이번에는 조 군에게 전화를 걸었다는 거였다.

　"내 커피가 그렇게 맛이 없어요?"

　연주의 첫마디였다. 전화 걸어 다짜고짜 커피 타령이라니, 조 군은 어이가 없어 할 말을 잃은 눈치였다. 그도 그럴 게 서로 번호 정도는 알고 있었으나 통화한 건 처음 있는 일이었다. 그의 대답이 돌아오지 않자, 연주는 소리를 꽥 내질렀다.

　"그럼 먹지 마!"

　수화기 너머에서 조 군의 한숨 소리가 들려왔다.

　"아니다. 다신 가게에 안 오면 되겠네. 그럼 나도 너 개 폼 잡는 것 안 봐서 좋고."

　"그래서 용건이 뭡니까?"

　"네가 커피 맛을 알아?"

"……한 주무관님, 전화 끊겠습니다."

"근데 말이야. 우리 집 식탁은 왜 4인용이지?"

아까보다 더 깊은 한숨 소리를 들으며 연주는 식탁 위로 잠시 엎드렸다. 머리가 어지러워 어디에든 기대야 할 판이었다.

"네? 그게 무슨 소리예요?"

"난 왜 하필 네모 식탁을 샀을까. 나는 혼자 사는데. 몇 년째 혼자 살았고, 그렇다고 집에 초대할 사람도 없는데. 아니야, 이건 내 잘못이 아니지. 식탁을 애초에 반듯하게 만든 사람이 나빠! 비루한 식탁……."

"여보세요? 혹시 술 마셨습니까?"

"남이야 마시든 말든."

네 캔의 맥주 친구들이 본격적으로 위력을 과시했다. 연주는 갑자기 밀려드는 설움을 감당하지 못해 훌쩍거렸다.

"울어요, 지금? 한 주무관님! 한 주무관!"

"이제 뭘 어떻게 해야 할지 모르겠어. 난 정말 몰라. 눈앞이 캄캄하기만 하다고. 어떡하지? 왠지 너라면 알 것 같았어. 알 것 같은……."

"대체 무슨 일입니까? 한 주무관! 한연주!"

조 군이 애타게 부르면 부를수록 연주는 잠에 빠져들었다. 맥주 친구들의 만 원짜리 위로와 함께. 식탁 위에 볼을 대고, 핸드폰은 귀 위에 걸쳐둔 채.

***

　순전히 사랑 때문에 벌인 일이었다. 사랑이라는 감정은 원래 그랬다. 한 두릅의 굴비처럼 늘 다른 감정을 줄줄이 엮고 꿰었다. 환희, 증오, 슬픔, 질투 같은 복잡하고 다양한 감정들이 만영에게 잇달아 매달렸다.

　왜 그런 옹졸한 선택을 했는지 후회하다가도, 김 여사와 마주 보고 웃던 준섭의 얼굴이 떠오르면 분노가 다시금 들끓었다. 준섭은 아내도 있다. 딸도 있고, 이제 손주까지 있지 않은가. 그것도 둘이나! 그런데 남의 소중한 기회를 넘보다니……. 욕심이 과해도 너무 과했다. 만영은 그렇게 애써 자신은 그날의 피해자일 뿐이라고 다독였다.

　나잇값도 못 하는 치졸했던 행동을 저지른 그날, 그러니까 문제의 그날! 김 여사가 이른 아침 카페를 방문했다. 만영은 그녀가 가게 안으로 들어서자마자 섬광이 비치는 듯한 착각에 빠져들었다. 김 여사, 하고 반갑게 인사하려 했다. 그러나 환하게 쏟아지던 눈 부신 빛은 준섭에게로 향했다.

　김 여사는 수줍은 미소까지 지어 보이며 준섭에게 다가가 먼저 말을 걸었다. 만영은 인사도 건네지 못하고 멀찌감치 떨어져 서 있었다. 설렘으로 가득했던 그의 가슴은 갈기갈기 찢겼다.

두 사람은 한참이나 대화를 이어갔다. 그러다 김 여사가 주머니에서 뭘 주섬주섬 꺼냈다. 네모난 봉투였다. 그녀는 그걸 얼른 준섭에게 건넸다. 그때도 김 여사 얼굴엔 미소가 번졌다. 준섭은 고개를 몇 번 끄덕이더니 봉투를 받아 자신의 앞치마 주머니에 넣었다.

만영의 촉이 말했다. 준섭이 주머니에 넣은 건 러브레터가 틀림없다고. 그는 절망감에 사무쳐 신음했다. 방금 눈앞에서 빛을 빼앗겼으며, 자신의 사랑은 어둠에 휩싸인 채 절벽 끝에 서 있었다. 마음 같아서는 둘 사이로 달려들어 러브레터를 빼앗고 싶었다. 얼마나 감미로운 언어로 서로 사랑을 속삭일지⋯⋯. 그래봤자 불륜이지만!

하지만 만영은 그들이 연애하더라도 참견할 수 없는 처지였다. 그는 그저 짝사랑하는 와중이었으니까. 화를 낼 수는 더더욱 없었다. 꼴만 우스워질 뿐이었다. 새어 나오는 분노를 꾹꾹 눌러 담으며 만영은 자신의 위치를 망각하지 않으려 애썼다.

대화를 마쳤는지 김 여사는 그제야 잠시 가게 안을 두리번거렸고, 귀퉁이에 선 만영을 발견했다. 하지만 그에게는 어떤 틈도 허락하지 않았다. 슬쩍 눈인사만 건네고는 바로 가버렸다. 만영은 서글픔에 눈을 질끈 감으며 벽에 등을 기댔다.

만영은 그동안 수많은 여자와 연애했다. 혹자는 그를 주책맞은 바람둥이라고 욕했다. 하나 그에게는 굳건한 신념이 존재했다. 진정한 사랑! 그는 진정한 사랑을 찾고 싶을 뿐이었다.

그동안의 만남은 진정한 사랑을 찾는 여정의 일부라 여겼다. 자신은 아직 그걸 찾지 못해 정착하지 못한 거라고. 다섯 번째 이혼서류에 도장을 찍을 때도 만영은 그런 것이라 믿었다. 그렇기에 여전히 사랑을 갈구했다. 진정한 사랑을 말이다.

그런 만영이 다시 진정한 사랑을 상기한 건, 얼마 전 가게 화분에 꽂을 영양제를 사러 화원에 들렀을 때부터였다. 그날 화원을 찾은 건 김 여사 때문이 아니었다. 석재의 부탁 때문이었다. 그때까지 만영에게 김 여사란, 그저 김 여사였다. 화원을 운영하는 나이 든 사람. 여자도 아닌 사람.

김 여사, 그녀는 올해 여든이었지만 미혼이었다. 당연히 그럴 만하다고, 만영은 내심 생각했다. 그녀의 외모는 남자의 눈길을 끌 만한 매력이 없었다. 만영이 여자한테서 주의 깊게 보는 손도 별로였다. 나무나 꽃을 손질하다 긁혔는지 여자 손이라고 하기에는 거칠고 형편없어 보였다.

"여태 결혼도 안 해보고 뭐 했답니까?"

만영은 식물 영양제 가격을 지불하며 김 여사에게 물었다. 무례한 질문인 줄 잘 알았으나 서슴없이 입을 열었다. 누구라도 화를 낼 만한 상황인 데도 김 여사는 대수롭지 않게 대답했다.

"아직 사랑하는 사람을 못 만났거든요. 기다리는 중이에요."

그 한마디를 듣는 순간, 만영의 귓가에 종소리가 울렸다. 여태 한 번도 들어보지 못한 운명의 종소리였다. 김 여사의 그 말이 만영에게는 자신을 기다렸다는 말처럼 들렸다.

그날 이후, 만영은 틈만 나면 화원에 들렀다. 어떤 날은 일부러 카페 네버랜드로 꽃을 배달시키기도 했다. 김 여사의 얼굴을 한 번이라도 더 보려고 그랬다. 김 여사는 보면 볼수록 지금껏 만나온 여자들과 달랐다. 그녀는 일전에 그에게 이렇게 말한 적이 있다.

"이렇게 꽃을 좋아하는 남자는 처음 봐요."

꽃이 아니라 자신을 좋아한다는 사실을 전혀 모르는 눈치였다. 자신 때문에 그가 뜬눈으로 밤을 지새운 날도 있다는 걸 모를 것이다. 사랑은 나이나 경험과는 상관없이 밤잠을 자주 앗아간다는 걸 그녀는 알까…….

그런 김 여사가, 자신이 아닌 준섭에게 러브레터를 내밀고 유유히 사라져버리다니. 만영은 마음을 추스르기 위해 다른 데 집중하고 싶었다. 그의 속을 헤집고 다니는 번뇌를 떨쳐내고 싶었다.

그는 동료들에게 대충 둘러대곤 곧장 화장실로 뛰어 들어갔다. 화장실 바닥에 퐁퐁을 마구 뿌렸다. 준섭을 향한 분노도 함께 뿌려졌다. 그리고 세면대 밑에 걸어둔 솔을 꺼내 바닥을 문질렀다. 그러는 동안에도 오로지 김 여사에 관한 생각뿐이었다. 만영은 손에 더 힘을 실어 타일 줄눈을 빡빡 솔질했다.

그러고 보면 김 여사는 요즘 들어 카페에 자주 드나들었다. 꽃 주문을 하지 않은 날에도 그랬다. 어떤 날은 음료를 포장해갔고, 어떤 날은 가게에서 점심을 먹고 가기도 했다. 열 길 물속은 알아도 한 길 사람 속은 알 수가 없다더니. 만영은 김 여사의 수상한 변화는 일찍이 감지했지만, 이유를 종잡을 수 없어 답답했다. 그런데 그 이유가 준섭이었다니.

수세미에 거품을 내 거울도 닦았다. 원을 그리듯 거울 표면을 문질렀다. 자기 얼굴이 거품에 가려졌고, 그 위로 김 여사와 다정하게 대화를 나누는 준섭이 홀로그램처럼 나타났다. 만영은 바가지에 물을 떠 거울에 연거푸 퍼부었다. 거품이 사라지자 잔뜩 심술 난 그의 얼굴이 드러났다.

준섭은 남자인 그가 봐도 흠잡을 데가 없었다. 요리 실력도 뛰어났고, 시도 쓰고, 그림까지 잘 그렸다. 더불어 틈틈이 봉사활동까지 한다. 여자들이 좋아할 요소로만 빚어진 인간이었다. 만영은 자신이 한없이 초라하게 여겨졌다.

띠리링. 띠리링.

그때, 후배로부터 전화가 걸려 왔다. 나이트클럽을 운영하는 후배, 홍대만이었다. 만영은 과하게 움직인 탓인지 미약한 저혈당 증세가 느껴져 세면대에 기대섰다. 전화를 받자 한껏 들뜬 후배가 다짜고짜 본론으로 직행했다.

"형님, 보세요. 제 말이 맞지 않습니까. 그때는 제가 이름이 잘 생각나질 않았어요. 왜, 함께 오신 이마에 큰 흉터 있던 그분 말이에요. 최연소로 WBA 세계 챔피언 경기에 출전한 백근팔! 어디서 많이 봤다 했어요. 그 흉터도 시합 중에 생긴 거잖아요."

"아니라니까 자꾸 그라네!"

"그럴 줄 알고 제가 확실하니 캐봤습니다. 지금은 백준섭이라는 이름으로 개명해 살고 있던데요. 맞죠?"

"뭐! 니 방금 뭐라 했냐? 백준섭?"

"한창 잘 나가던 20대에 폭행으로 사람을 죽였대요. 좀 억울하게 그리된 모양이지만 어쨌든 그 일로 감방에서 한참 썩다 나왔고요."

"하……."

만영은 거친 숨을 고르며 이마를 짚었다. 이 어지러움이 저혈당 때문인지 후배가 뱉어낸 이야기 때문인지, 감이 잡히질 않았다.

준섭은 손님이 뜸해지자 한가한 틈을 타서 가게 한구석 테이블에 그림 도구를 펼쳤다. 그리고 마무리 채색 작업에 열을 올렸다.

그는 요양원에 갔을 때 찍어온 노인들의 사진을 보며 초상화를 그렸다. 손등에 피어오른 검버섯 하나까지도 세세하게 그려 넣었다. 마지막으로 밝은색 물감을 섞어 볼과 턱 주변을 가볍게 칠했다. 그러자 그림 속 노인에게서 인자한 미소가 생겨났다.

다들 여유로운 한때를 즐기는데 갑자기 우당탕, 하는 소리가 들렸다. 일제히 소리 나는 쪽으로 고개가 돌아갔다. 만영이 고무장갑을 낀 채 화장실에서 달려 나왔다. 씩씩거리며 준섭 앞에 선 그는 다짜고짜 따지기 시작했다.

"야, 솔직허니 말해봐! 너 뭐 하는 새끼야?"

"왜들 그래요?"

놀란 석재가 심상치 않은 분위기에 그들 앞으로 다가섰다. 준섭은 그저 말없이 만영을 올려다볼 뿐이었다. 만영의 숨소리는 거칠어졌고, 준섭은 서둘러 그림 도구를 정리했다. 업무 시간에 사적으로 그림에 매달린다고 타박을 하는 거라 여겼다. 평소에도 만영은 불쑥 시비를 걸어왔으니까 대수롭지도 않았다.

"그림 그리는 척 무게 잡는 것도 여자들한테 환심 살라고 그라는 거지?"

준섭은 다시 만영을 한참 동안 쳐다봤다. 무슨 말일까. 그의 의중이 무엇인지 도무지 알 수 없었다. 그때, 고무장갑이 캔버스 위로 날아들었다. 그 바람에 그려놓은 노인의 얼굴이 짓이겨졌다.

준섭의 표정이 무섭게 일그러졌다. 그는 그림을 지키기 위해 만영을 뒤로 밀쳐냈다. 만영이 욱해서 준섭의 얼굴을 향해 주먹을 뻗었다. 준섭은 그때까지도 오로지 그림을 지키려는 생각뿐이었다. 다시 한번 만영을 뒤로 밀쳤다. 아까 전보다 조금 더 힘을 실었을 뿐인데, 만영은 뒤로 벌러덩 넘어갔다.

진정한 사랑을 빼앗겼다는 분노가 가시지 않았던 만영은 바닥에서 일어나 무서운 기세로 준섭에게 달려들었다. 준섭은 뭉그러진 노인의 얼굴을 보면서 잊고 지낸 어느 순간을 조우하고 말았다. 엉망이 된 캔버스를 바라보며 몸을 바르르 떨었다. 그렇게 두 사람은 이성을 잃었고 백주에, 일터에서, 육탄전을 벌였다.

석재와 기복은 늘 그렇듯 동갑내기의 티키타카쯤으로 해석했다. 하지만 말다툼은 순식간에 몸싸움으로 번졌고, 평소와 다르게 험악하게 흘러갔다. 둘은 말릴 생각도 못 하고 발만 동동 굴렀다. 연주에게는 몇 번이고 전화를 걸었으나 받질 않았다.

난투 끝에 결국 만영이 바닥에 드러눕고 말았다. 준섭은 한쪽 팔로 그의 목을 짓누르며 주먹을 번쩍 들었다. 하지만 만영은 눈 하나 깜짝하지 않았다. 항복이라는 말 대신 다른 말로 준섭을 물어뜯었다.

"백근팔!"

피터 팬의 그림자 옷이 찢어지는 순간이었다.

***

백근팔, 그는 오래전 결심했다. 비밀은 간직하고 자신은 버리기로. 그렇게 그는 백준섭이 됐고, 30년 넘게 그 이름으로 살았다. 심지어 모든 걸 줘도 아깝지 않은 딸에게도 과거만큼은 철저히 비밀에 부쳤다. 이따금 사람들의 열렬한 환호를 받는 백근팔을 회상하기도 했으나, 그는 그저 백준섭의 삶에 충실해왔다.

한국 복싱의 르네상스라 불리던 1970년대, 근팔은 한국 복싱계의 샛별로 통했다. 미들급 프로복싱 신인왕을 시작으로 WBA 세계 챔피언 대회까지 출전했다. 전도유망했던 그에게 많은 이들은 기대와 성원을 보냈다. 그의 부모님도 마찬가지였다.

부모님은 구둣방을 운영했다. 두 분은 은행이나 관공서에 직접 찾아다니며 구두를 수거해 닦았다. 그들은 남의 구두를 닦아줬으나 정작 본인들의 신발은 살피지 못했다. 그들의 신발은 항상 낡고 더러웠다. 그들의 삶이 그랬다.

그러나 힘든 여건 속에서도 부모님은 희망을 잃지 않았다. 아들이 곧 맨주먹으로 집안을 일으킬 거라 믿었다. 근팔은 그 믿음에 보답하기 위해 운동에만 전념했다.

하지만 운명은 찰나의 순간에 전혀 엉뚱한 곳으로 비껴갔다. 그는 폭행 사건으로 사람을 죽여 영영 링 위에 오르지 못하게 돼버렸다.

그 일로 근팔은 징역 7년 형을 받았다. 감형을 돕기 위해 주변에서 나서기도 했으나, 근팔은 선처를 바라기는커녕 도리어 공분을 살 발언을 했다.

"그 상황에 또다시 놓여도 저는 똑같이 주먹을 휘두를 겁니다."

그렇게 그는 아득한 시간을 견뎠다. 그 시간은 근팔에게 고통의 시간이었으나, 한편으로는 자신에게 있는지 몰랐던 새로운 재능을 발견한 터닝 포인트이기도 했다. 그는 감옥에서 시를 배웠고, 그림을 그렸다. 그러면서 세상을 향한 분노와 화를 다스렸다. 점차 마음이 차분해졌고, 실력이 늘어갔다. 언젠가 자신의 솜씨를 부모님에게도 보여주고 싶었다. 하지만 영영 그럴 수 없게 됐다.

근팔이 감옥에 간 동안, 부모님은 스스로 생을 마감했다.

자식의 추락을 눈뜨고 지켜볼 자신이 없다고 했다. 자신들의 비루한 삶이 아들의 앞길을 막았다고 자책했다. 그들은 자식의 죗값을 대신 치르겠으니 아들을 용서해달라는, 짧은 유서만 남긴 채 세상을 등졌다.

7년 뒤, 출소한 근팔을 맞아주는 이는 아무도 없었다. 돌아갈 곳이 없어졌다. 그의 운동 경력을 눈여겨본 폭력조직으로부터 몇 차례 가입을 권유받기도 했으나, 그는 그럴 때마다 부모님을 떠올렸다. 그렇게 그는 백준섭이 됐다.

어김없이 흐르는 세월 속에 백근팔이라는 이름은 잊혀 갔고, 알아보는 이도 거의 다 사라졌다. 간혹, 아주 간혹 그를 기억하는 사람도 있었으나, 그들은 매번 그를 복서가 아닌 살인자로 기억했다.

11
후크 선장의 러브레터

　석재는 며칠 동안 이원시에 소재한 요양원들을 하나하나 검색해가며 긴 목록을 만들었다. 준섭이 노인들에게 초상화 그려주는 봉사활동을 한다는 건 알았지만, 어느 요양원에 다니는지까지는 몰랐다. 그가 갈 만한 요양원을 추려보니, 대략 스물세 곳 정도로 좁혀졌다. 석재는 전화기를 들고 목록의 첫 번째 번호를 눌렀다.

　석재는 처음 만났을 때부터 준섭에게 특히 마음이 갔다. 준섭은 말수는 적어도 사려 깊은 사람이었다. 알면 알수록 책임감 있고, 누구보다 솔선수범했다. 그가 출간한 몇 권의 책을 읽고 나서는 더더욱 좋은 사람이란 확신이 들었다. 몇 년 만에 사람에게 마음이란 걸 열었다. 교장 중임 심사에서 떨어지고 친구들이 하나둘 떠난 이후로 참 오랜만의 일이었다.

카페 네버랜드는 주방과 계산대가 직선으로 연결돼 있었다. 몇 발짝만 움직이면 석재는 언제든 준섭과 말을 나눌 수 있었다. 물론 많은 대화를 나누지는 않았다. 준섭도 그렇지만, 석재도 본래부터 수다스럽지 않은 성격이었다. 그러나 특별히 말을 많이 하지 않아도 두 사람은 서로에게 필요한 걸 내놓았다. 신기할 만큼 그랬다.

언젠가부터 석재는 준섭에게 속엣것을 조금씩 털어놨다. 준섭은 백향과의 속을 파내면서, 대추의 씨를 발라내면서 묵묵히 들어줬다. 이야기를 듣는 눈빛에는 다정한 온기가 담겨 있었다. 신기하게도 그 온기를 쬐면 내면의 응어리가 하나둘씩 녹아내렸다. 석재에게 준섭은 위로였고, 평화였다.

"요즘은 느티나무 요양원에서 봉사하고 계실 겁니다."

한참이나 목록을 훑고 내려가던 석재는 마침내 준섭과 안면이 있는 요양보호사에게서 그의 소식을 들었다. 느티나무 요양원. 그는 연거푸 감사하다 말하며 전화를 끊었다. 그리고 달력을 확인했다. 석재는 준섭이 예전에는 주말마다 봉사를 다녔다던 말을 기억하고 있었다.

준섭이야말로 카페 네버랜드에 누구보다 필요한 존재였다. 하지만 필요와 소용을 떠나 석재는 그저 자기 친구가 못 견디게 그리웠다. 주말이 오면 그를 만나러 갈 생각에 벌써 가슴이 떨렸다.

"이쪽으로 오세요."

석재는 요양원 직원의 안내를 받아 응접실로 향했다.

20평 남짓한 공간에 준섭과 한 노인이 함께 있는 게 보였다. 준섭은 텔레비전 앞에 앉은 노인을 스케치하는 중이었다. 밀린 숙제라도 하듯 고개 한 번 돌리지 않고 바쁘게 손을 움직였다.

요양보호사가 다가와 준섭에게 건강 체조 시간이 다 됐노라고 안내했다. 준섭은 도구를 정리했고, 요양보호사는 거동이 불편한 노인을 부축해 자리를 떠났다. 이내 응접실에는 석재와 준섭 단둘만 남겨졌다.

"……."

두 사람은 한참이나 말없이 앉아 있었다. 하지만 두 사람을 둘러싼 정적은 서로에게 어색하거나 불편하지 않았다. 아무것도 하지 않는 것 같았지만 실은 가슴속 말라비틀어진 언어를 물에 불리는 작업을 하고 있는 거였다.

"같이 갑시다."

석재가 먼저 말문을 열었다. 준섭은 쉽게 입을 떼지 못했다. 곧 숨을 깊게 들이쉬며 고개를 저었다. 석재는 말을 덧붙이는 대신 과거 학생들을 상담할 때처럼 묵묵히 기다렸다. 상대를 보채지 않고 생각할 수 있도록 공백의 여유를 줬다.

"저 백근팔 맞습니다."

"그래요."

"사람을 죽였고, 전과자예요."

"그래요."

"그래서 갈 수 없어요. 전 백근팔이란 이름은 지웠습니다. 백준섭으로 살기 위해 노력해 왔다고요."

"이제 피터 팬이기도 하잖아요. 네버랜드에 피터 팬이 없다는 건 말이 안 돼요."

"다신…… 살인자라고 손가락질받고 싶지 않아요."

머릿속에 밀려드는 혼란을 어찌할 바 몰라 준섭은 슬며시 자리에서 일어났다. 그는 또다시 가장 쉬운 방법을 택하고 있었다. 멀리 도망치는 것. 석재는 짧은 순간 준섭의 눈에서 겁먹은 청년과 마주했다. 그 어린 것은 여태 불안과 후회 속에서 고꾸라져 있었다.

"그럴 사람이 아니라는 것 잘 알아요. 분명 이유가 있었을 거요."

등 뒤에서 들려오는 뜻밖의 말에 준섭은 얼어붙은 듯이 꼼짝을 못했다. 이유, 이유야 분명 있었다. 하지만 그동안 누구도 그 사건이 빚어진 이유가 뭔지 물어봐주지 않았다.

"……전 말입니다. 지금 또다시 같은 상황이 벌어진다고 해도 똑같이 할 겁니다."

그날과 같은 말. 준섭은 완강하게 말했으나 눈빛은 심하게 흔들렸다. 석재는 자리에서 일어나 그에게 다가갔다. 물감으로 얼룩덜룩해진 손을 잡았다. 그리고 아무 말 없이 고개만 끄덕였다. 그에게 배운 대로, 온기 가득한 눈빛으로 바라봤다.

"그 사람이, 제 아버지를, 제 아버지를……."

아무에게도 꺼내 보인 적 없던 그날의 파편을 준섭은 석재에게 내밀었다. 제 안에 깊숙하고도 깊숙한 곳에 숨겨둔 기억, 날카롭고 뾰족한 그것은 제멋대로 굴러다니며 마음 여기저기에 생채기를 냈다. 하지만 비명 한번 제대로 질러보질 못하고 살았다. 그동안 줄곧, 그는 백준섭이었으니까.

그가 폭행한 이는 모 은행의 지점장이었다. 근팔의 아버지는 몇 년 동안 거의 매일 그의 구두를 무료로 닦아줬다. 그런데도 그는 아침마다 구두 수거하러 온 아버지를 괴롭혔다.

비참했으나, 웃어야만 했다. 그러지 않으면 지점장의 눈치를 보느라 직원들은 구두를 벗어 내주질 못했다. 그게 수모에서 빨리 벗어나기 위한 유일한 방법이란 걸 아버지는 알았다.

그날, 근팔은 대회에서 받은 트로피를 안고 아침 일찍 구둣방으로 향했다. 두 사람이 겨우 들어갈 좁은 공간, 그 한편에 자리한 진열장에 놓을 트로피였다. 근팔의 아버지는 구두약을 칠하고 광을 내는 동안에도 곧잘 트로피를 보며 흐뭇하게 웃었다. 그리고 말했다. 아들은 나의 자부심이라고.

근팔은 곧 구둣방 근처를 걸어가는 아버지를 발견했다. 아버지의 양손에는 구두 수거 가방이 들려 있었다. 근팔은 아버지를 깜짝 놀라게 해줄 심산으로 뒤를 밟았다. 아버지는 언제나처럼 은행으로 향했다. 은행은 아직 개점하지 않아 정문에 셔터가 내려진 상태였지만, 아버지는 익숙한 듯 측면의 직원용 출입문을 열었다. 근팔은 문 앞에 서서 아버지를 기다렸다.

아버지가 수거한 구두를 자신이 빼앗아 들고 그 빈손에 트로피를 안겨줘야지. 그리고 언젠가 상금을 모아 시내에 구둣가게를 내주겠다고 말해야지. 근팔은 추위에 무뎌진 손에 입김을 불며 생각했다. 신발 앞코로 언 땅을 툭툭 치며 아버지가 나오기를 기다렸다.

그러나 한참을 기다려도 아버지가 나오지 않았다. 얼마 뒤 정문의 셔터가 챙, 하고 올라가는 소리가 요란하게 들려왔다. 혹시 아버지가 정문으로 나가버려 길이 엇갈리면 어쩌나, 걱정이 들었다.

기다리다 못한 근팔은 슬그머니 문을 열었다. 혹시나 남의 일터에 불청객이 온 게 들키면 아버지가 곤란할까, 좁은 문틈에 바짝 몸을 붙이고 그 안의 세상을 몰래 엿봤다.

윤이 나게 닦인 대리석 바닥 위로 더러운 신발 하나가 분주히 움직이고 있었다.

아버지는 구두를 수거하는 게 아니라 난로 위에 올려진 주전자를 들어 물을 따르고 있었다. 이윽고 아버지는 허겁지겁 달려가 물이 담긴 컵을 지점장에게 내밀었다. 필요 이상으로 공손한 자세는 아버지를 주눅 든 사람처럼 보이게 했다. 지점장은 컵에 입을 가져가자마자 곧장 소리를 질렀다.

"앗, 뜨거워!"

아버지는 죄지은 사람처럼 두 손을 모으고 고개를 조아렸다. 그리고 다시 물을 떠 오려 손을 뻗었다. 그러나 지점장은 아버지에게 컵을 건네다 말고 물컵을 기울였다. 뜨거운 물이 아버지의 팔에 쏟아졌다. 아버지는 소스라치게 놀랐으나 놀라는 것조차 폐가 될까 아무 소리도 내질 못했다.

"어때, 뜨겁지?"

지점장은 뭐가 재밌는지 낄낄거렸다. 그러고는 자기 구두 한쪽을 벗었다. 아버지는 구두를 받으려 허리를 굽혀 두 손을 내밀었다. 발개진 팔이 옅게 떨렸다. 하지만 지점장은 구두를 주기는커녕 구두 밑창으로 아버지의 어깨를 툭툭 치며 말했다.

"물부터 다시! 마실 수 있는 온도로 떠와."

근팔은 그제야 알았다. 자기 손에 든 트로피를 위해, 아버지는 저런 인간들의 무자비한 펀치를 생으로 받아내 왔다는 걸. 일평생 샌드백으로 살아왔다는 걸. 근팔은 트로피를 집어 던졌고, 벽 안에 가둬지는 그 지독한 세상으로 제 몸도 던졌다.

그러고는 기억이 나질 않는다. 아버지가 절규하듯 근팔아, 근팔아, 부르는 소리에 정신을 차렸을 때, 지점장은 이미 피투성이가 돼 바닥을 기고 있었다.

그날, 지점장은 아프기도 아팠을 테지만, 무엇보다 직원들 보기 쪽팔렸는지 일찍 조퇴했다. 제 가족에게 설명하기도 껄끄러워 애인 집으로 먼저 향했다. 그는 그때까진 꼴이 엉망이었어도 멀쩡했다. 절뚝거려도 제 발로 걸어가기까지 했다. 하지만 몇 시간 뒤, 그는 송장으로 발견됐다. 사인은 외상성 뇌출혈 및 뇌부종이었다.

***

"세상에, 괜찮으세요?"

오랜만에 카페를 찾은 김 여사는 깁스한 만영을 보고는 제 팔이 부러진 것처럼 걱정했다. 만영은 귀찮다는 듯 팔을 휘저으며 고개를 돌렸다.

만영은 준섭과 싸운 이후로 화원에 발길을 끊었다. 마음 정리에 돌입한 것이다. 하지만 오랜만에 김 여사와 마주하자 그의 가슴은 또다시 너울거렸다.

"백 화백님은요?"

"그 사람 화백 아닌디."

김 여사가 준섭부터 찾자 만영은 입을 삐죽였다. 연적을 눈에서 치워버렸다고, 마음 정리를 하고 있다고 해서 질투가 사라진 건 아니었다.

석재는 불퉁스럽게 나오는 만영을 보며 계산대를 손바닥으로 탁 내리쳤다. 그에게 대놓고 보내는 경고의 의미였다.

"흥! 여시 같은 마누라랑 토깽이 같은 딸내미랑 줄줄이 땅콩 같은 손주들 데리고 가족여행 갔다네요. 갔다니까 갔는갑따 해야제."

만영은 제 마음도 몰라주는 김 여사가 얄미웠다. 그래서 그녀의 속을 긁으려고 일부러 준섭이 유부남인 걸 강조하며 너스레를 떨었다. 하지만 예상과 달리 김 여사의 반응은 평온, 그 자체였다.

"잘됐네요!"

"잘될 일은 또 뭐여?"

만영이 코웃음 치며 쏘아붙였다.

"아, 제가 저번에 사진 드리면서 백 화백님께 그림을 하나 부탁드렸거든요. 여행 중이시면 아직 작업 전일 것 같아서요. 추가로 드릴 부탁이 생겼거든요."

"전화를 해보쇼! 김 여사 전화는 받겠지라?"

"전화번호 몰라요."

그 말에 만영은 또다시 코웃음을 팽, 하고 쳤다.

"쳇, 그래서 편지로 애틋한 대화를 이어 나가브요?"

"네?"

김 여사는 만영이 하는 말을 도통 이해할 수 없었다. 전에 봤을 때와 확연히 달라진 태도를 보여 당혹스럽기도 했다. 김 여사는 혹시나 하는 마음에 걱정스레 물었다.

"혹시 머리도 같이 다치신 건 아니죠?"

"걱정하지 마쇼. 멀쩡한께요!"

김 여사는 다행이라는 듯 안도의 한숨을 내쉬었다.

"……."

둘 사이에 잠시 어색한 침묵이 흘렀다. 김 여사가 무언가 할 말이 있는 듯했다. 그녀는 만영의 눈치를 살피며 조금 주저하는 기색이었다. 그러다 결심한 듯 그를 똑바로 바라보며 이렇게 말했다.

"만영 씨, 팔 나으시면 저랑 꽃 시장 안 가실래요?"

그러고는 창피한지 두 손으로 자기 얼굴을 감쌌다. 만영은 그 행동이 심상치 않아 보였다. '만영 씨'라는 호칭도 그러했다. 이 여자가 보기와 달리 보통 요물이 아니구나 싶었다. 이 요물 덕분에 자신은 팔은 금이 가고, 눈퉁이는 밤탱이가 된 데다 동료들에게는 눈총을, 연주에게는 구박까지 받았다. 요즘 체면이 말이 아닌 게 다 이 여자 때문이라고 만영은 생각했다.

"꽃 시장이야 뭐 가자믄 갑니다만. 얼마 전에 백 씨한테 러브레터 주드만 오늘은 왜 나한테 가자고 헙니까? 내가 다 봤거든요."

만영은 잔뜩 볼멘소리로 투덜거렸다. 그러자 김 여사의 손이 까꿍, 하듯 열리며 당황해하는 얼굴이 드러났다.

"제가 러브레터를 줬다고요? 누구한테요?"

"아따, 시치미도 잘 떼브네. 내가 싹 다봤구만!"

"그…… 그럼 부탁할 때 준 사진, 말씀하시나요?"

"뭐든! 김 여사, 백 씨한테 관심 있잖요. 허구한 날 둘이 붙어가꼬 속닥속닥 해싸코. 근게 요즘 여그도 자주 오고, 뭐 그러는 거 아니어요?"

얼굴이 벌겋게 달아오른 김 여사는 커다란 눈망울 가득 원망을 담아 만영을 노려봤다.

"그 나이를 먹고도 어쩜 그렇게 눈치가 없어요? 꽃 시장 가자고 한 건 없었던 일로 해요!"

만영은 선글라스를 휙 벗고 김 여사를 빤히 쳐다봤다. 그는 둔하긴 했어도 숫제 바보는 아니었다. 김 여사의 말이 어떤 의미인지 어렵지 않게 깨달았다.

가슴이 먼저 요동쳤다. 입술이 저절로 실룩거렸다. 만영은 너무 기쁜 나머지 도리어 따지듯 말했다.

"나를 좋아했어요? 아따! 왜 인자사 말합니까! 돌아블겠네."

"어머! 만영 씨! 눈…… 눈이."

"지금 눈탱이가 문제가 아니에요."

만영은 함박웃음을 지으며 김 여사의 손을 감싸 쥐었다.

세상에 이렇게 기쁠 수가 없었다. 지금 그의 눈엔 창밖에 흩날리는 낙엽도 둘을 축복하는 색색의 종이 가루처럼 보였다. 새들의 지저귀는 소리는 사랑을 축복하는 노랫소리로 들렸고.

그러나 기쁨도 잠시, 만영의 얼굴에 어두운 기색이 스쳤다. 마음 한편에 드리운 죄책감이 그를 더욱 무겁게 짓눌렀다. 그 무게가 어마어마해서 온전히 사랑에 기뻐할 수가 없었다. 김 여사를 보며 미소 짓는 동안에도 사실 자신은 악당 중의 악당이 아닐까. 그런 악당이 이렇게 행복해도 되나 싶은 생각이 자꾸만 들었다.

자신은 더없이 아름다운 계절을 맞이했지만, 피터 팬을 잃은 카페 네버랜드는, 사람은 물론이고 물건조차 활기를 잃고 한겨울처럼 냉랭했으니 말이다.

***

준섭은 모텔 주차장에 다다라서야 뒤늦게 세차용품 몇 가지를 빠뜨리고 나온 걸 깨달았다. 몇 달 만에 나오다 보니 벌어진 실수였다. 준섭은 하는 수 없이 왜건을 끌고 다시 집으로 발길을 돌렸다.

카페 네버랜드의 손님이 많아진 뒤로 준섭은 한동안 세차 일을 하지 않았다. 피터 팬 업무에 집중하고 싶기도 했고, 카페에서 받는 월급 덕분에 금전적인 여유도 생겼으니까. 하지만 카페를 그만둔 지금 세차 일은 다시 그의 본업이 되고 말았다.

카페에서 도망친 뒤 모질게 연락을 끊었지만, 준섭은 사실 카페와 동료들이 자주 생각났다. 점심을 먹을 때마다 동료들은 어떻게 식사를 챙길지 궁금했으며, 자신이 정리해 보내준 레시피대로 특선메뉴는 잘 만들고 있을지 걱정도 됐다. 석재와 요양원에서 만난 뒤부터 그리움은 더더욱 커졌다.

준섭은 발걸음에 힘이 빠졌다. 이대로 집에 가면 뭘 하겠는가. 이제 아침 일찍 일어나지 않아도 되니 가서 늦잠이나 자자고 위안했지만, 전혀 위안이 되지 않았다. 시계를 보니 8시였다. 그는 왜건을 길가에 세우고 아내에게 전화를 걸어봤다. 아내는 통화음이 한참이나 울리고 나서야 전화를 받았다.

"거, 내가 한번 갈까?"

안부를 묻고 나서 준섭이 넌지시 말을 던졌다. 아내는 별안간 무슨 소리를 하냐는 듯 웃음을 터뜨렸다.

"아서요. 여기 오면 잠도 편히 못 잘 텐데. 3시간에 한 번씩 깨서 우유 먹여야지, 중간중간 기저귀 갈아줘야지. 그리고 당신 오면, 사위가 편하겠어? 고문이지. 나도 여태 어려워하는데 말 없는 장인까지 더해지면……. 몇 달만 참아요. 아기 통잠 자기 시작하면 돌아갈게. 무슨 일 있는 건 아니지?"

"외로워서."

준섭은 자기도 예상치 못한 말을 불쑥 던져버렸다.

"응? 당신 방금 뭐라고 했어?"

"아, 아니야."

준섭은 제멋대로 나온 말에 스스로 놀랐다. 그때 수화기 너머로 갓난쟁이의 우는 소리가 들려왔다. 아내가 말하던 수유 텀이 돌아온 건가, 아니면 기저귀 갈 시간? 그도 아니면, 할아버지가 할머니를 뺏어가려는 걸 눈치챈 걸까.

"애 우유 줘야 해서. 들어가요."

아내는 준섭이 대꾸하기도 전에 전화를 끊었다. 그는 끊긴 전화를 잠시 쳐다보다가 다시 터덜터덜 걸음을 옮겼다. 덜컹, 바닥의 팬 곳에 바퀴가 걸렸는지 왜건이 거칠게 덜그럭거렸다. 고장 난 자기 마음처럼. 예전의 그였다면 충격에 바퀴가 상했을까 멈춰 서서 확인했을 테지만, 그냥 걸었다. 지금은 모든 게 귀찮았다.

집 부근 골목 어귀에 다다랐을 무렵, 준섭은 웬 검은 그림자 하나가 자기 집 앞을 서성이는 걸 발견했다.

정신이 번쩍 들었다. 정체 모를 그림자는 이제 꿍지발까지 하고 마당 안을 들여다보려 애쓰고 있었다.

도둑이구나! 준섭은 상대가 눈치채지 못하게 살금살금 근처로 다가갔다. 그리고 혹시 도망갈 상황을 대비해 인상착의를 유심히 살폈다. 파출소에 신고할 때 범인을 특정할 수 있는 무언가가 필요할 테다.

상대는 특이하게도 한밤중에 선글라스를 끼고 있었다. 준섭은 다시 한번 그가 도둑임을 확신했다. 얼굴을 숨기려는 게 아니라면 이 밤에 선글라스가 웬 말인가. 도둑은 이제 대문이 열리는지 흔들어 확인하고 있었다. 철제 대문이 절그럭거리며 요란한 소리를 냈다. 그 소리에 동네 개들이 하나둘 짖어댔고, 도둑은 움찔하며 뒤로 물러났다.

준섭은 개들이 일으킨 소란을 틈타 그대로 도둑을 덮치려 했다. 그런데 도둑이 외투 사이로 무언가 감추고 있는 게 보였다. 흉기? 준섭은 한껏 부풀렸던 몸을 다시 숨겼다. 지금 자신에게 무기가 될 만한 건 왜건에 담긴 분사형 휠 청소액뿐이었다. 이대로 달려들기는 위험했다. 그는 도둑이 숨긴 게 무엇인지 보려 눈에 힘을 줬다. 그런데 자세히 보니 그건 흉기가 아니라 깁스한 팔이었다.

준섭은 그제야 도둑의 몸집이나 몸짓이 익숙하다는 걸 깨달았다. 그는 이내 도둑이 만영인 걸 알아차렸다. 하필 만영이라니, 도둑보다 더 끔찍했다.

준섭은 주차된 차 뒤로 몸을 구겨 넣고 만영을 노려봤다. 그는 준섭의 집 대문 앞에서 오줌마려운 강아지처럼 안절부절못했다. 무슨 일을 꾸며도 단단히 꾸미는구나 싶었다. 바로 그때, 마침내 결심한 듯 만영이 집 안으로 무언가를 휙 내던졌다. 그러고는 뒤도 돌아보지 않고 달음박질쳐 사라졌다.

"저…… 저 자식이!"

준섭은 만영이 사라지자 서둘러 집으로 들어갔다. 그날 싸운 걸로도 모자라 분풀이하러 온 거라 생각했다. 곧장 현관의 전등을 켜고 핸드폰 플래시를 들고는 마당을 샅샅이 살폈다. 그리고 발견했다. 분홍색의 네모난 봉투를. 분풀이라고 치기에는 너무 발랄한 색상이었다. 준섭은 조심스레 봉투를 뜯어 안에 든 편지를 꺼내 봤다.

만영이 김 여사에게 쓰려고 고이 아껴둔 분홍색 편지지에는 그의 마음이 고이 담겨 있었다. 사랑 고백은 아니었으나, 만영에겐 그에 못지않은 나름의 고백이 구구절절 적혀 있었다. 자신이 옹졸했으며, 그날의 행동은 순전히 질투 때문이었다는 내용이었다.

그리고 편지 말미에는 자신이 아는 건 아무한테도 말하지 않겠다는 약속과 함께 사과라고 보기 힘든 어설픈 사과의 글이 담겼다. 준섭에게 러브레터를 쓴 건, 결과적으로 김 여사가 아니라 만영인 셈이었다.

준섭은 마당에 선 채 몇 번이나 편지를 읽어 내려갔다. 중간중간 허탈한 웃음이 나왔고, 다 읽은 뒤에는 곱씹을수록 웃겨 한참을 낄낄댔다.

얼마 만에 웃어보는가. 그는 현관 앞 계단에 쪼그려 앉아 하늘을 올려다봤다. 구름 사이로 슬쩍 얼굴을 드러낸 달이 보였다. 보름달이 되기 전 살짝 찌그러진 달이 어쩐지 만영의 얼굴처럼 보여 또 준섭은 웃고 말았다.

피터 팬은 그렇게 자신의 찢어진 그림자 옷을 수선하고 다시 날아올랐다.

***

카페 바깥은 물론이고 내부까지 형형색색의 풍선으로 꾸며졌다.

온갖 풍선이 올망졸망 엮여 입구 앞에는 눈사람이 세워졌고, 창가 쪽에는 꽃이 피어났다. 얇은 고무와 공기만 있으면 천지창조도 문제없어 보였다. 예쁘고 신기한 건 좋았으나, 평소와는 다른 외관에 놀라 뒷걸음치는 손님도 있었다. 그럴 때마다 석재가 손님을 안심시키며 주문을 도왔다.

"무슨 행사가 있나 봐요?"

손님 하나가 주문하다 말고 두리번거리며 물었다.

"오후에 재롱잔치를 한답니다."

연말을 맞아 무지개 어린이집에서 여는 행사였다. 무지개 어린이집 재롱잔치는 작년까지만 해도 원내에서 학부모들만 불러 조촐하게 진행되던 행사였지만, 임기 동안 특별한 것 하나쯤은 해보고 싶던 운영위원장이 원장의 지원에 힘입어 일을 키워버렸다. 그리하여 최종적으로는 '미류동 어르신들과 함께하는 무지개 어린이집 꾸러기 발표회'가 카페 네버랜드에서 열리게 된 것이다.

연주는 사실 처음부터 난색을 보였다. 예전과 달리 지금은 이런 귀찮은 일에 매달리지 않아도 매출에 문제가 없었다. 요즘은 하루 매출만 해도 초창기 한 달 매출을 훌쩍 뛰어넘곤 했다.

"참새반은 뮤지컬을 할 생각이에요. 어르신들 때문에 친숙해서인지 아이들이 피터 팬 이야기로 하고 싶어 하거든요."

그러나 연주가 뭐라 말하기도 전에, 참새반 선생님의 말을 듣고는 노인들이 마음대로 허락해버렸다. 어찌나 흐뭇해하던지 아이들이 직접 그린 초대장을 미류동의 노인정과 노인회관에 주러 갈 때, 기복과 만영이 따라나서기도 했다. 노인과 아이들 사이에서 오작교 역할을 맡았다고나 할까.

처음에는 괜히 일을 벌이는 게 아닐까, 여기서 행사를 잘
치를 수 있을까 걱정하던 연주도 막상 오늘 야트막한 무대가
설치되고, 빔 프로젝터까지 쏘아대니 점차 기대가 됐다.

　다행히 기대하는 건 연주만이 아닌 모양이었다. 의상과 메
이크업까지 갖춘 아이들이 예행연습을 위해 중간중간 카페
에 들렀는데, 그 귀여운 모습에 관계없던 손님들까지 너나 할
것 없이 관객을 자청했다.

　시간이 다 돼 행사가 시작됐다. 학부모와 초대받은 미류동
어르신 그리고 기꺼이 자리를 채워준 손님들은 아이들의 귀
여운 재롱에 모두 껌뻑 넘어갔다. 다 함께 손뼉 치고 노래하
며 한바탕 어우러졌다. 연주는 카페 전체가 잘 보이는 구석에
서서 참새반 선생님이 주고 간 리플릿을 훑었다.

　"예전에는 부채춤이 하이라이트였는데……."

　무대 위에는 부채춤 대신 햇살반이 준비한 걸그룹 댄스 무
대가 한창이었다. 잠시 뒤, 경쾌한 음악이 끝나고 햇살반이
내려온 빈 무대를 익숙한 얼굴들이 채웠다.

　"한다! 한다!"

　다음은 참새반 아이들의 무대였다. 다 아는 사실을 만영은
호들갑스럽게 소리쳤다. 그 옆에 선 김 여사가 주책이라는 듯
만영의 어깨를 가볍게 쳤다. 곧 참새반 아이들이 준비한 뮤지
컬이 시작됐다.

피터 팬 속 등장인물로 완벽하게 분장한 아이들이 길게 늘어서 손을 잡고 노래했다. 그러다 후크 선장을 맡은 아이의 한쪽 콧수염이 자꾸 떨어졌고, 결국 아이는 울음을 터뜨렸다. 하지만 울면서도 할 건 다 했다. 그 천진함에 어른들은 박장대소했다.

참새반의 피터 팬은 아이들이 하는 뮤지컬인 만큼 원작과는 내용이 달랐다. 네버랜드에서 피터 팬과 후크 선장은 다투기도 했지만, 쓰레기를 함께 치우고 꽃을 심으면서 화해했다.

피터 팬은 후크에게 하늘을 나는 법을 알려줬고, 후크는 피터 팬에게 항해하는 법을 알려주며 서로를 도왔다. 두 사람은 친구가 돼 함께 네버랜드에서 신나는 모험을 계속했다. 이야기의 엔딩에는 피터 팬 역할을 맡은 아이가 한 달 이상 꾸준히 외워 온 대사를 읊조렸다.

"여러분도 저처럼 자기만의 네버랜드를 갖고 있나요? 괜히 신이 나고 자신감이 생기는 그런 곳이요. 꼭 장소가 아니어도 좋아요. 자신을 마음껏 사랑할 수 있는 여러분의 네버랜드를 꼭 찾으세요!"

박수가 터져 나왔다. 사랑이라는 단어가 귀에 꽂힌 만영과 김 여사는 서로를 바라봤다. 그들은 이미 마주 보는 눈에서 네버랜드를 발견한 것처럼 보였다. 그 옆에 앉아 있던 연주는 손뼉을 치는 대신 벌떡 일어났다. 공연에 감동해서가 아니었다. 그녀는 자리에 엉거주춤 서서 방금 받은 문자를 자세히 확인했다.

<이원시 정기 승진 및 전보 인사>
관련 내용은 시 홈페이지 고시/공고를 참조 바랍니다.

천장에 붙어 있던 커다란 풍선 하나가 갑자기 펑, 하고 소리 내며 터졌다.

12
안녕, 카페 네버랜드

어렸을 적 연주 옆집에 살던 아저씨는 거의 매일 술에 취해 있었다. 하지만 신이 아버지를 바꿀 기회를 줬다면 연주는 기꺼이 그와 아버지를 바꿨으리라. 그 아저씨는 알코올로 자기 몸을 상하게 했을 뿐, 적어도 남에게 피해를 끼치진 않았으니까.

오히려 아저씨는 연주에게 도움을 줬다. 그가 아파트 복도에 버려둔 빈 맥주병과 소주병은 연주에게 소소한 용돈벌이가 되곤 했다. 그녀는 그 병을 팔아 과자도 사 먹고 학급비도 내곤 했다.

하지만 아버지! 아버지야말로 가족들에게 해로운 존재였다. 그는 아내와 딸에게 자주 손해를 입혔다. 능력도 없으면서 남의 일이라면 발 벗고 나서길 좋아했다. 오지랖은 빈 병처럼 팔아 돈이 되는 것도 아닌데, 그걸 아무 데나 부려놓았다. 그러고 나면 고스란히 집안의 부채로 켜켜이 쌓여 갔다.

연주의 아버지인 한문세 씨에게는 개똥철학이 하나 있었다. 지구가 둥근 이유는, 그러니까 그 안에서 둥글게 살라는 심오한 우주의 뜻이 담겨 있기 때문이라는 것이다. 하등 약에 쓸 수도 없는 그 가르침 덕분에 연주도 한때는 둥근 시절을 보냈다. 친구를 될 수 있는 한 여럿 사귀었고, 그들과 동네 곳곳을 누비며 망아지처럼 뛰어놀았다. 시험 기간에는 필기한 노트도 빌려주고 공부도 함께했다. 누구보다 사회 친화적인 소녀였다.

하지만 연주는 성장하면 할수록 그 가르침에 의구심이 들었다. 연주의 눈에 아버지가 가르치고 또 맺는 관계는 하나같이 허접하기만 했기 때문이다. 아버지는 세상을 살아가는 방법에 대해 단 한 번이라도 고심한 적 있을까. 자신이 그렇듯 일련의 고민하는 과정을 치르고 나서야 아버지는 둥근 우주와 교류하는 걸까.

연주는 아버지가 한심했다. 아버지는 친구가 부르면 새벽에 자다가도 달려 나갔다. 친구의 불행 앞에서 기꺼이 자기 지갑을 열었다. 아니, 지갑뿐 아니라 친구를 위해 집문서까지 날려 먹는, 속 터지는 가장이었다.

하지만 그들은 어떠한가. 아버지의 친구들은 본인의 경사에는 절대로 아버지를 초대하지 않았다. 아버지는 그저 우환이 닥치면 가장 먼저 떠올리는 사람일 뿐이었다. 어린 자신이 봐도 빤히 보이는 걸 아버지만 보지 못한다고, 연주는 답답해했다.

그런 아버지를 둔 탓에 연주는 학창 시절 내내 제본한 참고서를 사용해야만 했다. 급식비 미납자 명단에 이름을 자주 올리기도 했다. 그뿐인가, 그녀의 엄마는 남편이 요술처럼 마구 빚어내는 손실을 메우기 위해 대학 인쇄소에서 쉬지 않고 일해야만 했다. 그래봤자 깨진 독에 물 붓기였지만. 아버지는 그 뒤로도 친구라고 부르는 이들에게 여러 번 사기당했다.

"걱정하지 마라! 김도식, 그놈만 잡으면 다시 제자리다."

김도식은 아버지에게 가장 큰 액수를 후려친 인간이었다. 아버지와는 초등학교 동창이었으며 한동네에서 자란 사이였다.

***

연주는 이번 인사 발령으로 바라던 6급으로 승진했으며, 민원인 대면 창구가 없는 시청 문화관광과의 팀장직을 꿰찼다. 연주의 소원성취 기틀이 돼준 카페 네버랜드는 민간 위탁업체에서 운영을 맡았다.

업체 선정은 공고를 내자마자 비교적 빨리 선정됐다. 선정된 업체는 취약계층을 대상으로 다양한 사업을 운영해온 '㈜요나단'이란 곳이었다.

요나단은 사회적기업으로 인증받았는데, 말 그대로 영리를 추구하면서 동시에 사회문제를 해결하려 노력하고, 공동체적 가치 실현을 추구하는 업체였다. 그 때문에 이원시로부터 높은 점수를 받았으며, 카페 네버랜드의 위탁업무를 진행하기에도 손색없었다.

모두가 만족스러운 결과를 얻었지만, 연주는 생각만큼 기쁘지는 않았다. 그저 승진 소식과 함께 들려온 김 팀장의 소문이 흥미로울 뿐이었다.

김 팀장은 연주가 같은 직급이 된 탓에 끙끙 앓다 드러누웠다고 한다. 그러고는 몸이 회복되지도 않았는데 온갖 공모사업 기획서를 쓰느라 밤을 지새운다고 했다. 근거 없는 소문이었으나 그러고 있는 김 팀장을 상상하는 것만으로도 연주는 통쾌했다. 자축의 의미로 소박하게나마 장바구니에 담아뒀던 원피스 몇 벌을 구매했다.

원피스가 배송되기를 기다리면서 연주는 새삼 한 가지를 깨달았다. 자신은 슬픔뿐만 아니라 기쁨을 나눌 사람마저 없다는 걸. 그래서 이렇게 기쁜 순간에도 마음이 뒤숭숭한가 싶었다. 기쁨은 나누면 두 배라던데…….

이번 정기 인사로 승급한 다른 이들은 SNS에 기념 여행을 다녀온 사진이나 샴페인을 터뜨리는 사진, 예쁜 꽃이 가득한 꽃바구니를 받은 사진을 올렸다. 그리고 그 옆에는 어김없이 가족이나 연인, 친구, 동료가 함께였다.

물론 연주에게도 축하를 해주는 사람들이 있긴 했다. 카페 네버랜드의 노인들. 그들은 연주의 승급을 제 일처럼 기뻐했다. 하지만 이별이 예정돼 있어선지 그들과는 온전히 기쁨을 나눌 수 없었다.

연주는 핸드폰을 꺼냈다. 그리고 연락처에 저장된 '아버지'라는 이름을 찾았다. 2년 가까이 왕래를 끊은 아버지. 승급 소식을 전할까……. 통화 버튼 위에 손가락을 올려두고 만지작거리다가 이내 관뒀다. 유일한 가족이었지만, 연주는 그간 아버지로부터 걸려온 전화 몇 번을 형식적으로 받았을 뿐, 제대로 연락을 주고받은 적이 없었다. 그러니 둘 사이에는 추억은 둘째치고, 전화를 걸어 나눌 일상적인 얘깃거리도 드물었다.

서류상으로는 가장 가깝지만, 실제로는 가장 먼 사람. 지구는 여전히 둥글고, 그 안에서 둥글게 사는 아버지는 분명 지금도 친구들과 함께일 것이다. 자식과 기쁨을 나눌 만한 여유가 그에게 남아 있긴 할까.

무슨 용기가 났는지, 연주는 아버지의 번호를 누르는 대신

조 군에게 전화를 걸었다. 연주는 적군과도 적당한 작별 인사는 필요하다고 생각했다. 이제 다시는 그와 마주할 일이 없더라도 그가 카페 네버랜드의 단골이었으며, 자신에게 도움이 된 건 부정할 수 없었다. 유종의 미! 연주는 한층 더 성숙한 인간으로 거듭난 듯 우쭐한 기분을 느끼며 통화 버튼을 눌렀다.

"여보세요, 저예요. 더는 맛없는 커피 안 마셔도 된다는 소식 전하려고요. 저 이제 시청으로 가게 됐거든요."

"이거 참……."

조 군은 말을 잇지 못했다. 연주는 그가 마치 아쉬워하는 것처럼 느껴졌다.

"위탁받은 업체가 제가 하던 일을 계속 이어 할 거예요. 어르신들은 모두 정규직으로 전환될 거고요."

수화기 너머에서는 드문드문 숨소리만 들릴 뿐, 돌아오는 말이 없었다. 연주는 조금 뻘쭘했지만, 그래도 준비한 말을 끝까지 꺼냈다.

"그럼 끊을게요."

연주가 조심스럽게 마지막 인사말을 내놓자 그제야 조 군이 입을 열었다.

"오늘도 술 마셨습니까?"

"술이요?"

연주는 영문을 몰라 되물었다.

"아니, 또 커피 타령하기에 묻는 겁니다."

조 군은 발음할 때 '또'를 특별히 강조해 말했다.

"……또?"

"그리고 승진 소식은 이미 들었어요. 문화관광과로 간다지요? 이제야 어르신들 이용해서 자기 실속 차리는 일에 손 떼겠네요. 그거야말로 잘된 일이고, 축하할 일이죠. 축하합니다!"

"뭐라고요?"

연주는 바로 후회했다. 그에게 뭘 바란 건가. 유종의 미? 헛꿈이었다. 단언컨대 그는 초지일관 재수 없는 종자였다. 하지만 이 순간 가장 화나는 건 그의 말이 틀린 말도 아니라는 거였다. 반박할 수 없었다. 그래도 평생 이용만 당하는 아버지처럼 사느니, 차라리 이용할 줄 아는 편이 백번 낫지. 연주는 생각했다.

"식탁은 오늘도 여전히 네모납니까?"

"예?"

연주는 그가 하는 말을 도통 이해할 수 없었다. 속으로 식탁, 네모, 식탁, 네모, 하며 되뇌어봤다. 그제야 기억 저편에서 꿈틀거리는 어느 날이 불쑥 고개를 들었다. 식탁, 네모, 식탁, 네모. 조각난 기억들이 그 낮의 시간을 소환했다. 맥주 네 캔, 만 원!

"하!"

연주는 소스라치게 놀라며 제 입을 틀어막았다. 그리고 황급히 전화를 끊었다.

***

연주가 중학생이었을 무렵, 친구들 사이에서는 종이학 접는 게 유행이었다. 천 마리를 접으면 소원이 이뤄진다는 속설 때문이었다. 또래 아이들은 짝사랑을 이루고자 손끝이 닳도록 종이학 접기에 열성이었다. 속설이든 미신이든 연주도 종이학을 접기로 했다. 아버지를 위해서였다. 순전히 아버지만을 위한 것이므로, 그녀는 그에게 재료비를 청구하기로 했다.

"아버지, 학종이 살 거니까 돈 좀 주세요."

부녀가 오랜만에 함께 집을 나서 가까운 동네 문구점으로 향했다. 돈만 줘도 되는데, 쓸데없이 따라붙었다. 그는 이따금 가족에게도 오지랖을 부렸다. 아버지는 학종이뿐 아니라 연필도 사고, 지우개도 사주겠다며 호기롭게 말했다.

연주는 걸어가는 내내 속으로 아버지를 흉봤다. 아버지는 학업에 필요한 준비물이 고작 연필과 지우개뿐인 줄만 아는 사람이었다. 당시 중학생들은 연필은커녕 볼펜도 손에 볼펜 똥이 묻어서 안 썼다. 그때 대세는 '사쿠라 젤펜'이었다.

"저…… 저 자식이!"

문구점에 거의 다 도착했을 때, 아버지는 길을 걷던 누군가를 발견하고는 소스라치게 놀랐다. 그러고는 다짜고짜 그를 향해 이단 옆차기를 날렸다. 발차기 한 방에 넙치처럼 바닥에 들러붙은 이는 화를 내기는커녕 아버지를 보고는 두 손을 비비며 싹싹 빌었다. 연주는 아버지의 외침을 생생히 들었다.

"김도식! 잡았다, 요놈!"

그 아저씨가 바로 김도식이었다. 아버지는 넙치의 멱살을 잡은 채 연주에게 말했다.

"연주야, 먼저 집에 가 있어."

종이학의 위력 때문이라 여겼다. 분명했다. 종이학을 접겠다는 다짐만으로도 아버지가 사기꾼 한 놈을 때려잡는 데 성공했다. 연주는 종이학의 미신에 심취했다. 이제 곧 아버지는 사기당한 금액을 돌려받고 올 것이다. 기념으로 색색의 사쿠라 젤펜을 사달라고 해야지.

연주는 집으로 돌아가며 휘파람을 불었다. 퇴근하고 돌아온 엄마에게도 기쁜 소식을 알렸다.

그러나 밤이 늦도록 아버지는 돌아오지 않았다. 하지만 연주는 걱정하지 않았다. 크리스마스이브 때처럼 들뜬 기분으로 잠자리에 들었다. 내일 아침에 눈을 뜨면 부자가 되진 못해도 가난을 조금은 털어내겠구나, 싶었다.

그러나 연주가 눈을 뜬 건 아침이 아닌 자정을 넘긴 밤이었다. 한참 잠이 든 그녀를 흔들어 깨운 건 밤늦게 집으로 돌아온 아버지였다. 옆집 아저씨처럼 잔뜩 술에 취해 있었다.

"연주야, 나와서 아빠 친구한테 인사해라. 아저씨가 너 준다고 갈비도 사 오셨다. LA갈비! 너 LA갈비 먹어봤냐?"

잠결이었으나 연주는 LA갈비 선물 세트를 확인하고 배시시 웃었다. 그러고는 사기꾼에게 순순히 자기 방을 비워주고, 오랜만에 엄마와 아버지 사이에 누워 잠을 청했다.

"들어보니까 그동안 연락 못 한 이유가 있었더라고. 내게 가져간 돈을 밑천 삼아 크게 일을 벌였나 봐. 그래서 큰돈을 벌었대! 도식이 저놈이 말이지, 경우가 있는 놈이야. 날 밝는 대로 은행 가서 빌려간 돈도 갚아주고 이자까지 쳐준대. 그리고 사업에 나도 끼워준다고 했어. 이제 다들 고생 끝이야. 거, 연주 엄마! 내일 아침에 도식이 먹이게 북엇국 좀 끓여놓고 나가."

아버지는 그 말을 끝으로 대차게 코를 골았다. 과거 학창 시절 합주부 출신이라던 아버지는 그걸 증명이라도 하듯 코로 트럼펫 소리를 냈다.

아침에 일어나 보니 김도식은 흔적도 없이 사라졌다. 엄마는 말없이 북엇국을 끓였고, 출근했다. 은행에 간 것 같다고, 아버지는 그의 부재를 애써 좋은 쪽으로 짐작했다.

연주는 아버지가 바보 같았다. 누가 은행에 가면서 선물한 LA갈비를 도로 들고 나가겠는가. 그녀는 무슨 일이 있어도 당장 종이학을 접기 시작해야겠다고 다짐했다. 등굣길에 문방구 들러 어제 못 산 학종이를 사기로 했다.

연주는 학교에 가기 전에 돼지 저금통부터 찾았다. 그동안 한 푼 두 푼 절약해 살찌운 돼지였다. 하지만 어디에도 보이질 않았다. 돼지가 발이 달렸나.

지각을 무릅쓰고 방안을 샅샅이 뒤졌으나 끝내 저금통은 찾지 못했다.

***

연주는 스무 살 때부터 줄곧 이원시에서 살았다. 그녀가 일찍이 고향을 나와 이원시에서 살게 된 건 아버지 때문이었다. 이원시와 고향은 차로 움직이면 4시간 정도 걸리는 데 있었다. 아버지와 왕래를 거부하기에 4시간이나 되는 거리는 꽤 괜찮은 핑계가 됐다.

엄마는 췌장암이었다. 엄마가 암 선고를 받았을 때 연주는 고등학교 2학년이었다. 병이 발견된 후 1년 가까이 입원해 치료했지만, 엄마는 끝내 낫지 못했다.

병마와 싸우며 보낸 1년은 우습게도 엄마에게 참 오랜만의

휴식이었다. 그녀는 그동안 생계를 책임지느라 휴일도 없이
일했다. 항상 남들보다 일찍 일어났고 늦게 잠자리에 들었다.

엄마의 병을 알고 나서 연주는 아버지에게 처음으로 대들
었다. 그들에게 닥친 모든 불행의 시발은 늘 아버지였다. 줄
곧 그를 원망해왔지만, 그래도 겉으로 드러내지 않고 안으로
삭혔다. 하지만 그때만큼은 그럴 수 없었다.

"난 아버지가 정말 쪽팔려요!"

아버지는 그 말을 듣고 불에 덴 듯 놀랐다. 집을 날렸을 때
보다 더 황망한 표정이었다.

엄마는 혹여 부녀 사이가 저 때문에 틀어지기라도 할까 봐
병상에서도 노심초사했다. 병을 돌보진 않고 딸에게 자기 남
편을 포장하기 바빴다.

"그렇게 선한 사람이 세상에 또 어디 있겠니. 정이 많아서
그래."

아픈 엄마가 하는 말에도 연주는 받아쳤다.

"그렇게 무책임한 사람이 세상에 내 아버지라니. 오지랖만
넓어서 그래."

엄마는 더 말하고 싶은 게 있는지 입술을 달싹였지만 결국
아무 말도 하지 않았다. 엄마는 그때 무슨 말을 하고 싶었던
걸까. 연주는 영영 들을 수 없었다.

그로부터 1년 뒤, 엄마 장례식장에 온 아버지 친구들은 몇

명 되질 않았다. 왔다가도 얼굴만 슥 비추고 갈 뿐이었다. 연주는 그때 확실히 깨달았다. 그들은 아버지의 슬픔에도 관심조차 없다는 걸. 그리고 아버지는, 하나뿐인 자식과 하나뿐인 아내에게 그러하다는 걸 말이다.

세상이 둥글고 그 안에서 둥글게 살 수 있을지는 몰라도, 관계라는 건 절대 둥글지 않았다.

장례식장에서 아버지는 코를 골며 잤다. 그는 빈소 한쪽에 모로 누워 슬픔보다 더 큰 졸음에 빠져 있었다. 연주는 아버지의 코를 세차게 틀어쥐었다. 그는 숨을 컥, 하고 쉬더니 놀란 듯 눈을 떴다.

"그냥 집에 가세요."

연주는 냉정하게 말했다. 아버지는 어이없어하며 자리에서 일어나 앉았다. 뒷머리를 손가락으로 빗질하고 입가에 흐른 침을 닦았다.

"무슨 자다 봉창 두드리는 소리냐! 상주가 빈소를 지켜야지 어디를 가?"

"살아 있을 때나 곁을 지켜주지 그랬어요. 죽은 다음에 지키면 뭐 해요!"

엄마는 쓸쓸하게 홀로 눈을 감았다. 하교 후 연주가 입원실에 왔을 때, 엄마는 다른 날에 비해 컨디션이 좋다고 했다. 이제 병이 나을 모양이라며 오랜만에 식판도 거의 비웠다고 자랑했다. 그러나 간병하기로 한 아버지는 곁에 없었다.

연주가 보기에 아버지는 남편 역할만큼이나 간병인 역할도 형편없었다. 그는 새벽부터 집을 나서더니 병원이 아니라 또 다른 곳으로 샌 모양이었다. 온종일 병원에는 코빼기도 비추지 않은 채.

"연주야, 아버지 지금쯤이면 집에 있을 거야. 어서 가서 저녁 챙겨 드려라."

엄마는 그때 연주에게 부탁했다. 그 말이 유언이 될 줄이야……. 부탁을 거절하고 집에 가지 않았다면 엄마의 마지막을 곁에서 지킬 수 있었을 것이다. 연주는 그 순간을 두고두고 후회했다.

집에 오고 얼마 지나지 않아 병원에서 연락이 왔다. 엄마가 돌아가셨다고, 가족분이 빨리 오셔야 한다고 했다. 연주는 엄마의 죽음을 믿을 수 없었고, 홀로 병원에 갈 자신도 없었다. 그녀는 애타는 심정으로 아버지를 찾았다. 그에게 여러 차례 전화를 걸고 또 걸었으나, 전화는 계속 꺼져 있었다.

빈소가 차려진 뒤에야 아버지는 병원에 나타났다. 머리끝부터 발끝까지 온통 흙투성이었다. 그는 황망한 표정으로 연주에게 말했다. 땅꾼 친구와 전라남도 보성의 어느 산에 다녀오는 길이라고. 그래서 오는 데도 한참 걸렸다고.

연주는 더 듣기 싫어 귀를 막았다. 그 친구가 아버지에게

뱀 잡는 일이라도 도와달라고 한 걸까. 그게 엄마보다 더 중요한 걸까. 왜 아버지에게 가족은 늘 뒷전일까.

장례를 치르는 사흘 동안 연주는 엄마를 떠나보낸 게 아니라, 아버지라는 존재를 제 안에서 깨끗이 지웠다. 그날부터 다짐했다. 절대 아버지처럼은 살지 말아야지. 그와는 정반대로, 정반대로만 살리라.

**

10년 넘게 공무원으로 일하며 이원시에서 지냈으나, 연주는 문화관광과에 온 뒤에야 비로소 알게 됐다. 이 도시 안에 의미 있는 유적지가 이렇게나 많이 존재한다는 사실을. 그리고 그런 이원시 전체를 박물관처럼 꾸며 관광객 유치에 박차를 가하겠다는 게 문화관광과의 목표였다.

미류동 주민센터 총무과와 문화관광과는 그 분위기나 일하는 방식이 사뭇 달랐다. 문화관광과의 과장은 직원들 모두가 밖으로 나가 발로 뛰길 바랐다. 그는 직원 누구도 사무실에 앉아 쉬는 꼴을 못 봤다. 무에서 유를 창조하기 위해서는 직접 보고 느끼며 깨달아야 한다고 입버릇처럼 말했다. 들을 때는 감명 깊었으나 실제로는 힘들었다. 그러나 로마에 오면 로마의 법을, 문화관광과에 와서는 이곳의 법을 따라야 했다.

외근은 곧 연주의 일상으로 자리를 잡았다. 그러나 외근은 단순히 외근에서 끝나지 않았다. 유를 창조해야 했다. 외근 다녀온 목적지의 사진을 첨부하고, 보고서 형태로 작성해 과장에게 제출해야만 했다. 향후 관광지 개발 가능성과 연계성을 담아 2,000자 이상 되는 분량을 채워서 말이다.

왜 이렇게까지 하나 싶었는데, 누군가 과장이 국문과 출신이라고 했다. 그의 지도교수가 과거 작문 과제를 내주던 방식을 고대로 자신들에게 적용한 거라 했다. 과장이 그때 받았던 스트레스를 이제 와 직원들에게 푸는 거라나.

하지만 연주는 과장이 국문과였든 아니든 상관없었다. 보고서 작성 자체에도 큰 어려움을 느끼지 않았으니까. 하지만 가끔 사진 찍는 걸 까먹어서 다시 그 장소에 다녀오는 건 조금 귀찮긴 했다.

"날씨 좋네."

드림아트관의 관장과 만나기로 한 약속 시간이 조금 남아 있었다.

연주는 잠시 운동장을 한 바퀴 돌며 간만에 봄볕을 만끽했다. 측면 주차장에는 노란 버스 두어 대와 차량 몇 대가 세워져 있었다. 관장이 일전에 시행 중이라고 말했던 '지역 연계 문화예술 프로그램'으로 온 차량인 모양이었다. 때마침 체험을 마친 아이들이 본관 건물에서 우르르 쏟아져 나왔다.

폐교를 활용해 작년에 세워진 이곳 드림아트관은 이원시의 소속 기관 중 하나였다. 10년 전 폐교된 초등학교를 이원시가 매입해 대대적인 수리를 했고, 문화예술 기관으로 탈바꿈시켰다. 오늘 연주는 분기별로 이루어지는 이원시 소속 문화예술 관련 기관 시찰을 위해 이곳에 와 있었다.

이렇게 이따금 외근을 나와 여유로운 시간을 보낼 때면, 연주는 카페 네버랜드에서 보냈던 나날들이 떠올랐다. 리저밍과 떠듬떠듬 중국어로 얘기 나누던 아침, 노인들과 함께 먹던 꿀맛 같은 점심, 깜짝 생일파티가 있던 너무나 따뜻했던 저녁…… 모든 게 그리웠다.

그들도 아직 이따금 자신을 생각할까. 연주는 곧 아닐 거라고 단정했다. 그 안에서 자신은 성과와 매출에만 급급해 늘 못된 시어머니처럼 굴었으니까.

"네버랜드 아줌마다!"

그때 익숙한 목소리가 들렸다. 연주는 고개를 들었다. 아이들 몇몇이 달려오더니 그녀를 에워쌌다. 이런 데서 만나리라고는 생각지도 못했던 얼굴이었다. 아이들은 그러니까, 이제는 한 살 더 먹어 나무반이 된 참새반 친구들이었다. 연주는 아이들이 어찌나 반갑던지 자신도 모르게 두 팔을 내밀었다.

"아줌마, 왜 네버랜드에는 없고 여기 있어요?"

"야, 아줌마 아니랬잖아. 언니야."

아이들은 호칭을 두고 자기네들끼리 티격태격했다. 무지개 어린이집에서 이곳으로 현장학습을 나온 모양이었다. 조금 떨어진 등나무 벤치에 나머지 아이들과 인솔 교사들이 보였다.

"나도 너희처럼 현장학습 나왔지."

"아, 그렇구나. 우리 안 보고 싶었어요? 우리는 보고 싶었는데."

"정말?"

보고 싶었다는 말에 연주는 저도 모르게 활짝 웃음을 터트렸다. 오랜만에 아이들의 재잘거리는 소리를 들으니 시간이 어떻게 지나는지 모를 정도였다.

아이들과 한참 웃고 떠들던 연주는 문득 곧 있을 약속이 떠올랐다. 손목에 찬 시계를 살폈다. 어느덧 약속 시간 가까워져 있었다. 카페 네버랜드에서 지내는 동안 아이들을 수없이 겪어봐 잘 알았다. 아무 생각없이 이야기를 받아주다가는 몇 시간이 순식간에 지나갔다. 연주는 아이들의 작은 등을 차례로 토닥여주며 인사했다.

"다음에 또 만나자."

그때였다.

"왜 다들 네버랜드를 떠나요?"

연주는 아이들을 등지고 돌아서려다 다시 고개를 돌렸다.

아이들은 아직 할 말이 많이 남은 듯 보였다. 목소리를 높이며 앞다투어 이상한 이야기를 했다.

"이제 똑딱 악어 할아버지도 떠날까요?"

"할아버지는 혼자 있어서 외롭겠다."

"그게 무슨 말이니?"

"여러분, 이쪽으로 오세요."

그때 인솔 교사가 인원 파악을 하다가 이쪽에 서 있는 아이들을 향해 손짓했다. 연주는 마음이 다급해졌다.

"좀 더 자세히……."

자세한 말은 들을 수 없었다. 나무반 아이들은 알 수 없는 이야기만 던져두고 우르르 등나무 벤치로 달려가 버렸다. 직접 풀어내야 하는 고약한 숙제처럼 몇 개의 물음표만 연주의 옆에 남아 있었다. 그냥 아이들이 하는 말인데, 하고 넘기기에는 어쩐지 꺼림칙했다.

"한 팀장님!"

돌아보니 어느새 관장이 본관 앞으로 나와 손을 흔들고 있었다.

연주는 관장과 아이들을 번갈아 바라봤다. 그녀는 이내 본관을 향해 걸어갔다. 신발에 모래가 들어갔는지 까슬거렸고 불쾌한 느낌이 내내 연주를 괴롭혔다.

13
키오스크와 일인 시위

시간은 늘 하루를 내어주고, 또 내어준다. 그 반복의 틈 사이에 시간은 몸을 숨긴 채 지낸다. 그래서 사람들은 늘 그 흐름을 망각하고 만다. 연주도 카페 네버랜드로 향하는 내내 언제 이렇게 시간이 흘러버렸나, 생각했다.

그녀는 문화관광과로 자리를 옮긴 이후 카페에는 발길을 하지 않았다. 하지만 그 시간이 어느덧 3개월이나 지나버린 줄은 몰랐다. 새로 맡게 된 업무를 파악하고 익혀야 했고, 낯선 이들에게 적응도 해야 했다. 그러다 보니 눈코 뜰 새 없이 바빴던 것뿐이라고. 연주는 가는 내내 온갖 이유를 나열하며 스스로에게 변명했다.

한편으로는 분명한 이유가 있기도 했다. 민간 위탁업체에 대한 관리 감독은 이원시의 담당인데, 자신은 이원시 공무원이며 더욱이 카페 네버랜드의 이전 실무책임자가 아니던가. 자신이 카페에 드나드는 것만으로도 민간 위탁업체에서 불편을 느낄 수 있을 거라 생각했다.

하지만 사실 그보다 더 큰 이유는, 제 안에 사무친 감정 때문이었다. 노인들에 대한 마음 정리가 필요했다. 그녀는 거길 떠나오면서 한동안 형용 못 할 감정에 직면했다. 설마 정이라도 든 건가 싶어 덜컥 겁도 났다. 그 낯설고 어색한 감정을 외면하기 위해 얼마간 시간이 필요했다.

다행히 이제는 어색하기만 했던 '팀장'이라는 직책에도 어느덧 익숙해졌고, 업무에도 여유가 생겼다. 그리고 마음 정리도 얼추 끝났다. 연주는 무지개 어린이집 아이들이 남겨준 물음표도 지울 겸, 외근을 마치고 돌아가는 길에 카페 네버랜드에 들러 팀원들에게 줄 음료를 포장하기로 했다.

카페 앞에 도착한 연주를 가장 먼저 맞이한 건 대망 할배의 상담지였다. 유리창에 빼곡하게 붙은 상담지를 보며 연주는 안도감이 들었다. 그녀는 가게에 들어가기 전 잠시 밖을 살피며 어떤 손님의 고민과 위로 처방을 읽어 내려갔다. 그중 한 상담지에 눈길이 갔다.

TO. 대망 할배!

전 잘하는 게 없습니다. 앞으로 뭐 먹고 살까요?

저도 실은 잘하는 게 하나도 없습니다. 하지만 내일모레 여든을 앞두고 새로운 사실을 알았습니다. 그저 누구든 '처음부터' 잘할 수 있는 게 없을 뿐이라는 것! 당신은 하나의 우주예요. 그 우주는 무한한 잠재력을 지니고 있지요. 삶을 한계 짓고 가능성을 단정하기 이전에, 당신의 우주를 먼저 들여다보고 이해하려 노력해보세요. 구체적인 목표를 세우고 시간과 노력을 투자하는 거예요. 당신의 우주를 위해! 그리고 제 생각에는, 밥과 약간의 반찬을 먹고 살면 될 것 같습니다.

특유의 썰렁한 유머에 연주는 웃음을 터뜨렸다.

대망 할배의 상담은 여전히 명쾌했으며 노련했다. 노인들은 변함없이 자신의 임무를 수행하며 잘 지내고 있는 듯했다. 묘한 자부심과 뿌듯함이 뒤섞여 그녀의 가슴 안으로 쏟아졌다. 그러다 상담지 사이로 가게 내부가 눈에 들어왔다.

"응⋯⋯?"

연주는 꿈에서 막 깨어난 사람처럼 어리둥절했다. 제가 본 것을 믿기 힘들어 잠시 심각해졌다. 연주는 뒤로 몇 걸음 물러서 간판을 확인했다.

카페 네버랜드.

분명 맞는데, 하고 작게 중얼거렸다. 물론 변화를 어느 정도 예상은 했다. 이전의 카페 네버랜드는 어디까지나 연주의 취향이 고스란히 반영된 공간이었다. 요나단의 취향에 맞춰 부분적으로 달라지는 건 당연했다. 하지만 이건 변화가 아니라 변신에 가까웠다. 연주는 출입문을 힘껏 밀고 안으로 들어섰다.

내부 인테리어를 전부 새로 한 모양이었다. 맛이 아니라 멋으로 SNS에 유명해진 카페 느낌이 물씬 풍겼다. 노인들은 보이지 않았고, 한쪽 벽면에 설치된 넉 대의 고가 브랜드 PC가 눈길을 사로잡았다. 한 대는 이미 손님이 사용 중이었다.

그녀가 심혈을 기울였던 네버랜드의 콘셉트 그림은 바이올렛 벽지가 덮어버렸다. 덕분에 내부는 한층 우아해졌지만, 그 상승한 품격만큼 연주는 서운해졌다. 이럴 거면 상호도 고상하게 바꾸시지, 하고 그녀는 속으로 빈정댔다. 벽면에 걸려 뒀던 추억 가득한 단체 사진도 자취를 감췄다.

그뿐만이 아니었다. 손님이 올 때마다 노인들이 입 맞춰 하던 정겨운 인사말도 더는 들리지 않았다.

'어서 오세요! 꿈과 사랑의 카페 네버랜드입니다.'

팅커벨의 계산대 자리에는 이전과는 차원이 다른 대형 쇼

케이스가 놓여 있었다. 그 안에 진열된 샌드위치, 허니브레드, 케이크, 쿠키 따위의 모형 음식이 눈에 들어왔다. 외형만큼이나 판매하는 메뉴도 달라져 있었다. 가장 충격적인 건, 정면에 나란히 설치된 두 대의 키오스크였다.

연주는 귓불이 뜨거워지며 이마 중앙이 뻐근해지는 걸 느꼈다. 네버랜드의 그 어디에도 이전의 모습은 남아 있지 않았다. 피터 팬, 팅커벨, 후크 선장, 똑딱 악어의 흔적도 전혀 눈에 들어오지 않았다. 이쯤 되자 심장이 터질 듯이 요동쳤다.

그때, 주방에서 앳된 여자 하나가 고개를 쓱 내밀고 연주를 쳐다봤다. 주문받을 생각은 않고 제 손에 든 핸드폰으로 시선을 가져갔다. 그러면서 슬쩍 이렇게 말했다.

"키오스크 이용해주세요."

그 어조에 담긴 의미를 연주는 잘 알았다. 기계 문명의 흐름에 적응하지 못하는 귀찮은 손님은 질색이라는 투였다.

"저기요. 여기 계시던……."

연주가 말을 채 끝나기도 전에 여자는 키오스크를 가리키며 건성으로 말했다.

"주문은 키오스크로 하시라고요."

연주는 키오스크 앞으로 바짝 다가갔다. 여자에게 좀 더 밀착해 자신이 진짜 원하는 주문을 하기 위해서였다.

"여기서 일하던 선생님들은 어디 계세요?"

상대는 키오스크 사이로 어깨만 한 번 으쓱해 보였다. 사실 마음 같아서는 이렇게 묻고 싶었다.

'넌 대체 누구냐!'

그때였다. 개미 같은 목소리로 누군가 한 주무관, 한 주무관, 하고 부르는 게 아닌가. 이제는 추억이 된 그 직책! 연주는 획 뒤돌아봤다. 거기 기복이 서 있었다. 그는 목소리만큼이나 비쩍 말라 있었다.

"선생님!"

반가워하는 연주와 달리 기복은 침울해 보였다. 마치 올 게 왔구나, 하는 맥 빠진 표정이었다. 그런데 그의 시선은 주방에 서 있는 여자를 계속 의식하고 있었다. 눈치라도 살피는 것처럼 주눅이 든 채. 그러느라 정작 연주를 제대로 쳐다보지도 못했다.

연주는 카페로 오는 내내 노인들과의 재회를 머릿속으로 그려봤다. 그러나 수많은 장면 중 이처럼 거북하고 부자연스러운 그림은 없었다. 마치 오면 안 되는 곳에 와서 그들의 일상을 방해하는 듯한 기분마저 들었다.

기복은 연주에게 이쪽으로 오라는 손짓을 했다. 사무실로 들어가자는 뜻이었다. 연주는 마음에 이는 조바심을 참지 못하고 그의 뒤통수에 대고 물었다. 기복뿐만 아니라 홀에 있는 사람이라면 누구나 듣고도 남을 만큼 큰 목소리였다.

"다른 선생님들은요? 모두 어디 나가셨어요?"

돌아오는 대답이 없었다. 기복은 그저 연주의 손을 가만히 쥐고 사무실로 이끌었다. 문이 닫히자 기복이 연신 바깥의 눈치를 보며 말했다.

"없어요. 모두 떠났어요."

"떠나다니요, 왜요? 해고당한 거예요?"

연주는 당황해 해고라는 말을 꺼냈지만, 그건 말도 안 되는 소리였다. 계약상 요나단은 함부로 노인들을 해고할 수 없었다. 연주는 준섭과 만영의 사고 때처럼 큰일이 생겼던 게 아닌가 짐작했지만, 기복은 침울하게 고개를 저었다.

"아뇨……. 하지만 그런 거나 마찬가지예요."

평생을 '해고'라는 단어와 함께했던 기복은 이번만큼은 기적처럼 홀로 살아남았다. 옛것이라고는 찾아볼 수 없는 이 새것의 공간에서. 하지만 그에게 생존은 참혹한 경험이었다. 마흔아홉 번의 해고를 모두 더해도 이번보다 더 슬프고 비참할까.

그는 마주 앉은 연주의 눈을 보자 울컥, 그 억울의 감정을 토해내고 싶었다. 누구에게도 말할 수 없던 비참한 감정들을.

"날 이해해 줘요. 일하고 싶어 남았습니다. 비겁하지만 나 혼자만 이렇게 남았어요."

기복은 울먹였다.

"그게…… 무슨 말씀이세요?"

연주는 이런 일이 가당키나 한 건지 제 머릿속의 회로를 총동원해 이해해보려 했지만 쉽지 않았다.

"나만 남았어요, 나만."

"어쩌다가요?"

"……평생 한 번쯤은 가지고 싶은 걸 가질 수도 있지 않소. 늘 욕심냈던 걸 말입니다. 기적처럼. 이건 하나님이 주신 기적이에요. 아니지, 아닙니다. 기적이라면 하루하루가 이렇게 비극보다 애달플 수는 없지요. 하나님, 얼마나 더 견딜 수 있을지 자신은 없으나 이번은 싫습니다. 더는 싫단 말입니다."

기복은 연주에게 대답해주는 게 아니라 신에게 기도문을 바치듯 천장을 올려다보며 말했다. 그는 인생과 오래된 사투를 벌였고, 결국 승리했다. 하지만 그는 기진맥진한 상태로 인생 앞에 무릎 꿇은 채 울고 있었다. 승자이기보다 패자에 가까워 보였다. 연주는 생각을 멈추고, 자리에서 벌떡 일어났다.

"송 과장님 만나서 이야기해볼 테니 걱정하지 마세요. 제가 해결할게요."

기복은 '송 과장', '해결' 정도의 단어만 정확하게 들었다. 그리고 나머지는 연주의 표정을 보고 대충 이해했다. 그는 연주의 손을 붙들었다. 그리고 눈물에 뒤범벅된 얼굴을 양옆으로 흔들었다.

"소용없어요."

소용없다니, 연주는 그 의미를 알 길이 없었다. 대체 그동안 그들에게 무슨 일이 있었던 걸까. 답답한 마음에 주먹으로 가슴을 두어 번 내리쳤다.

그때 사무실 문이 벌컥 열렸다. 주방에 있던 여자가 노크도 없이 안으로 들어왔다. 여자는 기복에게 종이 몇 장을 들이밀었다. 고민 상담지였다.

"할아버지, 이거나 빨리 쓰세요."

그러더니 여자는 연주를 빤히 쳐다봤다. 어금니로 껌을 잘근잘근 씹으며 못마땅한 표정으로 말했다.

"여기 직원 외 출입 금지인데."

연주는 기가 막혔다.

"저 여기 실무책임자였어요."

"그래서요?"

"뭐요?"

"그래서요? 지금은 아니잖아요!"

기복은 읽던 상담지 몇 장을 손에 든 채 자리에서 일어났다. 또다시 눈치를 살피며 연주의 등을 떠밀다시피 했다.

"한 주무관, 가요. 날 봐서 그냥 가요."

연주는 기복의 억지 배웅을 받으며 카페 앞에 주차해둔 차에 올랐다. 카페를 벗어나자 새삼 자신의 꼴이 우스웠다. 좀 전에 여자가 했던 말이 귓가를 울렸다.

'지금은 아니잖아요.'

여자의 말이 맞았다. 지금은 카페 네버랜드에서 그 무엇도 아니다. 한 주무관도 아니고, 더욱이 카페 네버랜드의 실무책임자도 아니다. 연주는 그와 동시에 자신의 상황을 상기했다. 자신이 외근 중이었다는 것, 문화관광과 팀원들에게 원하는 음료를 사다 주겠다고 메뉴를 물어본 것 따위를.

연주는 숨을 고르며 복잡한 머릿속을 정리했다. 노인 중 그 누구도 자신에게 도움을 요청하지 않았다. 방금 만난 기복조차도 말이다. 그런데 자신은 왜 이토록 참견하려는 걸까. 대체 무엇을 걱정하고 무엇에 분노하느냐 말이다. 그들의 몫으로 이 정도의 감정을 할애했으면, 도리는 충분히 한 게 아닌가. 괜히 의리의 여전사라도 되고 싶은 걸까. 아버지처럼? 아버지 얼굴이 떠오르자 연주는 고개를 내저었다. 처음 계획대로 음료만 사서 시청으로 돌아가자, 몰랐던 것처럼 살면 될 일이다. 그저 남의 일이니까.

연주는 차에서 내려 카페 네버랜드 안으로 다시 들어갔다. 그러고는 정말 아무 일도 없었다는 듯 키오스크 앞에 섰다. 여자는 연주를 보더니 흠칫 놀라는 기색이었다. 연주는 음료 메뉴 버튼을 꾹꾹 눌렀다. 그러다 여자가 입은 앞치마가 눈에 들어왔다. 낯익은 앞치마의 가슴팍에 '웬디'라고 수놓아져 있었다.

웬디! 오래된 가시 하나가 연주의 심장을 관통했다. 곪아 있던 루리에 대한 죄책감이 걷잡을 수 없이 고름처럼 흘러나왔다. 더는 참을 수 없었다. 아니, 더는 모른 척해서는 안 됐다. 연주는 가게 밖으로 뛰어나가 곧장 건널목을 건넜다.

여자는 연주의 뒷모습을 바라보며 손가락을 머리 옆에 대고 빙글빙글 돌렸다. 어금니의 껌을 또다시 잘근잘근 씹어대며 또, 라, 이, 하고 발음했다. 여자의 그 말이 마법처럼 연주의 뒤를 따라나섰다.

***

주차장을 막 빠져나가려던 송 과장은 연주를 발견했다.

어울리지 않게 전력 질주로 달려오는 꼴을 보니 약간 우습기도 해 일부러 운전석 창문을 열고 팔을 괸 채 그녀를 구경했다.

그러면서 송 과장은 속으로 신세 한탄을 했다. 자신은 왜 이리도 부하직원 복이 없나. 자신이 윗사람 섬기는 모습의 반이라도 보고 배우면 좋으련만. 입 안이 씁쓸했다.

과장들은 한 달에 한 번 정기적으로 모여 친목을 다졌다. 서로 살펴주고 북돋아주는 모임 같지만 이면엔 다른 것도 많았다. 사람들 입에 오르내리기 참 좋은 직업이 바로 공무원이었다. 특히 과장급 이상 되면 사사로운 행동 하나도 비난의 대상이 되곤 했다. 그러므로 친목이라 해봐야 간단하게 볼링이나 족구를 한판 하고 가림막 있는 공간에서 백숙이나 오리탕을 시켜 술을 마시는 정도였다. 그때마다 과장들은 자신들의 부하직원에 대한 평가, 요즘 이원시의 가십 등을 농담 따먹기처럼 나눴다.

그날 처음 운을 띄운 건 도로건설과의 윤 과장이었다. 그는 얼마 전 팀장으로 승진한 자기 부하직원 이야기를 꺼냈다. 물론 실은 제 자랑이었다.

"어찌나 감사하다고 인사를 해대는지. 됐다고 하는데도……."

마치 자식 자랑처럼 다른 과장들도 앞다퉈 제 부하직원 이야기를 앞세웠다. 하지만 송 과장만큼은 조용히 백숙 위 부추만 젓가락으로 건져 먹었다. 그러면서 문득 연주가 괘씸해졌다. 연주야말로 30대 초반에 일찌감치 팀장으로 승진한, 그야말로 상사 잘 만난 덕에 복 받은 표본 아닌가. 그래 놓고는 어떻게 했더라.

"안녕히 계세요."

부서를 옮기는 날 겨우 이 한마디가 전부였다. 다른 과장들의 부하직원은 시키지 않아도 알아서들 잘하는데! 송 과장은 생각했다. 어버이의 은혜를 기리는 어버이날, 스승의 은혜를 기리는 스승의 날처럼 상사의 은혜를 기리는 날도 필요하다. 연주 같은 애들 때문이라도 '상사의 날'을 대놓고 지정해야 한다고 말이다.

"송 과장님!"

주민센터 건물로 들어가려던 연주는 뒤늦게 그의 차를 발견했다. 그녀는 손을 번쩍 들고 주차장으로 방향을 틀어 달려왔다.

송 과장은 순간 기대했다. 시간이 좀 지나긴 했어도 쟤가 정신을 차리고 예를 다하려고 날 찾아왔구나. 다음 친목 모임에서는 자신도 부하직원들에게 얼마나 존경받고 있는지 보여줄 수 있겠구나. 송 과장은 입꼬리가 실룩거렸다.

"한 팀장, 넘어지겠어. 천천히 와."

송 과장은 창문 밖으로 손을 흔들며 연주를 염려했다.

운전석 옆에 선 연주는 허리를 숙이고 한참 동안 숨을 골랐다. 누가 봐도 운동 부족이었다. 그녀는 폐에 적당히 숨을 채우더니, 도끼눈을 하고 쏘아봤다.

"도대체 이게 다 뭐예요?"

감사 인사치고는 너무 두서가 없는데……. 잠깐 의아해하던 송 과장은 이내 연주의 빈손을 보고 자신이 착각했음을 깨달았다. 그러면 그렇지, 쩔피노한테 뭘 바라나, 바라는 내가 병신이지. 송 과장은 입맛만 다셨다.

"뭐가 뭐야? 빨리 말해, 나 바빠."

"카페 네버랜드 어르신들요!"

연주는 그 자리에 선 채로 카페 네버랜드 일을 따지듯 물었다. 송 과장은 창문 밖으로 상체를 내밀다시피 하며 언성을 높였다.

"야, 너 감사 선물은 못 사 올망정 나한테 따지러 왔냐?"

"과장님, 이건 말이 안 되잖아요."

"말이 되든 안 되든. 너 이제 문화관광과야! 남의 과 일에 이래라저래라하지 말고 가서 네 일이나 잘해. 갑자기 무슨 바람이 불어서 이러는 거야?"

"과장님!"

"너 팀장 달더니 정신이 돌았니?"

"송태규 과장님!"

"그래, 나 과장이다. 넌 주무관에서 팀장 됐지. 나는 국장을 달았냐, 동장을 달았냐? 덕은 지가 가장 많이 봐놓고 인제 와서 난리야!"

연주는 말문이 막혔다. 송 과장은 이야기하면 할수록 화가 오르는지 점점 말이 거칠어졌다.

"노인네들이 힘에 부쳐서 제 발로 그만둔 걸 내가 무슨 수로 말려! 위탁까지 한 상황에서! 가, 너희 동네로 빨리 가!"

"상황 직접 듣고 왔어요. 이건 해고나 다를 게 없잖아요!"

"그건 우리가 알 바 아니지."

송 과장은 더 얘기하기 싫다는 듯 고개를 절레절레 젓더니 운전석 창문을 올리려 했다. 연주는 올라가는 창문에 재빨리 두 손을 넣어 막았다.

"야, 너 손 빼! 이러다 손 잘려!"

"동장님도 알고 계세요?"

"알다마다."

대수롭지 않게 말하는 송 과장을 보고 있자니 연주는 속이 타들어 가는 기분이었다.

"이건 완전히 사기예요. 처음 약속과는 너무 다르잖아요."

송 과장은 사기라는 말에 눈을 희번덕이며 보조석 시트를 주먹으로 쳐댔다.

"어디서 그런 소리를 입에 올려? 그럼 네가 노인들이랑 거기서 평생 지지고 볶지! 왜 시청으로 기어 들어갔어?"

"계약직에서 정규직으로 전환해주고, 계속 카페 운영 지원한다고 약속하셨잖아요."

"했다니까! 싹 다 정규직 해줬어! 서류 보여줘? 근데 자기들이 그만뒀다고!"

송 과장은 화를 참지 못해 아이처럼 발까지 동동 굴렀다.

"그만두게 만든 거겠죠. 시행 조치 내려주세요."

"못 해! 너 지금 미류동 주민센터 감사하러 나왔니? 이럴 거면 진작 좀 챙기지. 다들 그만둔 지가 언제인데 인제 와서 뒷북이야?"

"요나단에 시행 조치 명령 내려주세요! 그게 힘들어요?"

"무슨 근거로? 요나단, 우리가 건들 수 있는 곳이 아니야. 암튼 그렇게 알고 그냥 가! 아니면 목마른 사람이 우물 판다고, 피켓 들고 일인 시위라도 하시든지."

송 과장은 그 말만 휙 내뱉고는 연주를 홀로 남겨둔 채 차를 몰고 가버렸다. 연주는 아무 말도 못 하고 주먹만 꼭 쥔 채 멀어져 가는 차를 바라봤다.

***

벽을 마주하고 누워 눈을 감았다. 그리고 떴다가 또다시 감았다.

연주는 끊임없이 어둠 속의 수를 세었다. 얼마나 세면 끝이 날까. 몸은 피곤했으나 머릿속에 가득한 생각으로 잠을 이루지 못하고 뒤척이기만 했다. 며칠째 불면증에 시달렸다. 벽에서는 스피커라도 달린 듯 기복에게 들었던 얘기가 재생돼 흘러나왔다.

"정규직 계약서를 쓰긴 썼어요. 근데 그걸 쓰자마자 컴퓨터 들이고. 키오…… 그 키…… 뭔가 하는 기계를 두 대나 들여왔어요. 이원시에서 지원받아서 샀다고 하던데. 손님이 직접 주문도 하고 계산도 하고, 그런대요."

"그런 일이 있는데 왜 저한테 연락하지 않으셨어요?"

"말 않기로 우리끼리 약속했어요."

약속. 평소에 그들은 사사로운 것 하나에도 서로 의견이 맞지 않아 티격태격했다. 그랬으면서 이번 일에는 왜 뜻을 모으고 약속했을까. 연주는 돌아누워 이불을 머리 위까지 뒤집어썼다.

"한 주무관 알면 괜히 속만 상한다고요. 그동안 우리 때문에 갖은 고생만 하다가 겨우 승진했는데 우리 늙은이들이 또 방해만 될까 봐……. 그래서 그랬습니다."

요나단 대표는 카페 운영의 효율화를 위해 전면 셀프화를 선언했다. 계산대가 사라진 뒤에도 석재는 근방을 서성였다. 1년 넘게 정붙여 서 있었던 0.5평의 바닥, 계산대를 사이에 두고 만나온 수많은 사람. 키오스크에서 주문하는 손님을 야속하게 바라보며 그는 시들어 갔다.

대표는 저급하다며 만영의 손에서 화투장을 빼앗아 휴지통에 처넣었다. 만영의 성격을 아는 동료들은 그에게 당부했다. 참아야 해요, 참아요. 그는 말없이 휴지통에서 화투장을 도로 주워 꺼내고 또 꺼냈다. 결국에는 화투패가 맞질 않았다.

시판되는 과실 청을 대량으로 구매해 채웠고, 이를 수제 청인 양 계속 판매하게 했다. 대표는 원가 절감을 위해서라고 했다. 이어 계산대부터 주방에 이르기까지 대형 쇼케이스를 설치해 메뉴를 전시했다. 점심 특선 메뉴는 냄새를 이유로 메뉴에서 없애버렸다. 노인들의 식사도 밖에서 해결하라고 지시했다. 식자재가 가득했던 냉동실이 반조리 냉동식품으로 가득해졌다. 그나마 이원림을 통해 유명해진 대망 할배 상담소는 명맥을 유지하는 장치로 내버려뒀다.

대표는 연로하신 몸에 무리가 갈 수도 있으니 가만히 앉아 쉬라고 했다. 편히 쉬기만 하라고. 그렇게 기복을 제외한 노인들은 한 달 가까이 아무 일도 하지 못했다. 아니, 못하게 했다. 그러는 동안 대표는 잡무조차 부담이 될 것 같단 핑계로 어린 여자 아르바이트생을 새로 데려왔다.

붙박인 애물단지 취급을 못 견디고 제일 먼저 팅커벨이, 이어 피터 팬이 사라졌다. 후크 선장도 더는 참지 못하고 네버랜드를 떠났다. 떠날 때마다 그들은 기복에게 신신당부했다. 화살에 맞은 이순신이 그랬던 것처럼.

나의 부재를 한 주무관에게 절대 들키지 마시오. 절대!

아침 출근 시간, 연주는 무슨 저주에 걸린 사람처럼 자신도 모르게 시청과는 정반대 방향으로 차를 몰았다. 카페 네버랜드를 향해.

잊어버리려고 노력할수록 머릿속이 온통 그들에 관한 생각으로 가득 찼다.

뒤늦게 알아채고 차를 돌렸지만 결국에는 지각했고, 그 뒤로도 일이 손에 잡히질 않아 실수를 반복했다. 보고서 빈칸을 채우는 일도 버거웠다. 그동안 굳건하게 지켜왔던 찔피노의 모범생활에 서서히 금이 가기 시작했다. 이대로라면 과장의 눈 밖에 나는 것도 시간문제였다.

연주는 결국 직접 요나단 대표를 만나야겠다고 생각했다. 노인들도 노인들이지만 자신을 위한 선택이었다.

연주는 외근을 다녀오겠다고 하고서 카페 네버랜드로 차를 몰았다. 자신의 직무에서 벗어난 일이긴 했으나 밖에서 처리하는 일이니, 외근은 분명했다. 카페의 아르바이트생은 연주를 보자마자 정말 미친 여자라도 본 듯 슬슬 피했다.

"이원시에서 민간 위탁업체 관리 감독 업무로 나왔습니다. 대표님 지금 어디 계시죠? 직접 만나야 할 것 같은데."

연주는 준비한 대로 거짓말을 했다. 그도 모자라 드라마에서 본 형사들의 억양까지 흉내 냈다. 거짓말이 이처럼 술술 흘러나올 줄이야. 자신도 몰랐던 다른 면에 새삼 놀랐다. 어린 아르바이트생은 거짓말에 겁을 집어먹곤 곧장 전화를 걸었다. 그리고 메모지 위에 주소와 전화번호를 적어 연주에게 건넸다. 주소에 적힌 곳은 카페 네버랜드에서 멀지 않은 곳에 소재한 빌딩이었다.

　미리 전화를 한 덕분인지 연주는 곧장 대표를 만날 수 있었다. 요나단의 대표라는 사람은 상상한 그 이상이었다. 그는 예의 있는 사람처럼 행동했으나 동작 하나하나에 거만함이 묻어났다. 정직한 것처럼 서류를 앞세웠으나 말씨 하나하나에 얼마나 불법에 도가 텄는지 엿볼 수 있었다.

　"전화로 하신 이야기 들었습니다. 오해를 안겨드려 심히 유감입니다. 하지만 보세요, 여기 서류를 잘 보시면……."

　대표가 내민 건 이원시가 작성한 카페 네버랜드 운영에 관한 관리·감독 확인서였다. 월 단위로 이루어진 서류에는 매출을 비롯한 각종 비용, 운영에 관한 내용이 상세히 나열돼 있었다. 이에 따른 이원시의 평가 점수도 매겨져 있었으며, 승인란에는 익숙한 서명도 떡하니 버티고 있었다. 송 과장의 서명이었다.

　"보시다시피 업무 평가도 몇 개월간 줄곧 만점만 받았습니다. 그런데 어째서 저희를 문제 삼으시는지 알 수가 없네요."

　"카페 네버랜드는 오롯이 그분들이 만들어 낸 공간이에요! 대표님, 그걸 가로채시면 안 되는 거잖아요."

　"한연주 팀장님, 그럼 팀장님은 지금 떳떳하신가요. 공무원이 공무원을 사칭하다니요?"

대표의 말에 연주가 움찔했다. 그는 어이가 없다는 듯 입꼬리를 비틀었다.

　"그러다가 큰일 치르세요. 문화관광과에서 민간 위탁업체 관리 감독 업무를 수행합니까? 아무 상관 없는 저희 요나단을요?"

　대표는 이미 연주에 대해 잘 알고 있는 듯 보였다. 연주가 대표에 대해 아는 것 이상으로.

　"제가 사업을 기획했고 실무책임자로 지난 기간 맡아왔던 일입니다."

　대표는 그 말에 갑자기 과장된 몸짓으로 손뼉을 쳤다. 기분 나쁜 미소까지 흘렸다.

　"업무에 대한 책임감, 높이 삽니다. 하지만요, 제가 팀장님한테 이런 서류를 공개할 의무가 없어요. 하지만 보여드렸습니다. 배려해드린 거죠. 그런데 다 보셔놓고 이렇게 이해가 부족하면 곤란합니다. 총인원의 1/3만 기존 근로자를 고용하면 된다고 위탁 계약서에 명시돼 있죠? 그런데 전 기존 근로자 전부를 고용했습니다. 정규직으로 전환도 해줬고요. 칭찬받아 마땅할 일이란 말입니다. 어디서 근거 없는 말을 듣고 와서 이러시는지…… 참 답답하고 안타깝네요."

　그때 대표로부터 연락받았는지 집무실 문을 열고 송 과장이 들어왔다. 그는 씩씩거리며 한 대 칠 기세로 연주에게 얼굴을 들이댔다.

"너 진짜 정신이 어떻게 됐냐?"

사실 연주도 지금 자신의 상태가 의심스럽긴 했다. 이럴 필요 없다고, 냉정하게 자신을 타이르기도 숱하게 했다. 하지만 난생처음 참을 수 없게 피가 끓었다. 일단 한 번 끓고 나니 쉽게 식질 않았다.

"일을 빼앗았잖아요!"

연주는 벌떡 일어나 소리 질렀다. 제 몸속에 어쩔 수 없이 흐르는 아버지, 한문세의 피가, 그 DNA가 고개를 드는 건가 싶었다. 송 과장은 파일철로 테이블을 내리치면서 소리쳤다.

"이게 미쳤나!"

요나단의 대표는 여전히 미소와 여유를 잃지 않고 우아하게 말했다.

"일을 빼앗은 게 아니라 본인들이 새로운 변화에 적응 못한 거죠."

"네버랜드에는 그분들이 꼭 있어야 해요. 그리고 그분들에게도 네버랜드가 꼭 있어야 하고요."

연주는 제 감정을 억누르고 애원하듯 대표에게 말했다. 먼저 그의 마음에 호소해야 했다. 매달리다시피 하는데 그가 갑자기 소리 내 웃었다.

"그건 말이죠, 한연주 팀장님의 네버랜드였을 때 이야기예요. 이젠 제 네버랜드입니다. 결이 달라요. 그리고 뭔가 크게 착각하나 본데, 우린 사회적기업이지 공익단체가 아니란 말이죠. 이익 창출도 중요하다고요. 서류상 아무 문제 없잖아요."

"서류만 문제없게 꾸미면, 있던 문제가 없던 게 되나요?"

"쪽팔리게 이게 무슨 오지랖이야? 뭘 어쩌겠다고? 아휴, 이제 그냥 네 마음대로 해라! 마음대로 해!"

송 과장이 비웃듯 말을 던지고는 획 하니 집무실을 나가버렸다. 오지랖? 연주는 제 아버지에게나 썼던 단어를 자신이 듣자 머리를 한 대 얻어맞은 기분이 들었다.

별 소득 없는 대면을 마치고 시청으로 돌아온 뒤, 늦은 오후가 되자 난데없이 치통과 편두통이 찾아들었다.

연주는 시청 인근의 치과에 다녀왔지만, 도무지 통증이 가시질 않아 조퇴해버렸다. 더불어 일주일의 연가까지 신청했다. 찬찬히 제 안을 들여다보며 생각을 정리하고 싶었다.

***

"한 팀장! 너 진짜 미쳤구나, 미쳤어!"

마음대로 하라고 소리 지르던 송 과장은 연주의 일인 시위 소식에 가장 먼저 시청 앞으로 달려 나왔다. 김 팀장까지 대동해서.

연주는 지난 며칠간 곰곰이 제 마음속을 들여다봤다. 그리고 살면서 처음으로 그 마음이 시키는 대로 하기로 했다. 지금껏 남들 일에는 눈길조차 주지 않았으면서, 왜 갑자기 이러는지는 자신도 몰랐다. 하지만 자꾸만 떠오르는 노인들의 얼굴을 외면할 수 없었다.

연주는 시위 피켓을 손수 제작했다. 2절지 크기의 하드보드지를 사 직접 글을 쓰고 색을 칠했다. 중학교 때 친구들 추천으로 반장선거에 출마한 적이 있었다. 떨어지긴 했으나, 그때 홍보 피켓을 만들었던 경험을 다시 되살렸다.

처음에는 일인 시위니까 피켓은 하나면 충분할 거로 생각했다. 하지만 만들다 보니 생각보다 할 말이 많았다. 만들면 만들수록 속이 후련해지는 기분이 들어 결국에는 세 개나 만들어버렸다.

연주는 시청 앞 적당한 곳에 자리를 잡은 다음 하나는 손에 들고, 나머지 두 개는 돌을 괴어 바닥에 비스듬히 세워뒀다.

'노인들의 일터에 키오스크 설치 지원한
이원시는 즉각 지원을 철회하라!'

'이원시는 민간 위탁업체 ㈜요나단의 무분별한 운영을
적극 관리 감독하라!'

'노인 일자리 사업의 폐해! 적극적으로 시정하라!'

송 과장은 오자마자 바닥에 놓인 시위 피켓부터 발로 걷어 찼다. 그러나 마음먹고 단단하게 만든 피켓은, 어림도 없다는 듯 멀쩡히 버티며 제 몸에 쓰인 글귀를 뽐냈다.

약이 오른 송 과장은 피켓을 향해 몸을 내던지려 했고, 연주는 그를 밀쳐냈다. 그 바람에 약간의 소란이 일었다. 연주는 피켓을 들고는 날쌘 다람쥐처럼 요리조리 피해 다녔다. 빙글빙글 시청 앞 광장을 돌다 약이 오른 송 과장은 고함을 내질렀다.

"한연주! 거기 안 서?"

갑작스러운 소란에 시청 직원들은 창문마다 들러붙어 밖을 내다봤다. 그들은 황소처럼 날뛰는 송 과장의 행패보다 일인 시위를 벌이는 연주를 발견하고 더 놀랐다. 한연주라니, 그 유명한 찔피노가 남을 위해 저러고 있다니! 제 눈으로 보고도 믿지 못했다.

송 과장은 직원들은 물론이고 민원인들까지 나와 구경하자 창피했는지 허겁지겁 자리를 피했다.

그때부터는 연주의 핸드폰이 분주해졌다. 시청의 문화관광과는 물론 미류동 주민센터, 심지어는 동장까지 전화를 걸어왔다.

"한연주 팀장, 왜 그런가. 뭐가 문제야? 말로 하자, 말로 해. 다 된 밥 잘 먹어놓고, 왜 다시 뱉어서 코를 풀려고 그래? 이

건 네 업적이잖아."

"어르신들을 제자리로 돌려주세요."

"제자리? 대체 그 사람들이 너한테 뭐라고 이러냐. 너 공무원이야. 딸 같아 말해주는데, 이러다가 네 앞길 작살난다. 이거 우리 손 떠난 일이라니까."

연주는 그 말을 들으니 덜컥 겁이 났다. 그러나 이미 돌이킬 수 없었다. 그런 걱정은 피켓을 들고 집을 나서기 전 수백 번도 더 했다. 연주는 전화를 끊고 피켓을 더 높이 들었다. 무섭지 않다면 거짓말이다. 도대체 어쩌다 이 지경이 됐을까, 1초에도 몇 번씩 후회가 밀려들었다.

지금 나는 어떻게 보일까. 연주는 지나며 자신을 바라보는 많은 사람의 시선을 하나하나 다 느꼈다. 이런 일을 할 줄은 상상도 안 해봤는데. 연주는 스스로가 너무도 낯설어 자신이 어떤지 구경하고 싶기까지 했다. 이 상황이 너무도 비현실적으로 느껴졌다. 동시에 울컥한 심정이 찾아들었고, 피켓을 쥔 손이 미세하게 떨렸다.

그즈음 조 군이 나타났다. 몇 달 만에 적군을 이런 꼴로 만나고 말다니. 연주는 시위 피켓으로 자기 얼굴을 슬며시 가렸다. 피켓 앞에 선 조 군은 찬찬히 글을 읽어 내려가며 중얼거렸다.

"여기 오타 났네. 글자 색깔을 검정 말고 빨강으로 했으면 좋았을 텐데."

"무슨 예술작품 품평하러 오셨어요?"

연주는 얼굴이 발개져 투덜거렸다. 그가 얼른 떠나길 바랐다. 그러나 조 군은 카메라를 꺼내더니 시위 피켓을 예술작품이라도 되는 양 여러 각도로 촬영했다. 그러고는 사뭇 진지한 어투로 연주에게 물었다.

"후회하지 않겠어요?"

"나 지금 몹시 피곤하니까, 그냥 갈 길 가세요."

연주가 엉뚱한 데 화풀이하듯 했지만, 조 군은 피식 웃기만 했다. 그는 카메라를 가방에 챙겨 넣고 갈 길을 가는 대신 연주 옆으로 와 섰다. 그리고 바닥에 놓인 피켓 하나를 집어 가슴팍까지 들어 올렸다.

"지금 뭐 하자는 거예요?"

연주가 놀라 소리쳤다. 조 군이 수수한 목소리로 대답했다.

"처음으로 뜻이 맞아 함께 하려고요."

이튿날, 아침 일찍 시청 정문에 서 있는 연주에게 문화관광과 직원 둘이 찾아왔다. 그들은 근처에서 서성거리다 다가와 우물쭈물하면서 통보했다.

"팀장님, 과장님께서 지금 들어오면 없던 일로 해주신답니다."

없던 일로 해준다, 이 얼마나 매혹적인 말인가. 하지만 연주는 단호히 거절했다. 노인들 한 사람 한 사람의 얼굴을 떠올렸다. 여기서 없던 일로 치게 되면, 그동안 그들의 노고도 영영 없던 일로 치겠지. 연주는 직원들을 돌려보내고 계속해서 시위를 이어 나갔다.

일인 시위는 시위의 대상이 되는 누군가와의 싸움임과 동시에 자신과의 싸움이란 걸, 연주는 이번에 깨달았다. 시간은 멈춰 버린 듯 더디게 흘렀다. 오만가지 잡념이 머릿속을 어지럽혔고, 끊임없는 내적 갈등을 유발했다. 한 치 앞을 내다볼 수 없으므로 앞으로 일어날 일을 가늠하며 계획을 세울 수도 없었다. 생전 처음 느껴보는 극심한 불안에 허덕이기도 했다.

연주는 그럴 때마다 '제자리'를 떠올렸다. 모든 게 원래대로 돌아간. 노인들은 자신들의 자리를 빼앗기면서도 연주의 자리만큼은 지켜주고자 침묵으로 일관했다. 그들은 어떤 심정으로 그런 행동을 했을까. 그 마음을 떠올리면 연주는 괜스레 눈시울이 붉어졌다. 그래, 제자리로 돌려놔야만 한다. 그녀는 다짐하고 또 다짐했다.

그때 노란 봉고차 한 대가 시청 앞에 멈춰 섰다. 차 안에서 참새반 아니, 이제는 나무반이 된 아이들과 선생님이 내렸다. 아이들은 연주를 언니, 아줌마라 부르며 다가왔다.

"시위 응원하러 왔어요. 나무반이 먼저 왔고요. 이따 학부모님들과 원장님도 오셔서 릴레이로 교대해주실 거예요."

연주는 세상의 모든 사람이 아버지로 변하는 마법에 걸렸나 싶었다. 자신조차도 말이다. 나무반 아이들은 곧 저들끼리 손을 잡고 원을 만들었다. 그리고 한가운데 연주를 놓고 빙글빙글 돌며 노래를 부르기 시작했다.

"할아버지 힘내세요~! 우리가 있잖아요. 할아버지 힘내세요~! 우리가 있어요~. 할아버지들을 네버랜드로 돌려주세요!"

조 군은 시위에 참여하는 대신 요나단 대표의 행적과 대표의 가족 관계 자료 등을 수집하고 조사했다. 그리고 곧 요나단이 '사회적기업'의 탈을 쓴 '사회악기업'이라는 걸 알아냈다. 조 군은 이를 언론사에 있는 선배에게 제보했다. 한 방송국에서 시위장소를 다녀간 것도 바로 그 제보 덕분이었다. 취재진들은 저녁 뉴스에 단독으로 내용을 다룰 거라며 취재 내용을 설명했다. 피켓에 적힌 걸 소리 내 읽어 달라고 부탁하기도 했다.

"노인 일자리 사업의 폐해! 적극적으로 시정하라! 이원시는 적극 관리 감독하라!"

"카메라를 쳐다보시면 안 되고요. 자연스럽게. 다시 한번 갈게요."

연주는 내친김에 인터뷰에도 응하며 공무원법 몇 가지를 가볍게 어겼다.

일이 일파만파 커지자 송 과장은 마지막 히든카드를 들고 나타났다. 바로 네버랜드의 노인들을 모두 데려온 것이다. 송 과장은 그들과 나란히 열을 맞춰 걸어왔다. 독수리 오 형제처럼, 연주를 압박하기 위해 날아왔다.

송 과장은 노인들의 심리를 교묘히 이용했다. 한 팀장이 저러다가 큰일 난다고, 무슨 수를 쓰든 말려야 한다며 노인들을 자극했다. 이 모든 게 당신네 때문이라는 압박도 잊지 않았다.

송 과장의 계략은 완벽히 먹혀들었다. 노인들은 시위 피켓을 든 연주를 보자마자 어쩔 줄 몰라 했다.

"우리는 괜찮다니까. 앞날 창창한 사람이 우리 때문에 이래서는 안 돼요."

"송 과장님이 다른 곳에 일자리 연계해준다니 우리 걱정하지 말고 그만합시다."

연주는 송 과장의 잔인한 히든카드를 보며 억장이 무너져 내렸다. 이 상황에서도 노인들을 또다시 이용하려 들다니, 비겁하고 옹졸한 새끼! 연주는 눈을 찔끔 감았다.

송 과장은 게임에서 이긴 승자처럼 흐뭇한 미소를 띠며 나긋한 목소리로 말했다.

"어르신들도 그만하라잖아. 누굴 위해 이러는 거야? 여기서 그만해. 충분히 할 만큼 했어. 지금 한 팀장 때문에 동장님 병원에서 링거 맞고 계셔."

연주는 송 과장을 똑바로 노려봤다.

"송태규 과장님, 제가 여기 서서 무슨 생각을 한 줄 아세요?"

"알지, 알다마다. 얼마나 후회했겠어."

송 과장은 다 안다는 듯 격하게 고개를 주억거렸다.

"맞아요, 후회했어요. 루리 씨가 부당하게 계약연장 취소됐을 때, 그때 저는 가만히 있어서는 안 됐어요. 저 때문이었는데. 저 살자고 참았어요. 이제 그런 짓 더는 못해요."

"야! 너 공무원 때려치우려고 작정했냐? 그래서 물귀신 작전 쓰는 거야? 나 청렴결백 하나로 버티면서 이 자리까지 왔어. 하……, 제발 그만하라면 그만하자!"

송 과장은 제 생각대로 풀리지 않자 울화를 터트렸다. 본색을 드러낸 것이다. 그는 삿대질까지 하며 연주에게 분노를 쏟아냈다. 그런 송 과장을 제지한 건 다름 아닌 만영이었다.

"청렴결백? 개 주둥아리 트는 소리 허고 자빠졌네."

평소 약점이 잡힌 탓에 만영 앞이라면 깨갱거리던 송 과장이었지만, 이번만큼은 그도 참지 않았다. 송 과장은 넥타이를 느슨하게 풀더니 튀어나온 배를 만영에게 들이밀었다. 이미 눈에는 초점이 사라진 뒤였다.

"다 개판 났는데 뭐가 무섭겠어? 그래, 나 연애 좀 했다. 어쩔래? 그게 왜! 그게 뭐!"

시청 앞은 순식간에 폭로로 얼룩졌다. 그 순간만큼은 시간이 제 속도로 흐르는 듯했다.

14
끝나지 않은 이야기

전기 프라이팬 위 고기가 지글거리며 익어갔다.

아버지는 소주를 들이켜고는 크, 하고 시원하게 소리 냈다. 손을 뻗어 잔을 내밀었으나, 맞은편에 앉은 연주는 미동조차 없었다.

아버지는 괜히 멋쩍어 빈 잔을 도로 제 앞에 놓고 소주를 채웠다.

연주는 막 지어 김이 모락모락 나는 쌀밥 위에 김치를 올려 입 안으로 밀어 넣었다. 아까부터 김치만 먹고 있었지만, 연주의 젓가락은 다른 반찬은 다 무시하고 다시 김치가 담긴 접시로 향했다. 그녀의 아버지는 김치 담그는 것 하나는 끝내 줬다. 엄마가 살아 있을 때도 김장은 늘 아버지 몫이었다. 그의 유일한 쓸모라고나 할까.

"고기 익으면 먹어라."

아버지가 말했다. 그는 안주 없이 소주 한 잔을 더 들이켰다. 연주는 괜히 아무 말이나 던졌다.

"김치 담그는 건 어디서 배웠어요?"

"왜 너 시집 갈라고?"

"뭐, 뭐라고요?"

연주는 목에 밥알이 걸렸다. 연거푸 헛기침했고 그 바람에 얼굴이 새빨개졌다. 아버지는 오묘한 표정을 지으며 말했다.

"내 눈은 못 속이지."

연주는 생각했다. 아버지와는 대화다운 대화가 불가능하다. 그의 사고 체계는 일촉즉발, 어디로 튈지 알 수 없는 구조였다.

"제가 장담하는데 이 세상에서 가장 속이기 쉬운 눈이, 바로 아버지 눈일 거예요."

연주는 공무원 복무규정을 어겼다는 이유로 1개월 정직 처분을 받았다. 중징계 처분을 면치 못할 거란 걸 그녀도 진작부터 알고 있었다. 징계 통보를 받은 뒤, 연주는 곧장 캐리어에 옷 몇 벌을 챙겨 담았다. 이원시를 벗어나고 싶었다. 그래야지만 숨을 쉴 수 있을 것만 같았다. 짐을 챙기고, 무작정 차를 몰았다. 정신이 들었을 때, 연주는 고향 집으로 가는 국도로 들어서고 있었다.

몇 년 만에 보는데도 아버지는 어제 만난 사람처럼 편하게 연주를 맞이했다. 뜬금없는 딸의 등장에도 눈 하나 깜짝하지 않았다. 그뿐인가, 아무것도 묻지 않았다. 뉴스를 통해 대충 알고 있어서 그런 건지, 정말 자식에게 관심이 하나도 없어서 그런 건지는 연주도 헷갈렸다.

조 군과 만영의 합동작전 덕분에 요나단의 실체는 만천하에 드러났다. 온갖 방송사에서 그에 관해 다뤘다. 그렇게 되기까지 만영의 공이 컸다. 그는 어느 때보다 신나 보였고, 적극적이었다. 그간 카페 네버랜드에서는 만영의 경력이 무용지물이었지만, 이번만큼은 달랐다. 흥신소를 운영하며 한가락 했던 그는, 자신의 인맥과 방법을 총동원해 사건과 관련된 사람들을 조사했다.

조사 결과, 요나단 대표는 생각보다 더 비리로 얼룩진 인물이었다. 그는 이원시 부시장의 사촌 동생으로 밝혀졌다. 그는 자신의 위치를 이용해 공무원들과 수월하게 관계를 맺었으며, 이원시의 내부 정보를 누구보다 빠르게 알아냈다.

그는 사회적기업이 되면 일정 기간 세제 감면과 보조금 지원, 공공사업 수의계약의 혜택을 누릴 수 있다는 걸 잘 알았다. 그 지식을 바탕으로 수년간 다양한 사업체를 운영했다. 취약계층을 고용한 것처럼 꾸준히 서류를 조작했고, 이러한

수법으로 수억 원에 달하는 보조금을 챙겼다. 까고 까도 새로운 죄가 계속 나오는, 양파 같은 범죄자였다.

카페 네버랜드에 손을 댄 것도 보조금을 챙기기 위해서였다. 키오스크를 설치한 뒤 아르바이트생과 기복, 고작 두 명으로 가게를 운영했으면서 여섯 명이라는 인원이 상주 근무하는 것처럼 서류를 꾸몄다.

그리고 또 한 가지 놀라운 사실은 송 과장이 그와 부시장의 관계를 오래전부터 알고 있었다는 거였다. 송 과장은 하라는 관리·감독은 하지 않고 요나단의 대표에게 자신의 특기를 선보였다. 요나단의 비리를 눈감아주고, 아부하며, 응원까지 했다. 그 대가로 떨어지는 떡고물이 상당했던 모양이었다.

이원시는 이 일로 발칵 뒤집어졌다. 공공기관 종합 청렴도 평가에서 연속 1등급 달성을 해왔는데, 날벼락 중의 날벼락이었다. 송 과장은 뇌물수수 등의 혐의로 강등 처분을 받았고, 동장은 양팔에 링거를 맞으며 본인에게 내려질 징계를 기다리는 중이었다.

"김치만 먹지 말고 고기도 좀 먹어."

아버지는 잘 구워진 고기 몇 점을 연주 밥 위에 올려줬다.

"생각 없어요. 아버지나 드세요."

연주는 고기를 도로 접시에 내려놓았다.

"일부러 사 왔는데. 왜?"

"지금 고기가 목구멍으로 넘어가겠어요?"

"술을 줘도 싫다, 고기를 줘도 싫다, 넌 어째서 다 싫냐."

"아버지가 싫으니까, 다 싫은가 보죠."

연주는 그의 속을 긁어 파내고 싶은 충동에 사로잡혔다. 아버지는 다시 소주를 들이켰다. 연주는 그 모습도 보기 싫어 인상을 찌푸렸다.

"넌 내가 싫으냐?"

"몰라서 물어요?"

"몰라."

"모른다고요?"

연주는 그의 반응에 놀라 고개를 들었다. 아버지는 정말 그녀가 그런 말을 할 줄 예상조차 못 했는지, 적잖이 충격받은 표정이었다.

"그냥 네 성격이 원래 모나서 그러나 보다 했지. 날 싫어할 거라고는 생각 안 해봤다. 날 싫어하는 사람은 그동안 아무도 없었거든. 네가 처음이야."

연주는 어이없어 웃음을 터뜨렸다.

"언제부터 싫어했는데?"

"그게 지금 중요해요?"

"중요하지. 하나뿐인 피붙이가 날 싫어한다는데."

연주는 그를 대놓고 노려보며 밥그릇에 물을 부어 꿀떡꿀

떡 마셨다. 불판 위에 뒤집을 시기를 놓친 고기들이 타들어
가고 있었다.

"안 뒤집어요?"

"내 속이 타는데 고기가 대수냐. 말을 해줘야 알 거 아니
야?"

"오래됐어요. 아주 오래!"

전국의 노인단체에서도 이번 일을 두고 목소리를 보냈다.
그들은 노인 일자리 사업에 관한 문제점과 개선을 함께 요구
했다. 또한 노인들의 인권을 무시하고 노동력을 착취했다며
이원시에 사과와 책임을 물었다.

비서실로부터 전화가 걸려온 게 바로 그 무렵이었다. 비서
는 일 번과의 접견 일정을 조율하기 위해 연락한 거라고 했
다. 지금 바로 가도 되겠느냐고, 연주는 힘없는 목소리로 물
었다. 좋은 일로 부르는 게 아닌 건 확실했다. 눈앞에 파도가
넘실댔다. 그토록 노심초사하며 빚어낸 모래성이 와르르 무
너질 예정이었다. 자신이 작정한 삶에서 한참 어긋나 버렸음
을 연주는 또 한 번 깨달았다.

일 번, 그러니까 시장은 이원시를 대표하는 만큼 이번 일로
상당히 큰 타격을 입었다. 연주는 시장실로 가는 내내 일 번
이 어떤 식으로 분노를 드러낼지 두려웠다. 그러나 이미 일어

난 일, 연주는 심호흡으로 각오를 다지며 시장실 안으로 들어섰다.

예상과 달리, 일 번은 따뜻한 차를 준비해 두고 기다리고 있었다.

"고생 많았습니다."

그가 내민 첫 말이었다. 연주는 처음에는 반어적 표현인가 싶어 그의 표정을 살폈지만, 그는 온화한 미소로 차를 권했다. 연주는 찻잔에 손을 가져다 대며 생각했다. 실은 차에 독이라도 푼 게 아닐까, 그렇지 않고서야 자신에게 저런 미소를 보이는 건 불가능하지 않은가.

연주는 조심스레 찻잔에 입술을 댔다. 이윽고 입 안에는 독이 아니라 자비가 머물렀다.

일 번은 연주에게 그동안의 이야기를 세세하게 물었고, 듣고자 했다. 이야기하는 동안 연주는 염치가 없어 일 번을 제대로 쳐다보지 못했다. 그저 티백에 담긴 찻잎이 퉁퉁 불어가는 모습만 관찰했다.

다음 날, 일 번은 시청 홍보실에서 긴급 기자 회견을 열었다. 그는 피해 노인들에게 고개 숙여 진심 어린 사과를 전했고, 몇 가지 약속까지 덧붙였다.

먼저 그는 관계 공무원과 업체의 비리를 철저히 조사하고 엄중하게 처벌할 거라고 했다. 또 요나단과 계약을 파기하고 동시에 이원시가 자체적으로 '카페 네버랜드 TF팀'을 구성하겠다고 선언했다.

"이원시는 현재 직면한 문제를 바로 잡고자 합니다. 카페 네버랜드 TF팀이 구성되는 대로 카페 네버랜드의 정상 업무와 어르신들의 복귀를 위해 노력할 것이며, 2호점 개점 준비에 박차를 가할 생각입니다."

일 번의 말에 기자들이 술렁였다. 그의 말은 그러니까 수습은 물론이며 동시에 일을 좀 더 벌려보겠다는 뜻이었다.

"구체적으로 어떻게 하실 생각입니까?"

"동별 주민센터마다 단계적으로 카페 네버랜드 분점을 열어 어르신들의 자발적인 참여와 운영을 지원할 겁니다."

"딸꾹!"

시청 홈페이지의 라이브 방송으로 기자 회견을 시청하던 연주는 너무 놀라 딸꾹질이 났다. 아버지와 둘만 있는 지금도 딸꾹질이 났다.

"딸꾹!"

이번에는 놀라서가 아니라 취기가 보내는 신호였다. 그녀는 이미 식어버린 고기 한 점을 집어 입 안에 쑤셔 넣었다. 그리고 밥그릇에 또다시 소주병을 기울였다. 조르르, 경쾌한 소리와 함께 투명한 술이 일렁였다.

"난 그때 아버지가 필요했어요. 하지만 아버지는 없었어요."

딱 한 잔만 마시려고 했는데, 연주는 어느새 혀가 꼬였다. 알코올이 식도를 타고 퍼져 나갔다. 아버지에 대한 얼어붙은 마음까지도 녹여버릴 듯한 그 뜨뜻한 느낌이 좋았다.

"엄마…… 유언이 뭔 줄 알아요?"

연주는 한숨을 내쉬며 말했다. 아버지는 고개를 저었다.

"아버지 저녁 챙겨 주라고……. 딸꾹! 그래서 난 집에 왔는데. 난 그래서 집에 왔거든요. 딸꾹!"

취기와 설움이 복받쳐 연주는 말을 제대로 잇지 못했다.

"어떻게…… 딸꾹! 오늘내일하는……. 하……, 마누라를 버려두고 친구랑 놀러 다닐 수 있어요? 어떻게……."

"그게 아니야."

"아니긴 뭐가 아니에요! 내가 다 봤는데!"

연주는 감정을 못 참고 소리를 질렀다. 아버지는 소매 끝으로 눈두덩이를 몇 차례 눌러 닦으며 입을 열었다.

"으름덩굴."

"뭐요?"

"췌장암에 으름덩굴이 좋다더라. 근데 내가 그게 어떻게 생긴 건지 알아야지 말이야. 그래서 땅꾼 친구 따라나선 거다. 지푸라기라도 잡는 심정으로 산이란 산은 다 따라다니며 찾았는데…….”

“핑계가 그럴싸하네요. 딸꾹! 그런 거라면 약초방에 가서 구하면 되지.”

“돈이, 그때 가진 돈이 없어서.”

연주는 ‘돈……’이라는 단어를 중얼거리며 제 어깨를 구부리는 아버지를 봤다. 한심하고 측은했다. 아버지의 변명을 어떻게 받아들이면 좋을까.

아버지는 병원에서는 엄마를 포기했으나, 당신은 포기할 수 없었다고 한다. 그래서 아버지는 으름덩굴이라는 마지막 희망에 필사적으로 매달렸다. 그는 소주잔을 또다시 비웠다.

“그날은 운 좋게도 으름덩굴을 잔뜩 구했어. 잔뜩.”

그날을 회상하며 아버지는 허공에 헛손질했다. 마치 눈앞에 한가득 으름덩굴이 있기라도 한 것처럼.

“산에 올라가는데 조망한 보라색 꽃이 피어 있더라고. 꼭 우리 연주 같다, 하면서 보고 있는데 친구 놈이 그러더라. 찾았네, 찾았어! 흑……. 근데 나는…… 항상 한발 늦는다. 뭐든 그랬어……. 흑흑, 아이고, 홍미야…….”

연주는 어안이 벙벙했다. 장례식장에서도 눈물 한 방울 보이지 않던 아버지였다. 그런데 그가 울었다. 밥상에 엎드려 소리 내 울기 시작했다.

“홍미야! 홍미야! 내가 미안하다, 홍미야!”

엄마의 이름이 낯설었다. 원래 처음부터 이 세상에 존재하지 않았던 것처럼.

연주는 아버지의 선창에 맞춰 후창하듯 따라 울며 엄마를 불러댔다.

"아버지, 나는 이제 어쩌면 좋아요. 딸꾹! 이제 어떻게 해야 할지 정말 모르겠어요."

그 뒤에도 소주병을 기울인 두 사람은 다음 날 오후 늦게까지 숙취로 고생했다. 교대로 변기를 부여잡고 토했으며, 그때마다 서로의 등을 두드려 줬다. 그렇게 부녀는 화해의 의식을 치렀다.

***

카페 바깥에는 노인들이 줄을 서서 대기 중이었다.

연주는 손에 든 명단과 그들을 차례차례 확인했으며, 손목에 찬 시계로 시간을 살폈다. 그리고 유리창 너머를 들여다봤다.

가게 안에는 만영과 석재, 준섭이 나란히 앉아 있었다. 그들은 서로의 옷매무시를 가다듬어줬다. 사뭇 진지했고, 한편으로는 긴장한 듯 보이기도 했다. 준비가 다 된 것 같자, 연주는 출입문을 열고 면접 대기자들을 안으로 들여보냈다.

"선생님들, 그럼 한 사람씩 안으로 들어가실게요."

한 달여간의 징계 기간이 끝날 무렵, 연주는 시청 인사과의 연락을 받았다. 전보에 관한 내용이었다. 자신이 새롭게 신설된 '카페 네버랜드 TF팀'의 팀장으로 배정됐다고 했다. 문화관광과로 온 지 몇 개월 되지 않았기에 연주는 당황스러웠다. 그녀는 지난 기자 회견 내용을 떠올렸다.

일 번은 앞으로 단계적으로 동마다 분점을 낸다고 했다. 해석하자면, 이 일로부터 언제 벗어날지 기약이 없다는 뜻이었다. 그토록 벗어나려던 일에 자진해서 뛰어든 꼴이었다. 연주는 인사과에 전화를 걸고 싶었으나, TF팀에는 복귀한 노인들도 함께라는 사실에 위안을 삼기로 했다.

네 명의 노인은 카페 네버랜드를 운영하면서 동시에 새로 채용될 노인들의 멘토 역을 맡게 됐다. 오늘은 노인들의 첫 번째 업무이자 2호점 직원 채용을 위한 면접이 있는 날이었다. 생각보다 많은 어르신들이 면접에 참석했다.

연주는 면접을 진행하는 노인들을 바라봤다. 앨범을 보며 추억을 곱씹듯, 그들과의 첫날을 잠시 떠올리기도 했다. 노인들의 상황은 그때 연주의 처지와 비슷했다. 명색이 면접인데, 역으로 면접하러 온 이들의 질문이 쇄도하는 중이었다.

"일은 할 만합니까?"

"나는 커피도 오로지 양촌리 스타일로만 마셔요. 일은 하고 싶은데 커피기계를 한 번도 안 만져봐서, 제가 할 수 있을까요?"

오만영 면접관이 대답했다.

"까짓것 못하면 못한 대로 흐고. 우리가 잘하는 걸 계발하면 된께 걱정 마요. 그리고 그런 거는 가르쳐줄 선생이 따로 있어 가꼬 도와준답디다."

연주는 TF팀을 맡은 직후, 카페 실무지식을 갖춘 이가 필요하다며 인사과에 요청했다. 경험상 노인들이 새로운 일에 익숙해질 때까지 곁에서 가르쳐주고 도와줄 사람이 절실했다. 그리하여 인사과에서는 실무교육 담당으로 무기계약직 한 명을 뽑았는데…….

놀랍게도 합격자는 루리였다. 그녀의 오랜 커피숍 아르바이트 경험이 수많은 지원 경쟁자를 제친 것이다. 연주와 노인들은 소식을 듣고 기뻐했다. 연주는 루리가 오면 주려고 웬디 앞치마를 세탁해 다림질까지 해뒀다.

오늘 면접에 기복은 참여하지 못했다. 3주 전에 드디어 인공와우 수술을 받아 병원에서 회복하는 중이었다. 연주의 아버지는 딸에게 기복의 사연을 듣더니 그의 간병인으로 나섰다. 연주도 이번만큼은 아버지의 오지랖을 말리지 않았다.

기복은 수술하자마자, 지역 내 복지재단에 기부 의사를 밝혔다. 본인처럼 난청으로 고생하는 저소득층 노인들의 수술비를 지원하기로 한 것이다. 이번에는 그의 가족들에게도 떳떳하게 이를 알렸다. 아들 내외는 이번 달에 한국에 들어오겠다고 했으나, 기복은 거절했다.

"내가 일이 아주 바쁘니까, 다음에 오렴."

***

어느 주말, 조 군이 사진작가와 스타일리스트, 메이크업 아티스트까지 대동해 카페 네버랜드를 찾았다. 이번 취재는 지난번 짧게 실린 특집 기사와 달리, 다음 호 메인으로 실릴 기사의 취재였다. 네 명의 노인이 유명 남성 잡지의 표지 모델이 되는 영광을 안은 것이다.

연주는 요즘 들어 조 군이 부담스러웠다. 예전처럼 재수 없게 대해서 그런 게 아니었다. 차라리 그가 예전처럼 재수 없게 구는 편이 낫다고 생각할 정도였다. 요즘 들어 조 군은 이상하게 친절했다. 자신을 보며 실실거리며 웃어대질 않나. 요전 날에는 비가 조금 내렸는데 어느새 달려 나와 우산을 받쳐주기까지 했다. 연주는 그의 친절이 남사스럽고 어색했다.

"먼저 단체 사진부터 한 컷 찍고, 개인 사진과 인터뷰 진행할게요."

조 군은 진행 일정을 모두에게 일러주며 슬쩍 연주를 바라봤다. 그녀는 그의 시선을 느꼈다. 혹시 제 얼굴에 뭐라도 묻었나 싶어 거울을 들여다봤다. 아무것도 없는데 또 그런다. 이번에는 반대로 연주가 거울을 통해 조 군을 살펴봤다. 왜 저럴까. 그러다 그녀는 홍조가 띤 자기 얼굴을 보고는 깜짝 놀랐다. 그러고 보니 심장도 빠르게 뛰고 있었다.

"혈압에 이상이 있나."

연주는 고개를 갸웃거리며 다시 준비를 도왔다.

"할아버님들, 너무 멋져요!"

스타일리스트가 가져온 정장으로 갈아입고, 메이크업과 헤어까지 마치자 노인들은 정말 현직 시니어 모델들처럼 빛났다. 그때 석재가 아이디어를 냈다.

"우리 이런 옷도 좋지만, 앞치마를 입고 찍으면 어떨까요?"

김 여사에게 보내줄 사진을 찍던 만영이 투덜거렸다.

"아따, 지금 딱 좋구먼. 뭘라고!"

기복은 손뼉까지 치며 석재의 제안에 힘을 실어줬다.

"그럼 여기 위에다 걸쳐 입고 찍읍시다. 근데, 우리 기사 제목은 정해졌어요?"

조 군은 잠시 고심하다 대답했다.

"노인 세대가 만들고 지켜나가는 '카페 네버랜드'의 성공 스토리, 어떤가요?"

이마에 난 흉터를 습관적으로 만지작대며, 준섭이 말했다.

"흠, 성공 스토리 말고, 네버엔딩 스토리라고 제목 붙이면 어떨까요? 우린 이제 본격적으로 시작할 참이거든요."

그러고는 누가 먼저랄 것도 없이 앞치마를 휘날리며 자세를 취했다. 카메라에서 쉴 새 없이 터져 나오는 플래시가 요정 가루처럼 그들 위로 뿌려졌다.

연주는 그 모습을 보며 피터 팬의 한 구절을 떠올렸다.

'너에게 필요한 건 믿음, 신뢰 그리고 아주 조금의 요정 가루야.'

아주 오랜만에 그녀는 공중으로 날아오르는 듯한 기분에 사로잡혔다.

작가의 말

　샌드위치 카페를 시작한 막냇동생 덕분에 한동안은 매일 가게로 출근해 일을 도왔다. 계산대 앞에 서서 주문만 받으면 되는 줄 알았는데, 바쁘면 뭐든지 해야 하는 실정이었다. 그리하여 커피 내리는 법도 배우고, 음료별 제조법도 달달 외웠다.

　그렇다고 내 본업에 소홀할 수도 없는 노릇. 계산대 옆에 노트북을 나란히 펼쳐두고 일과를 시작했다. 하지만 한 줄 쓸라치면 전화벨이 울렸고, 또 한 줄 쓰려면 이상하게도 배달 주문이 솟구쳤다. 결국, 별일 아닌 일로 동생에게 화를 내고 말았다. (이제야 고백하지만, 뭘 써야 할지 갈피가 잡히질 않아 심통이 났을 뿐이다.)

　그렇게 만능 아르바이트생으로 몇 개월을 더 보냈더니, 신기하게도 소재가 떠올랐다. 또, 가게 바로 옆에는 공원이 있었는데 동네 할머니와 할아버지들이 마실 나오시면, 감귤 차를 타드렸고 함께 어울렸다. 그랬더니 이번에는 등장인물의 윤곽이 잡히고 이야기에 살이 차오르는 게 아닌가.

내게는 할아버지, 할머니를 불러 볼 기회가 별로 없었다. 이번 소설을 쓰는 내내 맘껏 그들을 불러도 보고 만나기도 했다. 하나도 버리지 못하고 여전히 간직한 그리움, 그 오래된 마음을 『카페 네버랜드』 곳곳에 녹여두었다.

어느덧 동생의 샌드위치 카페는 동네 맛집으로 자리 잡았고, 나는 이렇게 장편소설 출간을 앞두고 '작가의 말'을 쓰고 있다. 꿈만 같은 일이며 소중한 순간임이 틀림없다. 이 순간을 빌어 가족들에게 미처 보이지 못한 사랑을 전하고 싶다.

우여곡절도 많았으나 우리 세 자매를 오로지 사랑으로 보듬어 키워주신 나의 부모님, 내가 하는 작업에 도움을 주고 싶다며 '노인심리상담사 1급' 자격증 취득을 불사한 남편. 그리고 어린이집에 다녀오면 매일 같이 얼마만큼 썼는지 내 원고를 확인하고 원고 독촉까지 하던 세상에서 제일 귀여운 나의 아들 로윤, 고맙고 사랑한다.

『카페 네버랜드』 집필은 나에게 있어 작가로 사는 삶을 놓지 않게 하는 기회이자 희망, 그 자체였다. 그 간절한 마음이 독자들에게도 전달되길 바라본다.

2023. 최난영

카페 네버랜드

3쇄 발행 2024년 3월 28일

지은이 최난영
펴낸이 배선아
펴낸곳 고즈넉이엔티

출판등록 2017년 3월 13일 제2022-000078호
주 소 서울특별시 마포구 성지1길 35, 4층
대표전화 02-6269-8166 **팩스** 02-6166-9199
이 메 일 gozknockent@gozknock.com
홈페이지 www.gozknock.com
블 로 그 blog.naver.com/gozknock
페이스북 www.facebook.com/gozknock
인스타그램 www.instagram.com/gozknock

ⓒ 최난영, 2024
ISBN 979-11-6316-909-3 03810

표지 일러스트 NOMA